VAGANDO
EN LA
NOCHE

RELATOS

VAMPÍRICOS

VOLUMEN I

DE

J.R. NAVAS

Copyrigth © 2024 José Ramón Navas
ISBN: 9798872317517
Diseño de cubierta: José Ramón Navas
Maquetación: José Ramón Navas
Revisión y Corrección: José Ramón Navas

ÍNDICE

*"No podrás soportar el mundo, la vida entre los hombres mortales.
No conseguirás sobrevivir mucho tiempo."*

(Lestat de Lioncourt)

PRÓLOGO DEL AUTOR

ampiros. Tan sólo pronunciar a estos seres se estremece el alma de muchas personas. Da igual el rincón del planeta y el lugar en el tiempo en el que se piense en la figura de los muertos que se alimentan de la sangre de los vivos, siempre provocan pesadillas en más de una mente. Desde el aspecto mitológico hasta las visiones más crueles de la realidad, la imagen de los strigoi, nosferatus, íncubos o súcubos, da igual: el personaje, el monstruo, el humano normal –en apariencia–, son figuras que han logrado llegar hasta nosotros, sobreviviendo al paso de los siglos y los milenios. Ya sea en formato literario, histórico, musical, cinematográfico, en videojuegos o en cómics, los Vampiros siempre han sido una fuente de inspiración para artistas y para psicópatas de diferentes épocas.

Desde tiempos inmemoriales el ser humano ha temido ante todo a dos conceptos: la muerte y la oscuridad de la noche. El primero de ellos fue la semilla de la que surgieron las primeras creencias humanas espirituales, o, si lo prefieres, llámalo "religión". Del segundo surgió el miedo a lo invisible, a lo intangible, a lo inimaginable y, por lo tanto, fue la mente del propio hombre y mujer primitivos los que sacaron infinidad de imágenes para atormentar a los incautos o asustar a los niños traviesos. Fantasmas, brujas, demonios y vampiros son sólo un pequeño ejemplo de la ingente y masiva capacidad humana para imaginar.

"Muchas personas consideran siniestro en grado sumo cuanto está relacionado con la muerte, con cadáveres, con la aparición de los muertos, los espíritus y los espectros... Pero difícilmente hay otro dominio en el cual nuestras ideas y nuestros sentimientos se han modificado tan poco desde los tiempos primitivos, en el cual lo arcaico se ha conservado tan incólume bajo un ligero barniz, como en el de nuestras relaciones con la muerte. Dos factores explican esta detención del desarrollo: la fuerza de nuestras reacciones afectivas primarias y la incertidumbre de nuestro conocimiento científico [...] Nuestro inconsciente sigue resistiéndose, hoy como antes, a asimilar la idea de nuestra propia mortalidad.

Sigmund Freud, Lo siniestro."

Pero, yendo más allá de esta prosaica imagen de la inventiva de todos nosotros, en este libro nos vamos a adentrar en conceptos mucho más generalizados. Abarcaré todos los campos posibles, fruto de años de investigación y recopilación de datos para mis novelas y relatos, en los que la figura de los Vampiros ha estado presente; desde las mitologías antiguas hasta el aspecto más moderno, como pueden ser videojuegos o series de televisión, sin ir muy lejos. Haremos, sobre todo, un repaso a la figura del Vampiro mitológico, al *nosferatu* de la cultura romántica.

Este trabajo, como podrás observar entre sus páginas, es el fruto de años de investigación y fascinación –a partes iguales– por tan oscuro ser. En dichos años he podido observar la evolución que ha tenido, de forma paralela, entre lo real y lo imaginativo. En todo este tiempo he leído, visto y escuchado muchas cosas sobre los Vampiros, algunas ciertas y otras disparatadas, pero nunca he desechado una fuente para tomarla como referencia de una investigación más exhaustiva en determinados casos. Por supuesto, como historiador, me he limitado a recopilar información y no la he usado para expresar mis propias ideas sobre la figura del Vampiro, aunque sí que me ayudó al desarrollo de mis propias novelas que forman la Saga de Lamashtu y esta recopilación de relatos que tienes entre tus manos.

Si tenemos en cuenta el arquetipo conocido del vampiro (ojos sedientos de sangre y largos colmillos incisivos), cometeríamos un error de proporciones ciclópeas. La figura de estos seres va mucho más allá de lo que creemos saber, y lo comprobaremos a lo largo de este libro, observando sus diferentes versiones en función de las creencias locales y la evolución literaria del mismo. Lo que sí podremos contrastar es un denominador común en la mayoría de estos mitos: la obsesión por la sangre. ¿Por qué?

La respuesta a esta pregunta es muy simple. Desde que el ser humano empezó a tener conciencia de sí mismo y de lo que le rodeaba, asimiló el paradigma de que aquel líquido rojo que salía de las heridas estaba ligado a la muerte y a la vida. De esta forma, es evidente que uno de los mayores temores era que un demonio, brujo o vampiro te arrebatara lo más preciado que llevas en tus venas.

Otros conceptos comunes de los que se ha leído, visto y oído mucho es su intolerancia a la presencia de la cruz cristiana, al ajo o que mueren si les clavas una estaca en el corazón. Todo ello es falso, y son producto de la inventiva literaria del Romanticismo, período donde explotó el concepto del Vampiro como personaje protagonista de las más terroríficas historias creadas por los escritores de la época y de la que mana mi estilo literario; no puedo negarlo.

La finalidad de esta obra es que puedas acceder al imaginario que se me ha ocurrido en torno a los vampiros y la influencia que ha ejercido, y todavía ejerce, en la literatura. He hecho todo lo posible para aprender sobre el mundo de los Vampiros, sin tener que estar interminables horas buscando información por internet o leerme mil libros diferentes para cada tema en concreto.

Ha sido una labor ardua, desde luego, pero el resultado final de este trabajo es más que satisfactorio, al menos bajo mi humilde opinión. He intentado tocar todas las teclas posibles sobre el tema y espero que no se me haya quedado ningún cabo suelto, ya que por falta de empeño en que esta recopilación de relatos salga adelante, que no sea. De hecho, estoy seguro que a muchos amigos y amigas les va a ayudar en más de una ocasión, o incluso a inspirar, si es que son artistas como yo.

Para finalizar, te dejo las historias que aquí vas a encontrar y, aunque digan lo contrario, ten por seguro que los Vampiros existen. Existieron. Existirán.

Para siempre.

CATALINA

Capítulo 1

ejar atrás el dolor lacerante de su alma, eso era todo lo que Yana deseaba. Quería huir lejos y enterrar para siempre los recuerdos de su amada, fallecida por culpa del cáncer de hígado. Recogió sus maletas, cargadas con ropa y algunos enseres, aderezados con algo de esperanza ante la nueva vida que tenía por delante. Miró el reloj que colgaba de la pared del salón de su casa y comprobó que aún le quedaban algunos minutos, antes de que su hermano Max viniera a recogerla para llevarla al aeropuerto de Praga.

Mientras se preparaba un té, Yana observó una de las fotos que dejó a propósito en la nevera, sujeta por un imán decorativo. En la misma podía verse a la joven con su difunta novia, besándose en los labios y mostrando una felicidad que se tornó en desgracia a los pocos meses de haber tomado la imagen.

La noticia del cáncer de Svetlana fue como un martillo inmisericorde que golpeó sus vidas. A los pocos meses del diagnóstico médico, su novia moría en el hospital, después de varios días de agonía. Ella sólo pudo estar a su lado, impotente, a la vez que observaba cómo su vida menguaba como el sol mortecino de un frío invierno. No soltó sus manos en ningún momento y antes del postrer estertor de muerte, se besaron por última vez. Luego, cuando regresó a casa, colocó en el lugar favorito del jardín un recuerdo de su amada. Aún quedaba la llama titilante de una solitaria vela negra.

Apenas hacía dos semanas que la había enterrado, y los latidos de su corazón resonaban en su caja torácica como tambores que anunciaban un largo y doloroso camino hasta la salida total del luto. Sólo el caer de la lluvia sobre las ventanas hacía más soportable el ensordecedor tamborileo que retumbaba en su cerebro. Las gruesas gotas de agua chocaban suicidas contra el cristal, mientras ella las observaba explotar en mil partículas diminutas como si sus ojos pudieran visualizar la escena a cámara lenta.

Cuando sonó el claxon del coche de Max, ella apenas se percató, y su hermano tuvo que volver a hacerlo gritar varias veces para que Yana volviera a la realidad y fuera consciente de que él ya la esperaba fuera de la casa, aparcado a medias encima de la acera para no entorpecer el paso de los coches que en ese momento navegaban sobre el asfalto de la calle.

Le costó cerrar la puerta tras de sí, a la vez que Max la ayudaba, con los ojos entrecerrados por la lluvia, a cargar las maletas en el portabultos del coche. Yana no hacía más que mirar hacia el interior, sin atreverse a cerrar por completo la entrada a la que fue su casa durante varios años de felicidad y dicha.

—¡Vamos, Yana, o te vas a empapar aquí! —le gritó él desde el interior del vehículo, una vez que hubo cargado las maletas de su hermana. Ella no le miró.

Lentamente, cerró la puerta y un chasquido débil y apenas audible fue el sello final a sus recuerdos con Svetlana. Pasó la llave dos veces y corrió hacia el coche sin mirar atrás. Se sentó en el lado del acompañante con los cabellos chorreando y la ropa un poco húmeda. El chubasquero que llevaba puesto encima hizo bien su trabajo de mantenerla lo más alejada posible de la lluvia.

—Echaré de menos esa casa y esta ciudad —dijo con la voz entrecortada por las lágrimas.

—En Tenerife podrás recuperarte, hermana. —Max conducía casi de forma automática hacia el aeropuerto—. Te olvidarás de todo con rapidez y podrás empezar una nueva vida.

—¿Olvidarme? ¿Cómo puedes pensar que olvidaré mi amor por Svetlana? —Ella se giró hacia él, indignada—. ¡Era el amor de mi vida!

—Lo siento, cariño. No me refería a que la olvidaras a ella, sino que olvides lo que ha pasado y logres quedarte sólo con las cosas buenas que vivisteis juntas. —Max la miró durante un instante con un gesto de súplica en sus ojos. Ella lo percibió y aplacó su ira inicial.

—Costará mucho que llegue ese día —dijo, volviendo a mirar a la ciudad que cruzaba ante sus ojos como un cuadro impresionista en movimiento.

—Es posible, pero algún día lograrás convertir estas últimas semanas en un borrón en tu memoria, ya lo verás.

—Eso espero, que mi viaje a Tenerife me ayude.

—¿Qué vas a hacer allí en realidad? —Intentó cambiar de tema.

—Me han ofrecido un trabajo desde el consulado checo para escribir sobre los monumentos históricos de la isla y convertirlos en atracción turística para nuestros compatriotas. Estaré un tiempo viviendo en La Laguna, una ciudad que está cerca del aeropuerto y en el que existe un museo histórico con el colaboraré a menudo.

—¡Vaya, qué interesante! —dijo Max con tono sarcástico.

—¡No te burles! —exclamó ella, haciendo amago de esbozar una sonrisa. No había sonreído desde hacía demasiado tiempo—. En realidad, Canarias está llena de historia por todas partes y Tenerife es un lugar perfecto para empezar a trabajar.

—¿Y qué monumentos puede haber que no sean sus playas?

—Pues, para empezar, el sitio donde comenzaré mi labor, el Palacio Lercaro. Actualmente es el Museo Histórico de La Laguna y acoge gran parte de la historia de la isla.

—Bueno, te regalo tus palacios y castillos y déjame a mí las playas y las discotecas de Tenerife. Me han dicho que en el sur de la isla hay mucha marcha —comentó él, guiñando un ojo a su hermana y dibujando una sonrisa aviesa en su rostro.

—Eres incorregible. —Yana también sonrió y pensó en su nueva aventura profesional que estaba a punto de comenzar.

Después no dijo nada más durante un buen rato y se limitó a observar el exterior con la cabeza ladeada y apoyada en el respaldo del sillón. Praga, bajo la lluvia, parecía una sombra de colores variopintos que se hubieran tornado en diferentes tonalidades de gris y verde. Los edificios pasaban ante sus ojos como gigantescos espectros de hormi-gón, mientras que la sombra del Castillo de Praga se alejaba en el retrovisor del coche, ocultándose entre una espesa cortina de agua.

Capítulo 2

l vuelo de casi cinco horas había sido tranquilo y agradable. Yana echó una buena cabezada en el avión y cuando abrió los ojos por un instante para comprobar dónde se hallaban, se percató de que ya estaban sobrevolando España por su zona suroeste. Se había quedado dormida mientras pasaban sobre Suiza y observaba las cumbres nevadas de los Alpes. Ante la magnífica visión del Golfo de Cádiz al atardecer, sus párpados volvieron a caer como telones de acero y se dejó llevar por un profundo sueño.

Un rato más tarde, al abrir los ojos, se percató de que alguien le había colocado una pequeña almohada en el cuello y le habían puesto una manta fina por encima. De hecho, sólo despertó cuando el avión ya estaba estacionado en la terminal del aeropuerto y comenzó el ruido de los pasajeros que se levantan de sus asientos para salir por el *finger* como almas que lleva el diablo, cansados de tantas horas de vuelo.

Yana se levantó de su asiento poco a poco, cuando el avión estaba ya casi vacío, y cogió su equipaje de mano con pereza. Tenía el brazo izquierdo entumecido y le costó sujetar la pequeña maleta y su ordenador portátil. Un hombre de mediana edad la ayudó al ver las dificultades que tenía la joven. Ella se giró y le dio las gracias en un más que correcto castellano.

Al llegar a la terminal del aeropuerto de Los Rodeos, una niebla y un frío húmedo le dieron la bienvenida. No obstante, ya estaba bien avanzado el mes de noviembre y el clima no era precisamente lo mejor de la zona en aquellas épocas. Gracias a que llevaba ropa de abrigo a mano cuando salió de Praga, podía hacer uso de la misma de nuevo para aplacar las inclemencias del tiempo que se había encontrado en su primer contacto con la isla de Tenerife. Lejos parecían quedar esas imágenes idílicas de sol y playa que había visto en internet antes de hacer su viaje.

Confusa y aturdida aún por la larga siesta del viaje, decidió volver a entrar en la terminal y comer algo. Encendió el móvil y comprobó que tenía dos mensajes de whatsapp de su contacto en el Museo Histórico, alguien llamado Aarón. En sendos textos le comentaba que le avisara cuando ella llegase al aeropuerto para ir a recogerla, e insistir con una nota de que se abrigase por el mal tiempo. Yana sonrió por lo paradójico que le parecía recibirlos ahora.

Tomó un sorbo de café y realizó la llamada pertinente a Aarón para que fuese a buscarla. Éste, solícito, no tardó en plantarse en la cafetería de la terminal que ella le indicó con un cartel en la mano en el que estaba inscrito el nombre de "Yana Melniková". Ella, al verlo, levanto una mano para llamar su atención.

Pocas veces Aarón había visto una mujer tan hermosa. Yana era una belleza eslava de casi treinta años, con sus rasgados y grandes ojos azules, sus labios carnosos y bien delineados, su naricilla frágil y delgada, un cabello rubio ondulado que caía más allá de sus hombros como olas de luz solar y un cuerpo escultural y atlético; le costó unos segundos armarse de valor para dirigirse a ella. Era un hombre inseguro de poco más de treinta y cinco años, algo regordete, de pequeños ojos marrones, que llevaba una barba bien cuidada y un peinado moderno, rapado por ambos lados de la cabeza. De estatura, apenas era unos pocos centímetros más bajo que ella.

—¿Señorita Melnikova? —dijo él, intentando no mostrar su carácter dubitativo.

—Melniková. —Yana hico hincapié en la tilde al final de su apellido—. Sí, soy yo.

—Encantado, yo soy Aarón y soy ayudante del Director del Museo Histórico de La Laguna —se presentó.

—Encantada.

—Habla usted muy bien el español —comentó Aarón con nerviosismo, pero sonriente y agradecido de no tener que usar su mal nivel de inglés.

—Muchas gracias, lo estudié cuando estaba en el instituto y luego lo perfeccioné en la escuela de idiomas —contestó Yana con amabilidad—. ¿Nos vamos?

—¿Eh? ¡Oh, sí, claro! —El joven historiador estaba tan embelesado por la belleza de Yana que parecía haberse olvidado de su verdadera función.

Se encaminaron al aparcamiento del aeropuerto y subieron al pequeño coche del ayudante. Las maletas de Yana sobresalían del maletero, así que tuvieron que subirlos en los asientos traseros, lo que restó visibilidad por el espejo retrovisor a Aarón mientras conducía. En todo caso, el paseo hasta la ciudad de La Laguna tampoco era demasiado largo, pues estaba bastante pegado al aeropuerto. En apenas unos pocos minutos, ya habían llegado al edificio del Palacio Lercaro.

La sede del actual Museo Histórico era en realidad una edificación de estilo señorial colonial, con los muros exteriores pintados de un tono ocre azafranado, mientras que una de las esquinas presentaba una ornamentación en roca viva de color pizarra. La entrada era un portón de doble hoja con adorno de arcada rectangular hecha en piedra, sobre la cual se encontraba un ventanal con rejas que estaba custodiada a ambos lados por dos ventanales más pequeños de madera, y, sobre este, una ornamentación en el tejado hecha en piedra en forma semicircular. A Yana le parecía una auténtica maravilla de la arquitectura señorial de las islas.

Al entrar en el interior, un enorme patio ajardinado le dio la bienvenida. Estaba bien cuidado, y sobre el mismo se erguía regia una palmera canaria que guardaba bajo sus ramas un hermoso drago y otras plantas de las islas. Alrededor, en la parte superior, se podían ver los corredores de madera cubiertos por ventanales que cubrían todo el pasadizo y que estaban sujetos por pequeñas columnatas de madera, mientras que la parte inferior albergaba diferentes habitáculos en el que se encontraban varias oficinas, el despacho del director o la sala de seguridad del museo.

—Esto es una maravilla —dijo ella en voz alta.

—Me alegro mucho de que le guste, señorita Melniková —aseveró una voz masculina que la sacó de su asombro inicial. Ella le miró cuando ya estaba casi a su altura y le tendía una mano con gentileza—. Soy Germán Domínguez, Director del Museo Histórico.

—Es un placer, señor Director —replicó ella también con educación.

—El placer es nuestro, señorita Melniková. —El director sí parecía estar familiarizado con los rudimentos de los apellidos checos.

—Así que aquí es donde voy a trabajar los próximos dos años —continuó Yana, volviendo a mirar hacia los corredores superiores.

—Sí, si es su deseo, por supuesto. Me pareció muy chocante que se interesara por la historia de nuestra tierra.

—Bueno, todo el mundo conoce Canarias por sus playas y su sol, y mi trabajo es mostrar otra cara de las islas, la más cultural e histórica.

—¿Qué parte de nuestra historia le parece más interesante? —indagó con curiosidad Germán, mientras hacía un gesto a Aarón para que llevara las cosas de Yana hasta el hotel que le habían reservado.

—Pues, la verdad, hay tantas cosas que me interesan que no sabría por dónde empezar. —Yana observó que Aarón salía de nuevo y se marchaba con el coche—. ¿Adónde va?

—Al hotel, a dejar sus cosas en consigna mientras arreglamos sus papeles y firmamos los contratos de colaboración. ¿Los ha traído? —dijo Germán, indicando a Yana que le siguiera hasta su despacho para realizar los trámites burocráticos.

—Sí, por supuesto —dijo ella—. Los llevo en el maletín del ordenador portátil.

—¿Y dónde está? —preguntó el director con extrañeza al ver las manos vacías de Yana.

—Están en el coche —sonrió ella.

—Qué mal empezamos —bromeó Germán, que a continuación empezó a reír.

—Lo que mal empieza, bien acaba —continuó Yana, riendo a su vez.

El director sacó el móvil del bolsillo de su chaqueta y llamó a Aarón para que regresara de inmediato al museo. Cuando colgó, ambos sonreían abiertamente y comentaron las banalidades del viaje de la joven historiadora.

Capítulo 3

l hotel de cuatro estrellas en el que se hospedaba Yana ofrecía todo cuanto necesitaba para sus primeros días de estancia en la ciudad, hasta que encontrara una casa que poder alquilar. Era un hotel de cuatro estrellas que le ofreció una habitación tipo suite, con un baño, salón y una pequeña cocina. Además, estaba a apenas un kilómetro de distancia del museo, por lo que no necesitaría desplazarse en coche, de ese modo conocería mejor las calles de la ciudad.

Cuando se encontró a solas en su suite, se sentó en el borde lateral de una de las camas –pues le habían dado una habitación doble– y comenzó a llorar de nuevo. El mero hecho de tener tanto espacio donde acostarse la hacía recordar los años vividos con su novia, por lo que decidió quitar las sábanas de la otra cama y dejar sólo el colchón desnudo. Luego, una vez se recompuso, se desnudó y se dio una ducha rápida para, a continuación, bajar hasta el restaurante del hotel y comer algo. Eran casi las siete de la tarde y estaba muerta de hambre, pues no había comido nada desde que había desayunado en el aeropuerto. Dado su apetito, estaba dispuesta a disfrutar de una opípara comida y sin que nadie la molestase. Al menos, esa era su idea inicial.

Cuando el camarero le servía su cerveza Dorada Especial ante sus ojos, el móvil de Yana sonó con un estridente ruido que la molestó. Al mirar en la pantalla vio que se trataba de Germán, el director del museo. «¿Qué querrá ahora?» Se preguntó ella sin disimular su disgusto por la interrupción.

—Hola, director, ¿qué tal? —dijo ella, fingiendo una amabilidad que no sentía.

—Disculpe que la moleste, Yana, pero he estado repasando los contratos y he visto un punto que me ha sorprendido —contestó la voz metálica al otro lado del aparato.

—¿Qué es?

—Aquí pone que usted prefiere trabajar en horas nocturnas.

—Así es, para evitar la presencia de turistas mientras investigo y estudio.

—Entiendo, pero es que hay un problema —apostilló Germán.

—¿Qué problema? —se interesó ella.

—Verá, es que por la noche no hay nadie en el museo, sólo el personal de seguridad.

—Bueno, ¿y eso es un problema? —insistió Yana, algo molesta.

—Es que, bueno… —balbuceó dubitativo—. No creo que le guste trabajar aquí de noche. Ya sabe, es un edificio antiguo y tiene sus historias y esas cosas.

—¿Me está diciendo que no quiere que trabaje de noche por supersticiones locales?

—No es un tema que sea para hablarlo por teléfono, señorita Melniková. —La voz del director se tornó seria y grave, incluso algo temblorosa.

—Bueno, pues mañana por la mañana pasaré a verle y lo hablamos en privado, si le parece bien —dijo ella con seriedad. Estaba atónita y enfadada por su primer contratiempo.

—De acuerdo, mañana nos veremos y le contaré los motivos de mi sugerencia para que olvide esa idea de trabajar por la noche en este edificio.

—Será un placer. —Yana no quiso saber nada más y se despidió—. Que tenga usted una buena tarde, señor Domínguez.

Cuando colocó el móvil a un lado de la mesa, lo miró durante unos segundos mientras sorbía su primer trago de cerveza. El primer regusto de la fermentación le supo a gloria, y pronto olvidó la llamada del director. Llamó al camarero y pidió una comanda generosa de tapas de la isla para disfrutar de su primer día en Tenerife.

* * *

La mañana siguiente, un sol resplandeciente lucía en el cielo de la ciudad. Yana se sorprendió del repentino cambio de clima y disfrutó de su paseo por las calles del centro de La Laguna, sobre todo por el casco histórico, donde estaba situado el museo.

Al llegar al edificio, se presentó a un guardia de seguridad que estaba en el patio y éste le indicó dónde se encontraba el director en ese momento. Yana pensó que debería estar en su despacho, pero se sorprendió al saber que Germán llevaba un par de horas metido en una habitación en desuso, tal como le indicó el guardia. Subió por las escaleras de madera y atravesó el corredor que estaba envuelto por un hermoso acristalado. Llegó al final del mismo, después de torcer a la derecha, y contempló una puerta entreabierta al final del mismo. Supuso que el director se encontraba allí. Tocó con los nudillos, pero sin demasiado ruido.

—¿Director, está usted aquí? —preguntó, intentando acostumbrarse a la oscuridad que reinaba en el interior. La única ventana de la estancia estaba cerrada a cal y canto.

—Pase, Yana —dijo éste con su voz grave.

—Pensé que estaría en su despacho, esperándome para que habláramos de lo que me comentó ayer. —Su vista se agudizó y distinguió la figura del director sentada en un sillón, al fondo de la habitación.

—Preferí hablar con usted aquí, a solas y sin que nos molesten.

—¿A oscuras? —Yana se inquietó un poco, pero no vaciló en avanzar hacia donde se encontraba Germán.

—Sí, es mejor así —respondió él, aportando más misterio al asunto que tenía que tratar con la historiadora checa.

—¿Por qué no abre la ventana? —La joven se acercó para abrir una de las contraventanas.

—¡No! ¡Ni se le ocurra abrir la ventana! —gritó Germán, mientras corría a agarrar el brazo de Yana.

—¡Oiga! ¿Qué se cree usted? —se indignó ella—. Yo no he venido hasta aquí para que me falte al respeto con su actitud.

—Por favor, Yana, no se enfade —suplicó el director—. Siéntese en el sillón y escuche lo que tengo que contarle. Luego, tome usted la decisión que quiera. —Le señaló un sofá viejo y ajado que estaba situado justo al lado en el que él se sentaba.

—De acuerdo, hable de una vez —dijo ella mientras se sentaba donde le indicaba, aún recelosa y disgustada.

—¿Quiere tomar algo? ¿Un café o una botella de agua? —le ofreció Germán para intentar que se calmase.

—No, muchas gracias —respondió Yana con tono seco y cortante.

—De acuerdo, pues iré directamente al grano —comenzó él—. ¿Qué sabe sobre esta edificación?

—¿Sobre el Palacio Lercaro? Bueno, lo que he podido leer en internet. Que fue una casa construida a finales del siglo XVI por un escribano público que tenía una hija a la que casó con un hombre importante, Francisco Lercaro de León, y luego…

—No, no, no —la interrumpió Germán—. No me refiero a eso.

—¿Entonces, a qué se refiere, señor Domínguez? —se impacientó Yana.

—¿No ha oído hablar usted de lo que pasó con Catalina Lercaro, hija de Francisco Lercaro?

—Sí, leí algo también en la red, cosas sobre una historia fatal en la que ella se suicidaba y luego que han visto fantasmas aquí.

—¿Y?

—¿Y? Pues nada, yo no creo en esas cosas.

—Entonces tenemos un problema, Yana.

—¿Por qué? No lo entiendo…

—El fantasma del que habla usted, es real —aseveró Germán, interrumpiéndola de nuevo.

—¡Vamos, por favor! —exclamó ella, a la vez que se levantaba del sillón—. No esperará usted que yo vaya a tragarme esas tonterías.

—Sólo le pido que reconsidere su propuesta de trabajar de noche —apostilló él, levantándose también.

—Germán, le agradezco su preocupación, pero le pido que me

deje trabajar a mi aire, nada más. Usted se ofreció a mi consulado para aportar la máxima colaboración durante mi estancia aquí.

—Sí, pero no esperaba que me pidieran trabajar en estas instalaciones durante la noche.

—Bueno, no se preocupe, que le prometo que no le haré responsable de nada si veo el fantasma de Catalina —comentó ella con sorna.

—Veo que no lo entiende —respondió Germán con gesto serio—. Está bien, haga lo que quiera.

Sin intercambiar más palabras, el director se marchó de la habitación oscura y dejó a solas a Yana. Ésta le miró con cierto desdén, pues le consideraba un crédulo ingenuo y supersticioso. Pensó que aquellos comentarios y rumores estaban bien para atraer la atención de turistas morbosos, y no dudó en plantear la posibilidad de incluir la historia del fantasma de Catalina en un futuro proyecto de turismo alternativo, orientado a degustadores del terror y los sucesos paranormales. Sonrió ante dicha posibilidad y se dispuso también a salir del cuarto.

Sin embargo, cuando iba a dar el primer paso, se percató de que había un cuadro de grandes dimensiones justo al lado de la puerta. Abrió un poco el ventanal que tenía a su derecha para que hubiera más luz y poder así ver mejor la imagen de la obra pictórica. La imagen representaba a un hombre de aspecto regio, vestido con ropajes de otra época. Pero lo que más llamó la atención de Yana fue el parecido que tenía con Germán. Impresionada por la similitud física, pensó que debían de ser parientes, así que cerró de nuevo la ventana y se encaminó a la salida.

Justo cuando había puesto los dos pies fuera, la puerta se cerró con fuerza a sus espaldas. El portazo se escuchó como un estruendo en todo el Palacio Lercaro, y el vello corporal de Yana se erizó por el miedo. Caminó de nuevo por el corredor, de vuelta al patio inferior y miró varias veces a sus espaldas.

No había nadie.

Capítulo 4

urante varias noches, Yana trabajó en sus investigaciones sin ningún tipo de contratiempos. A veces se cruzaba con Germán e intercambiaban algunas palabras, banales, por supuesto. Él nunca le preguntó si había visto o sentido ya al fantasma, y ella jamás le contó el escalofrío que sintió el día que la puerta de la habitación donde se habían reunido se había cerrado de golpe, en cuanto ella puso los dos pies fuera de la misma.

Sin embargo, la paz de la que disfrutaba la joven durante sus horas de estudio se interrumpió de golpe en la octava noche. Era cuatro de diciembre, y un viento gélido y lúgubre se colaba por los recovecos y esquinas del museo, haciendo sonar cantos tenebrosos que parecían provenir del más allá. Yana se dirigió a la máquina expendedora de café para servirse un cortado caliente, mientras que también decidió comprar un par de chocolatinas y un paquete de snacks salados.

Justo cuando la máquina de café hubo terminado de preparar el pedido, en el momento en el que el silencio volvió a reinar dentro del recinto, una sombra se colocó a la espalda de la historiadora. Yana se giró sobresaltada y soltó el vaso de cartón al suelo, desparramando el contenido sobre las baldosas de piedra.

—¡Dios Santo, Echeyde, vaya susto me has dado! —exclamó, al comprobar con alivio que se trataba del joven guardia que tenía servicio de vigilancia esa noche.

Ya habían coincidido tres veces desde que ella había llegado, y no le desagradaba en absoluto su compañía. Era un chico de veintiséis años, atlético, alto y guapo, además de proveer de buenas conversaciones a Yana cuando ésta necesitaba tomarse unos minutos de descanso durante su trabajo.

—Lo siento, no era mi intención asustarte —sonrió el chico—. Olí el café desde la oficina de cámaras y se me antojó acompañarte.

—¡Claro, faltaría más! —contestó ella con una cálida sonrisa.

—Vamos, acompáñame a la sala de descanso —la invitó, a la vez que la ayudaba a cargar con su nuevo café, que él había sacado de la máquina también para ella.

—Vaya frío hace aquí —comentó Yana, mientras se sentaban en sendas sillas de madera, delante de una mesa cuadrada del mismo material.

—Sí, las noches en La Laguna pueden llegar a ser realmente desagradables en invierno —aseveró Echeyde, que llevaba puesto un chaquetón grueso de color marrón oscuro, en el cual sólo destacaban los colores blancos de las enseñas de la empresa de seguridad para la que trabajaba—. De hecho, no sé cómo eres capaz de aguantar este clima con tan solo un suéter encima.

—Supongo que estoy más acostumbrada al frío que vosotros.

—¿Y tu novio no te dice nada por venir tan desabrigada? —preguntó con astucia el vigilante.

—No tengo novio —respondió Yana, tornando la mirada hacia el suelo con un gesto de tristeza.

—Lo siento —se disculpó el joven, intuyendo que algo grave había pasado en la vida de Yana.

—No importa.

—¿Hace mucho que se separaron?

—No nos separamos. Ella murió hace algunas semanas.

Echeyde quedó estupefacto ante la respuesta, pues no era capaz de imaginar que una mujer tan hermosa fuera lesbiana, y porque tampoco era capaz de suponer cuánto dolor estaba soportando ella.

—En fin, no sé si servirá de algo, pero igual te gustaría salir conmigo un día a comer, así te enseño un poco más la isla. Te prometo que sólo como amigos —se ofreció el chico con una sonrisa y cogiéndola con ternura de la mano que sujetaba el café caliente.

—La verdad es que me encantaría —dijo ella, levantando la cabeza y dibujando una muesca en sus labios que parecían una débil y furtiva sonrisa.

Durante unos segundos, ambos se mantuvieron en silencio, hasta que Echeyde volvió a romper el muro del mutismo forzado con su simpatía y contó a Yana algunas anécdotas divertidas que le habían sucedido en sus pocos años de trabajo. Fue ese momento el que aprovechó ella para intentar sonsacarle algo más de información sobre los fenómenos paranormales que decía Germán que se producían en el museo.

—¿Te puedo hacer una pregunta? —dijo al vigilante, aprovechando que su carácter afable era abierto y sincero.

—¡Claro, faltaría más! —respondió Echeyde.

—¿Qué sabes del fantasma de Catalina? —soltó de sopetón—. Tú llevas algunos años trabajando aquí de noche, así que imagino que habrás visto algo.

—¿A qué viene eso ahora? —El gesto del joven demudó en un semblante serio y pálido.

—Es que Germán, el director, me habló de ella, pero yo aún no la he visto.

—Es mejor no hablar de eso —dijo lacónicamente el guardia.

—¿Por qué? ¿Tú también crees en ella? —insistió Yana.

—Ya te he dicho que es mejor no mencionar el tema, y punto —respondió con tono cortante.

A renglón seguido, se levantó de su silla y salió de la sala de descanso con paso vivo y sin mirar atrás. La historiadora le siguió con la mirada y observó cómo se encerraba en el cuarto de seguridad con un sonoro portazo que dejaba ver el malestar de Echeyde al hablar sobre el encantamiento del edificio.

Fue entonces cuando vio una sombra etérea que se cruzó por delante de la puerta. Al instante, ella se levantó de la silla y se acercó hasta la entrada de la sala para comprobar quién era la persona que deambulaba a esas horas por el patio. Miró a su izquierda y su cuerpo se paralizó al instante cuando apenas tuvo tiempo de ver cómo la presencia, en apariencia femenina, se lanzaba al pozo que aún estaba en el jardín, pegado a una de las paredes. Yana corrió hacia el pozo y cuando llegó hasta el mismo, comprobó que éste se encontraba vacío y no había nadie dentro.

Impactada por el acontecimiento que acababa de vivir, se dirigió hacia su despacho improvisado para intentar continuar con sus estudios históricos. No era capaz de concentrarse y, sin darse cuenta, la somnolencia fue haciendo presa en ella, hasta que cayó en un profundo sueño.

Capítulo 5

os dedos que acariciaban sus cabellos rubios despertaron a Yana, que estaba completamente dormida, con la cabeza apoyada sobre los dos brazos que reposaban cruzados en la mesa donde estaba trabajando. Justo cuando despertó, dejó de sentir la caricia suave en su pelo, pero lo que vio a su lado la dejó paralizada por completo. Incapaz de moverse o de gritar, la joven no podía dejar de mirar al ser que tenía ante sí.

Una figura femenina de una adolescente, etérea y luminiscente, estaba sentada a su lado. Tenía el cabello negro como el azabache, los ojos de color rojo y el iris negro, mientras que su atuendo consistía en un simple y transparente camisón de lino que dejaba ver el contorno de su figura al trasluz.

Para Yana no había duda de que debía ser el fantasma de Catalina Lercaro, aunque le costara creer lo que estaban viendo sus ojos en ese momento. Su cerebro luchó por salir del estado de terrorífica catarsis, pero sus esfuerzos fueron inútiles.

—Eres hermosa, querida —dijo la presencia con una voz casi infantil. Catalina se acercó a Yana hasta que sus rostros casi se tocaron—. No sabes cuánto tiempo he esperado para que el mundo de los vivos enviara a alguien como tú hasta mí.

—¿Quién eres? —preguntó Yana, que aún no era capaz de comprender qué estaba pasando.

—Soy Catalina Lercaro.

—No…eres…real —balbuceó Yana, incrédula.

—¿Por qué dices eso?

—Seguro que eres una pesadilla imbuida por las supercherías de ese viejo director —dijo con un atisbo de valentía, que le duró lo que tardó en darse cuenta de que era incapaz de moverse de la silla.

—Te aseguro que soy real, mi amor —respondió el fantasma.

—¿Qué…qué quieres? —tartamudeó la historiadora, haciendo un esfuerzo tremendo por romper el hechizo de la visión.

—Quiero lo mismo que tú, Yana —dijo Catalina, acariciando de nuevo los cabellos de la chica. No podía explicar cómo, pero el contacto físico era tan real como el de una persona viva, con la salvedad del frío que transmitía su piel nívea.

—No te entiendo… —dudó Yana, incapaz de deshacerse del misterioso hechizo.

—Sé cómo te sientes y lo que la echas de menos, pero debes pasar página y dejar que el amor llene de nuevo tu corazón.

—¿Qué quieres de mí?

—Quiero el amor eterno, imperecedero e inmortal, como tú. —Sus labios comenzaron a rozarse, y un lascivo beso no tardó en materializarse entre ambas—. Desde que te vi en el despacho de la parte superior me enamoré de ti.

—¿Estabas allí?

—Estoy siempre en todas las partes de la casa, y te he observado todas estas semanas.

—¿Por qué? —Yana sintió que la atracción que sentía hacia Catalina aumentaba a cada segundo. Era un magnetismo irresistible que la atrapaba irremisiblemente.

—Te necesito, Yana. Quiero que seas mi compañera en la eternidad.

—Pero… —intentó replicar la historiadora.

—No pongas excusas falaces, querida, sólo déjate llevar. —La guleh comenzó a besarla de nuevo con pasión y el lazo se cerró entre ambas con el sello de la lujuria.

El tiempo se detuvo de golpe. El frío de la noche invernal desapareció del todo. El viento que hacía ulular las grietas de la mansión se quedó mudo. El cuerpo de Yana ardió como si estuviera en medio de una hoguera inquisitorial, y la cognición desapareció por completo de su mente. Sólo quedó el sentimiento profundo de disolución de su alma. Luego, nada.

Oscuridad.

Silencio

* * *

La habitación del hotel estaba a oscuras. Yana se tocó la cabeza e hizo un gesto como si tuviera una horrible resaca. Cuando se levantó de la cama, un profundo mareo la hizo volver a tumbarse. Apenas podía divisar algo de claridad en la estancia, así que hizo un esfuerzo titánico para volver a ponerse en pie y se acercó a la ventana para descorrer las cortinas. A pesar de que la tarde caía y estaba nublado, mientras se derrumbaba una fina y constante lluvia, la claridad gris y anaranjada de un atardecer como aquel le parecía insoportable por lo que volvió a correr las cortinas y fue hasta el baño en la penumbra.

Estaba desnuda por completo, lo que la extrañó pues siempre solía dormir con algo encima. Encendió la luz del baño y se miró en el espejo, comprobó que tenía el pelo alborotado como si hubiera pasado una noche de fiesta. Sin embargo, lo que más llamó su atención fue la aparición repentina de dos pequeños agujeros sobre su pezón izquierdo, pequeño y rosado. Por uno de ellos se podía distinguir que todavía brotaba una gota de sangre, que rodó por su seno hasta saltar al vacío y caer al suelo.

—¿Pero qué...? —dijo en voz alta, aturdida y confusa.

Justo en ese momento, su móvil sonó con estridencia y ella arrugó el entrecejo, disgustada por el molesto ruido. Corrió a cogerlo antes de que continuara sonando y no miró la pantalla para saber quién la llamaba.

—¿Yana? —Era la voz de Germán—. ¿Dónde estás? ¿Estás bien?

—Buenas tardes, Germán. Sí, estoy bien, ¿por qué lo preguntas? —respondió ella, aún aturdida y confusa por el tono de urgencia del director.

—¡Gracias a Dios! Ven en cuanto puedas al museo, por favor —replicó él.

—¿Por qué esas prisas?

—Lo sabrás en cuanto llegues, ahora no te puedo decir nada más.

—De acuerdo, en unos minutos estaré allí —contestó ella, sin salir de su asombro—. Hasta ahora.

—Date prisa, por favor —se despidió Germán.

Sin dilación, se dio una ducha, se vistió con lo primero que cogió del armario y salió a todo correr del hotel en dirección al museo. La lluvia caía sobre ella de forma inclemente, haciendo que las diminutas gotas de agua impactaran suicidas contra su figura. Se cruzó con pocas personas, y los incautos que se atrevían a caminar por La Laguna en un día tan poco propicio la miraban con cierta sorpresa, ya que ella parecía no sentirse molesta con el clima en absoluto.

Cuando llego hasta el Palacio Lercaro, se sorprendió al ver que había varios coches de policía en la puerta. Apenas había unos pocos curiosos, los que eran capaces de resistir la lluvia y el frío. Alrededor de la entrada había un cordón de seguridad de varios agentes de aspecto aguerrido y ufano.

—Lo siento, no puede entrar, señorita —le dijo uno de los policías, impidiéndole el paso al interior del museo.

—¿Qué ha pasado? —preguntó ella, intentando echar un vistazo por encima de los hombros del guardia.

—No es de su incumbencia, así que váyase, por favor.

—¡Oiga, yo trabajo aquí! —exclamó.

—¡Yana, al fin! —La voz de Germán se hizo oír desde el interior del patio en cuanto éste la vio. Se acercó a paso vivo hasta la entrada y pidió al policía que la dejase entrar, algo que el agente hizo a regañadientes—. ¡Dios santo, nos temimos lo peor! —le espetó en cuanto estuvieron en el interior.

—¿Por qué? ¿Qué ha pasado, Germán? —preguntó, mientras observaba a varios policías y otras personas que iban y venían a su alrededor.

—¡Es horrible, Yana! —El director se echó una mano a la frente y se limpió los chorros de agua que caían por cabeza—. ¡Han encontrado el cuerpo de Echeyde muerto en el pozo!

—¿Qué? —La historiadora abrió los ojos de par en par y se llevó las manos a la boca para ahogar un grito—. No es posible, anoche estuve con él aquí.

—¿A qué hora te fuiste?

—Pues…no… —balbuceó dubitativa—. La verdad es que no lo sé.

—¿No lo sabes? —Germán hizo un gesto con las cejas de extrañeza.

—No sé, me quedé dormida en mi despacho y…

—¿Y?

—No sé qué hora era cuando desperté —comentó con vehemencia. Tenía lagunas en sus recuerdos sobre lo sucedido la noche anterior, y no era capaz de verbalizar sus temores. Por otra parte, tampoco encontraba la forma de explicar lo que le había sucedido.

—Bueno, no importa —dijo el director, tomándola del antebrazo con suavidad—. Vamos a hablar con el Inspector Méndez para que le cuentes lo que sepas.

En pocos minutos llegaron hasta la sala de seguridad del museo, que estaba repleta de policías tomando huellas y buscando pistas para esclarecer la muerte del joven vigilante de seguridad. Germán se acercó a un hombre no muy alto, pero corpulento. Era de mediana edad, rondando los cuarenta y tantos, tenía un pelo rubio como el trigo maduro y unos atractivos ojos azules; por otra parte, una densa y cuidada barba rubicunda adornaba su rostro. De hecho, su aspecto era más el de un hombre del norte de Europa que de las islas.

—¿Es usted Yana Melniková? —preguntó el agente, tendiendo la mano como gesto de cortesía. Su acento era también canario, pero algo diferente del de Germán o el de otros trabajadores del museo.

—Sí, soy yo —respondió ella.

—Tengo entendido que usted trabaja aquí por las noches.

—Sí, es mejor para concentrarme.

—¿Anoche estuvo aquí?

—Sí, estuve trabajando en un estudio sobre la conquista de Tenerife por parte de los españoles.

—¿Hasta qué hora estuvo?

—Pues, no sé. Me quedé dormida mientras leía uno de los libros y cuando desperté, me marché sin mirar el reloj. —Intentó parecer convincente y elocuente, modulando su voz y relajando su cuerpo.

—¿No sabe a qué hora se marchó? —insistió el investigador.

—Ya le he dicho que no miré el reloj.

—Ya, ya la he oído. ¿Vio algo o a alguien anoche?

—No —fue su lacónica y cortante respuesta.

—¿Está usted segura?

—Sí, totalmente segura.

—¿Tuvo algún contacto con el difunto durante la noche?

—Sí, nos tomamos un café juntos durante uno de mis descansos.

—¿De qué hablaron?

—Nada, cosas banales como mi ropa. También se ofreció a invitarme a conocer la isla un día de estos.

—De acuerdo, señorita Melniková, muchas gracias por su declaración —dijo el inspector—. Es probable que la llamen para volver a hacer un informe y nos aporte sus respuestas de forma más detallada.

—Será un placer ayudar en lo que pueda, agente —contestó ella.

Cuando el Inspector Méndez acabó, se fue con Germán a seguir investigando en el resto del edificio. Sin saber cómo, las cámaras de seguridad habían dejado de funcionar justo cuando ella se quedaba dormida en su despacho, y los inspectores estaban desconcertados ante este peculiar hecho. En apariencia, nadie había manipulado ni un solo botón o cable, así que no lograban encontrar una explicación plausible para aclarar el misterio de las cámaras.

Yana se quedó a solas y se volvió hacia el patio, donde la lluvia seguía cayendo de forma fina y constante. Salió de debajo del corredor que la guarecía y se acercó al pozo a paso lento, como si estuviera hipnotizada. Nadie se percató de ella ni de hacia dónde se dirigía. Alrededor del pozo había varias cintas delimitadoras que pretendían mantener apartado a cualquiera que quisiera acercarse. Ella rompió las cintas con una mano y escuchó un susurro que provenía del fondo abisal.

—Yana…ven conmigo —decía la voz femenina, suave y melódica.

La historiadora se asomó y oteó el interior de la fosa. Dentro de la misma, apenas visible por la falta de luz, estaba el cadáver de Echeyde totalmente destrozado y desmembrado.

Capítulo 6

ana estuvo sentada en su despacho durante más de una hora sin hacer absolutamente nada. Sólo se dedicaba a mirar al frente, sin mover un músculo y casi sin pestañear. La imagen del cuerpo descuartizado de Echeyde era una visión que la estaba atormentando todo el tiempo, y no era capaz de sacársela de la cabeza. No podía recordar nada de lo sucedido la noche anterior, por lo que no encajaba las piezas en su mente de cómo podría haber muerto el joven vigilante. Pero, lo que más la atormentaba era haber caído hipnotizada por la visión de Catalina mientras se besaban, después de eso no visualizaba ninguna imagen más en sus recuerdos.

—¿Por qué sufres tanto, querida? —dijo la voz de la presencia, justo a sus espaldas.

—¡Joder! —Yana dio un salto de la silla y se puso en pie al instante—. ¡Déjame en paz!

—Amor mío, ¿acaso no te gustó lo que disfrutamos anoche? —Catalina mostró una sonrisa maliciosa y la historiadora pudo entrever que dos incisivos desarrollados aparecían en su dentadura amarillenta.

—¿Qué hicimos? —preguntó confundida la atormentada joven checa.

—¡Oh, mi amor! ¡Fue tan excitante!

—Yo no recuerdo nada.

—¿En serio? —La mirada del fantasma se volvió fría mientras

avanzaba hacia Yana—. Pues es una lástima, porque parecías disfrutar mucho mientras jugábamos con tu amigo.

—¿Qué amigo? ¿De qué estás hablando? —Se apartó unos pasos.

—Del vigilante, quién va a ser.

—¡Dios santo!

—No, cariño, dios no tiene nada que ver en esto —comentó con sorna la vampira etérea.

—¡Tú le mataste! —exclamó Yana con lágrimas en los ojos.

—No, querida, fuimos las dos.

Al instante siguiente, Catalina saltó sobre Yana y la tumbó en el suelo, como si pesase demasiado para que la joven pudiera escaparse. Luego, lentamente, se acercó a su rostro y paseó la punta de su lengua por sus labios carnosos.

—Veo que eres incapaz de recordar qué hicimos anoche, así que te ayudaré a revivir nuestro amor pasional, querida —susurró con tono sibilino.

En un segundo, Yana volvía a encontrarse en su despacho improvisado, donde estaba ojeando un libro. Se veía a sí misma escribiendo notas en un ordenador portátil, mientras que aparecía Catalina a sus espaldas y la observaba con una sonrisa lasciva, paseando la lengua por su boca. Un instante después, Yana aparecía dormida y la vampira acariciaba los cabellos rubios hasta que la joven despertó y se sobresaltó ante la presencia física de la fantasma.

Sin embargo, las imágenes que vio a continuación fueron lo que realmente casi llevaron a la locura a Yana. De repente, ella estaba desnuda, tumbada y con las piernas abiertas sobre el escritorio. Catalina aparecía también desnuda, con un cuerpo etéreo, casi transparente y sujetaba en una de sus manos un crucifijo de madera de más de treinta centímetros de largo. Lo usó para acariciar el rostro y el cuello de la historiadora, mientras ésta se sumergía en un océano de pasión blasfema.

—Ellos dijeron que yo había pecado —dijo Catalina, mientas usaba la parte más larga del crucifijo para acariciar los pechos de Yana—. Dijeron que estaba condenada, pero yo les condeno a la muerte por sus mentiras y sus traiciones.

Ambas se besaron con pasión y las lenguas comenzaron a bailar como anguilas en un lago oscuro. La cruz dibujó círculos alrededor del clítoris de Yana, a la vez que Catalina lamía el pezón izquierdo de la joven.

—Me condenaron a vivir entre estos muros para siempre, mientras huían y me abandonaban aquí durante siglos —continuó su monólogo—, pero yo haré que mi venganza perdure por los siglos de los siglos y tú me acompañarás para siempre, Yana.

Fue justo cuando pronunció el nombre cuando introdujo el crucifijo en la cavidad venusina, entre gemidos de placer. A su vez, los colmillos de la guleh se clavaron en el pezón y comenzaron a succionar la sangre vital. Los alaridos orgásmicos resonaron en todo el recinto, y Echeyde apareció justo en el momento en el que la ambrosía prohibida del éxtasis femenino corría en cascadas entre los muslos de Yana.

Él no vio a Catalina, que se acercó por detrás con suma cautela, pero sí sintió sus colmillos cuando se clavaron en su cabeza, abriendo una fea herida en el cuero cabelludo. En ese instante, un feroz e incontrolable impulso hizo presa en el alma de Yana y ésta saltó sobre él para aplastar la caja torácica con un solo puñetazo. El corazón reventó dentro y se abrió una herida por la que comenzó a salir sangre a raudales.

Lo siguiente que vio en la escena fue cómo arrancaban las extremidades del vigilante y cómo disfrutaban de una orgía sangrienta, ambas desnudas, usando las extremidades como si fueran simples brochetas de hemoglobina.

El recuerdo cesó de golpe y Yana se encontraba de nuevo en el despacho. Catalina ya no estaba sobre ella, pero el recuerdo era vívido y tan real que hasta sentía aún el éxtasis orgásmico y el sabor dulzón de la sangre en su boca. Su mente era incapaz de asumir las imágenes y recuerdos que aún albergaba su piel.

—¡No, no puede ser! —gritó desesperada.

—¿Qué es lo que no puede ser, amor mío? —Catalina sonreía como una súcubo del infierno.

—¡Estos recuerdos lo has metido en mi mente!

—Acéptalo, querida, lo hicimos las dos juntas.

—¡No, me niego a creerlo!

Yana comenzó a moverse nerviosa por la estancia, como un animal enjaulado. Negaba con la cabeza y lloraba desconsolada, mientras que su alma se rebelaba para abrazar su nueva y oscura inmortalidad. Se sentó en el suelo y agarró sus rodillas, mientras se balanceaba en un fuerte vaivén.

Cuando su mente terminó de quebrarse sobre el filo hilo de la cordura, se levantó y corrió por el patio. No había policías, y el único vigilante que estaba disponible sólo pudo ser testigo de cómo ella se arrojaba al pozo de un salto, entre gritos y risas estridentes que erizaron el vello corporal del hombre. Después se hizo el silencio por completo. Dos segundos más tarde, el nuevo guardia llamaba a la policía.

* * *

Germán se levantó de la cama de un salto en cuanto escuchó el teléfono vibrar sobre la mesa de noche. Miró el reloj y comprobó que eran más de las tres de la madrugada. En la pantalla del móvil aparecía el nombre que identificaba la llamada como el Inspector Méndez?

—¿Diga? ¿Inspector Méndez? —dijo Germán con la voz ronca.

—Tiene que venir ahora mismo al museo —escuchó la voz al otro lado.

—¿Qué ha pasado?

—Se trata de Yana Melniková, director. Se ha suicidado

—¿Cómo ha dicho? —preguntó con sorprendido, aunque no muy compungido—. ¡Voy para allá!

Germán se vistió despacio y sin prisas, daba la impresión de no estar muy afectado por la desaparición de la joven historiadora. Se miró en el espejo del dormitorio mientras se colocaba la corbata con tranquilidad.

—Bien, ya tienes una nueva compañera, hija mía —dijo para sí en voz alta—. Prometí que cuidaría de ti mientras durara esta maldición. He cumplido mi parte del trato como padre tuyo que soy, así que espero que no aparezcas más hasta dentro de un largo tiempo, cuando quieras encapricharte con otra.

Se echó un poco de perfume por encima y salió de su casa para bajar hasta el garaje donde guardaba el coche. Mientras lo hacía, en su habitación se encendió el ordenador por sí solo y apareció en la pantalla lo que parecía un currículum de alguien. Escrito en negrita, sobre el nombre y en color rojo aparecía la siguiente nota: *"Posible candidata para Catalina"*

El currículum era el de Yana Melniková.

LOS
CRÍMENES
DE
SUNSET
BOULEVARD

Capítulo 1

abía un rumor en la ciudad, el cual decía que la muerte cabalgaba sobre dos ruedas. Había relatos sobre el relinchar de los setenta y cuatro caballos de potencia del motor de una Harley Davidson Softail Heritage del ochenta y seis, que era el presagio del final de los días para el mortal que tenía la desgracia de cruzarse con la jinete que gobernaba las riendas de la infernal máquina, roja como la sangre. Eso contaban algunos en las oscuras esquinas de Los Ángeles, cuyos secretos se enumeraban por miles y todos eran ominosos y sórdidos para el oído que se atrevía a escuchar lo que susurraban los viejos muros de la gran ciudad californiana.

Nadie la había visto con claridad y, sin embargo, todos la temían. Nadie había escuchado su nombre real, pero todos la conocían. Nadie que se hubiera cruzado en su camino había vivido para contarlo, pero tampoco se sabía qué hacía con los cuerpos de los desaparecidos. Algunos decían que era una encarnación del diablo, otros creíann que era una asesina en serie; y los más beatos hablaban de un ángel de la muerte que había venido a este mundo a hacer pagar a los humanos por sus pecados. Lo que no sabían es que era todas esas cosas a la vez. O ninguna de ellas, según se mire.

En todo caso, lo importante que hay que saber en esta historia es que ella era lo que era, una vampira de sed insaciable y cuyo poder parecía no conocer límites. Era una hija de la noche y disfrutaba con las cacerías entre las pérfidas calles, que llevaba a cabo a lomos de un corcel de acero. Su mirada hipnotizaba, su voz era melodía celestial y sus labios carnosos, pintados de negro, eran puro fuego del infierno. Los ojos violeta se clavaban en la potencial víctima, las curvas voluptuosas de su cuerpo se movían en una danza nupcial que invitaba a caer rendido ante su hechizo. El cabello ondulado y negro que cubría su cabeza, y llegaba por debajo de los hombros, era una cortina de satén que atrapaba la voluntad del más valeroso ser y lo sometía a los caprichos que surcaban la mente de la depredadora.

Se contaban tantas cosas, que Christian Sullivan sólo las anotaba en el expediente que le había encargado el inspector McGregor para que se pusiera manos a la obra con el asunto de los extraños crímenes que azotaban la ciudad de norte a sur y de este a oeste. Vampira o asesina, la cuestión era dar con ella y atraparla antes de que siguiera provocando el pánico en las calles de la gran urbe angelina. Según los informes, las víctimas se contaban por decenas y no parecía haber un patrón determinado en la ejecución de los asesinatos, excepto uno: los cuerpos hallados hasta ese momento habían sido encontrados en estado exangüe. De los otros desaparecidos que se le atribuían no se sabía absolutamente nada.

Eran apenas las cinco de la tarde, pero el sol comenzaba a descender en el horizonte y un pálido atardecer invernal se atrevía a dominar el cielo. El agente cogió entre las dos manos el vaso de café de Starbucks que le había traído su nuevo compañero, Steven Leister, y calentó las palmas y los dedos con el contenido de cafeína ardiente. Daba la impresión de que iba a ser una temporada gélida y anormal en California, donde solía predominar un clima cálido la mayor parte del año, excepto ese, justo ese, el de los crímenes de Sunset Boulevard.

Según el último informe que acababa de redactar, apareció un cadáver decapitado en la zona del Pan Pacific Park. No tenía documentación y las ropas que portaba eran andrajosas, por lo que era de suponer que se trataba de un vagabundo, o uno de los miles de decadentes hijos malditos del fentanilo. Sin embargo, el forense aseguraba en su expediente que no había rastros de narcóticos en los restos mortales de la víctima. Se sabía que era un varón joven y que tenía varios tatuajes en el cuerpo, entre los que destacaba uno que representaba al escudo de la Infantería de Marina en el que se podía leer el lema de la unidad, "*Semper Fidelis*", tan conocido y famoso.

Christian volvió a la mesa de trabajo y continuó echando un vistazo a las fotos que se habían sacado en la escena del crimen durante la mañana. Le sorprendía que hubiera jirones de piel sanguinolenta que colgaban del cuello y no hubiera marcas de cortes de ningún tipo. La bestia que había arrancado la cabeza del pobre hombre, lo había hecho con sus propias manos, aunque para eso hacía falta tener una fuerza sobrehumana, antinatural.

—Todavía me pregunto cómo alguien pudo hacer algo así —comentó Steven, que se sentó al lado de la mesa del inspector.

—Ya nada me sorprende de este mundo, chico —le contestó sin mirarle—. Llevo mucho tiempo en Homicidios y he visto de todo.

—¿Incluso algo así?

—Y cosas peores, te lo aseguro.

—Supongo que hay demasiada maldad en el mundo —reflexionó Steven—. Tendré que acostumbrarme a ello.

—No, el mal es algo intrínseco del ser humano, muchacho, y a eso nunca se acostumbra uno —le rectificó Christian—. Desde niño he visto cuánta mezquindad puede albergar una mente, pero nunca he podido acostumbrarme a ello. Si algún día lo hiciera, perdería lo que me queda de humanidad.

—¿Por eso se hizo inspector de homicidios, para descubrir tantos crímenes?

—En parte sí, pero también tenía una deuda que pagar con la sociedad.

—¿Y qué deuda es esa?

—Una que algún día podré saldar por completo.

—¿No me dirá cuál es? —insistió el detective.

—No, es mejor que no —respondió el inspector de forma cortante.

—Bueno, ¿y no se hace una idea de quién estará cometiendo estos crímenes? —comentó Steven para cambiar de tema—. No se puede negar que hay muchas bandas latinas en Los Ángeles y que controlan zonas y barrios enteros —El comentario dejó salir un rasgo común en el americano medio: la xenofobia.

—¿Sabes cuántos latinos viven en esta ciudad, muchacho? —preguntó Christian de forma retórica—. Hay más de cinco millones de habitantes en Los Ángeles y casi tres millones de ellos son de origen sudamericano o centroamericano.

—Ya, pero… —intentó argumentar el joven agente. Christian le interrumpió.

—¿Sabes cuántos delitos comete la comunidad latina en esas calles de ahí fuera? —continuó con vehemencia—. No llega al nueve por ciento, independientemente del crimen que sea: robos, homicidios, violaciones…

» Y deja que te diga otra cosa. Es la comunidad blanca la que comete más delitos, según el último informe que nos envió el FBI hace tres meses, y que se corresponde con los índices de criminalidad del año pasado. Así que, por favor, guárdate tus prejuicios y aprende de lo que pueda enseñarte, si es que de verdad quieres ser inspector algún día.

—Sí señor —contestó Steven de forma lacónica.

—Vamos a centrarnos en encontrar a esa asesina que actúa por la zona del norte de la ciudad, ¿de acuerdo? —apostilló Christian.

—Sí señor. —Steven agachó la cabeza y removió los papeles del informe con nerviosismo. Parecía un niño pequeño al que echan una reprimenda.

—De acuerdo, vayamos entonces a buscar a esa bestia inmunda —apostilló el inspector, a la vez que agarraba las llaves del vehículo que usaban para el trabajo y se dirigía a la salida de las oficinas.

—¿Cómo sabe que es una mujer? —se atrevió a preguntar Steven.

—Porque es lo que dicen los testigos con los que hemos hablado.

—Así que estamos dando palos de ciego en base a comentarios y habladurías.

—¿Tienes alguna pista mejor que eso? —replicó el inspector.

—No señor.

—Entonces agarrémonos a lo que tenemos y veremos si podemos llegar a algo más.

Sin dilación y sin intercambiar más palabras, ambos salieron del edificio y cogieron el coche del oficial para continuar con la búsqueda de la responsable de tantos asesinatos. Ese era el único dato del que tenían certeza, que era una mujer, pues todo lo demás no eran más que conjeturas y alucinaciones de testigos de dudosa reputación, como vagabundos o toxicómanos. Al menos, eso pensaba el inspector Sullivan.

Capítulo 2

Aunque fuera una de las ciudades más bulliciosas del mundo, Los Angeles, a las cuatro de la madrugada, también tenía rincones que dormían en silencio. Sin embargo, ese silencio se rompió de repente cuando el ruido de una moto atravesó la calle Rodeo Drive a toda velocidad. Sobre la máquina iba montada una figura femenina vestida con un mono de cuero negro y cuya cabeza iba cubierta con un casco del mismo color. Los pedales de la Harley Davidson eran accionados por unas botas también oscuras y no dejaban de cambiar las marchas, en función de la velocidad que tomara sobre el asfalto.

En la parte trasera del casco sobresalían unos largos cabellos negros, que rielaban de forma espectral sobre la espalda de la motorista. A pesar de circular a más de cien kilómetros por hora, los reflejos sobrehumanos de la vampira impedían que pudiera tener algún tipo de accidente. Esquivaba los pocos coches que circulaban por la ancha vía como un fantasma apenas perceptible para los conductores somnolientos. Se saltó todos los semáforos que encontró y ondulaba la marcha cuando se cruzaba con otros vehículos. La sed, eterna maldición, la obligaba a conducir con semejante temeridad y buscar cuanto antes la forma de apaciguar la voz hambrienta de su naturaleza vampírica. Estaba segura de que entre todas las mansiones que albergaba la calle, en alguna de ellas se encontraba su próxima víctima. La cuestión era encontrar la casa adecuada, y de eso ya se había encargado dos días antes, mientras investigaba la zona para convertirla en una futura zona de caza.

Cuando llegó al final de la avenida, justo delante del Will Rogers Memorial Park, giró a la izquierda y se metió en Sunset Boulevard, recorriendo toda su extensión hasta el final, a apenas setecientos metros. Donde la conocida calle curvaba hacia el norte, había un club de golf y, antes del mismo, un lugar repleto de vegetación donde podía esconder la moto. No muy lejos, en Greenway Drive, había una hermosa mansión de paredes blancas y techos grises a dos aguas. Ideal para ella y convertirla en su próxima residencia.

Lo mejor de los barrios donde habitaba gente adinerada era que solían ser muy herméticos en la comunidad, y eso le otorgaba un punto extra de intimidad para llevar su vida como le diera la gana y de la forma que le obligaba su condición de depredadora. Era algo que llevaba haciendo desde hacía más de un siglo y había refinado los métodos de usurpación de mansiones, después de los fracasos iniciales de su nueva vida.

Siempre había soñado con visitar la costa oeste y, para ella, California era un sitio especial y siempre había deseado residir en ese Estado del país. Era algo paradójico que amara un sitio en el que lucía tanto el sol y que era conocido en todo el mundo por sus playas y por la opulencia de las zonas comerciales. Pero ella lo amaba por un motivo menos glamuroso y más sórdido: el alto índice de criminalidad. Con los asesinatos y agresiones que se producían en Los Ángeles todos los días, su actividad de vampira casi pasaría desapercibida.

Además, había otro detalle que le gustaba y era la relativa cercanía de lugares escondidos donde podía ocultar los cadáveres de sus víctimas de cada noche. Esa era la primera regla que había aprendido cuando comenzó su existencia vampírica: nunca dejes un cuerpo a la vista. Aunque no siempre la cumplía. De cada persona de la que se había alimentado, se desconocía casi siempre el paradero y eso hacía que fuera todavía más complicado dar con ella. Tampoco le importaba dejar algún rastro de vez en cuando, ya que nunca pensó que pudieran atraparla. Siempre estaba vagando de aquí para allá y eso dificultaba su localización.

En este caso, la vivienda elegida estaba situada en un lugar idóneo para deshacerse de los cuerpos de los que se alimentaría en el futuro, empezando por los habitantes de la residencia a la que miraba mientras tenía el culo apoyado en el asiento de la moto y se despojaba del casco. Allí esperaba el momento adecuado para atacar y no le quitaba los ojos de encima a las luces, que se podían ver encendidas a través de las diferentes ventanas.

Se había ocultado, junto a la motocicleta, entre unos setos altos y frondosos. Encendió un cigarrillo y la débil luz del mechero iluminó su cara pálida y los rizados cabellos negros que cubrían su cabeza y bajaban por debajo de los hombros. En los ojos se podía observar una determinación que iba más allá del mero alimento; era puro placer lo que sentía cuando mataba a sus presas. Así, como una sigilosa depredadora de una jungla de asfalto, cemento y cristal, esperó con tranquilidad a que las luces se apagaran en cada una de las ventanas.

Había llegado el momento. Apenas una hora después de que ella aparcase la moto, la última luz desapareció y pensó que había llegado la hora de actuar. Tiró la colilla del segundo cigarrillo a medio terminar y la pisó con la bota para apagarla. Miró a ambos lados de la calle y se cercioró de que no había nadie observándola al cruzar. Por supuesto, gracias a su habilidad sobrenatural, no le costó subirse a un árbol cercano a la casa y, desde ahí, saltar al tejado de la mansión. No hizo ningún ruido y sus pisadas parecían las de una gata en medio de la noche. Paseó por la techumbre con una facilidad extrema y se deleitó durante unos segundos con el sordo sonido de la brisa nocturna, que hacía rielar las cortinas de una de las ventanas como si fueran fantasmas ominosos. Sin embargo, el ente que entró a través de ellas era mucho más real y tangible, una cazadora sin piedad que estaba a punto de realizar un sangriento ritual entre las paredes de la casa.

Al entrar en el salón, se encontró con dos perros pequeños que dormían a pata suelta sobre sendas camas acolchadas. Alzaron la cabeza al ver la figura y olieron la presencia de la intrusa, pero no se movieron de donde estaban y se volvieron a dormir en pocos segundos. Era evidente que estaban acostumbrados a infinidad de visitas inesperadas y no les sorprendía que ella estuviera allí en aquel momento. En todo caso, aunque hubieran ladrado para avisar del asalto, de nada les habría servido a los cinco habitantes de la vivienda.

En la misma se encontraba un matrimonio de mediana edad, dos niños de once y ocho años, y una empleada de hogar interna, también joven. Ella sabía hasta en qué dormitorios descansaban y decidió comenzar por el marido y padre, pues era el rival más fuerte y tenía que neutralizarlo en primer lugar. Las anteriores ocasiones en las que había usurpado viviendas, había realizado el mismo ritual y estaba acostumbrada a hacerlo. Incluso, cuando en 1933 tuvo que enfrentarse a un titánico varón que trabajaba como operario en los astilleros de Pittsburgh, no tuvo problemas en matarle en cuestión de segundos. Esta vez parecía que iba a ser más fácil ocuparse del hombre, ya que no era especialmente fuerte y tenía una constitución escuálida; tanto era así que llegó a plantearse si matar primero a la mujer, que era rolliza y más alta que él. Al final, el orden en el que les diera muerte sería lo de menos, pues no tardaría demasiado en acabar con ambos.

Fue hasta el dormitorio principal y encontró al matrimonio durmiendo un profundo sueño. El ruido de los ronquidos que emitían opacaba cualquier otro sonido que pudiera darse en la estancia, débilmente iluminada por las farolas de la calle aledaña. La sombra de la depredadora se movió sobre el suelo enmoquetado con la cautela de una leona que está a punto de saltar sobre su presa. Se acercó a la cama y se inclinó lentamente sobre el cuello del hombre, que se removió un poco y giró la cabeza hacia la derecha, dejando la arteria carótida al descubierto.

Había llegado la hora y ella no desperdició la oportunidad. Clavó sus largos colmillos en la piel y agarró con fuerza el cuerpo de la víctima. Él comenzó a moverse de forma espasmódica, pero fue incapaz de deshacerse del abrazo mortal que la vampira ejercía con una fuerza sobrehumana. Al otro lado del colchón, su esposa dio un brinco y cayó al suelo, sin dejar de mirar con gesto de terror la escena que se estaba produciendo en ese momento y gritando de pánico. La asesina tan solo tardó unos segundos en vaciar de sangre el cuerpo, que dejó de patalear y bracear cuando la vida abandonó la carcasa de carne sudada. Mercy echó un vistazo a la temblorosa mujer y saltó sobre ella sin pensárselo dos veces, giró de forma violenta el cuello y éste se rompió con un sonoro crujido. El matrimonio ya había sido eliminado y ella se había alimentado sin mesura alguna, lo que hizo que pasara la lengua por la comisura de los labios y saboreara las últimas gotas de sangre que le había arrebatado al infausto ser humano, cuyo cadáver adornaba las sábanas sanguinolentas.

Sin embargo, los alaridos de la mujer habían provocado un alboroto en la casa y los hijos de la pareja no tardaron en aparecer por la puerta del dormitorio. Los chicos no tuvieron tiempo de decir nada, pues la vampira aprovechó la ocasión y no dudó en matarlos de la misma forma que había usado para acabar con la vida de su madre. Pero faltaba alguien a la que eliminar de la ecuación y esa era la asistenta, que podría estar llamando en ese momento a la policía. La intrusa asesina bajó las escaleras con lentitud, sin prisas, y llegó hasta las dependencias de la última víctima que le quedaba por liquidar. Se acercó a la puerta de la habitación y vio que estaba cerrada con el pestillo echado. «¡Vaya estupidez!», pensó. Sólo necesitó una patada para abrirla de par en par y se encontró con que la criada, una mujer latina. No tenía el teléfono en la mano, sino un rosario con el que apuntaba a Mercy.

—¿Crees que eso te va a salvar de mí, Catalina? —La vampira había leído su mente en varias ocasiones, mientras observaba a la familia para planear el asalto.

Se acercó dos pasos más.

—¡Apártate de mí, demonio! —gritó la desdichada sirvienta—. ¡No te vas a apoderar de mi alma!

—No es tu alma lo que deseo, querida —respondió Mercy, que esbozó una sonrisa ladina.

Acto seguido, dio un salto de más de dos metros y cayó sobre Catalina, a la vez que le clavaba los colmillos en la vena carótida y succionaba la sangre hasta matarla. La vampira levantó la cabeza cuando hubo terminado y limpió los restos del líquido de la comisura de sus labios con la lengua, en un gesto que podría parecer hasta lascivo. Se puso en pie y salió del cuarto, a la espera de escuchar las sirenas de la policía. En caso de que aparecieran las fuerzas del orden, no tendría más remedio que abandonar la casa y buscar otro lugar para esconderse.

Sin embargo no fue así, y entonces se dio cuenta de que no habían llamado a emergencias, lo que era una buena señal. La casa sería suya y nadie se percataría de la ausencia de la acaudalada y difunta familia. Mercy ya tenía dónde guarecerse durante una temporada y ahora sólo le faltaba acomodarse como era debido. Estaba ahíta de toda la sangre que había consumido y un letargo estúpido la obligó a tumbarse en el sofá de uno de los salones. Allí estuvo dormitando hasta la llegada del amanecer, horas sacrosantas para el responso de una no muerta.

Capítulo 3

l sol dejaba tonos anaranjados en el horizonte marino y el coche policial no cejaba en su empeño de buscar en las calles de la ciudad a la criminal que, noche sí y otra también, sembraba un reguero de muerte y sangre allá por donde pasaba. Todas las pistas eran vagas y difusas, como si fueran dejadas a propósito para jugar con las fuerzas del orden y, en concreto, con el Inspector Sullivan. Un vagabundo aquí, un toxicómano en otro lugar, un conocido empresario de locales nocturnos desaparecido; y continuaba la interminable lista de víctimas que la supuesta vampira coleccionaba en su haber de presas capturadas y desangradas hasta la muerte.

En todos los casos investigados hasta ese momento, nunca habían encontrado los cuerpos de las víctimas, ni tan siquiera se hallaban pistas que pudieran dar con la identidad de la criminal que cometía tan crueles actos. Sin embargo, esta vez, según la llamada de Emergencias, había sido diferente: se encontraron los cadáveres de una pareja de jóvenes tirada en la arena de la playa, en Venice Beach. Según los primeros apuntes, todo indicaba que habían sido salvajemente asesinados, desangrados y sus restos mostraban unas horribles heridas en cuello e inglés.

Los dos investigadores llegaron al lugar cuando el cielo estaba oscureciéndose y el tono violáceo iba ganándole terreno al naranja del atardecer. Se apearon del coche y cruzaron la barrera policial que separaba a curiosos y periodistas de los restos mortales de las víctimas, que ahora descansaban en la parte trasera de un vehículo frigorífico de la funeraria que se iba a encargar de llevarlos a la morgue para hacerles la autopsia. Antes del levantamiento de los cadáveres, previamente autorizado por un juez de guardia, otros dos inspectores habían acudido a la llamada y habían acordonado la zona.

—¡Sullivan, pensaba que no llegarías! —dijo uno de ellos, el Teniente Ramírez, un hombre pequeño y delgado—. ¿Este caso no deberías investigarlo tú?

—Nos retrasamos por culpa de un atasco en la cuatrocientos cinco y que afectó a varios ramales de la interestatal —respondió Christian con seriedad. Consideraba a su compañero un molesto y pedante policía, con ínfulas de creerse Serpico.

—Sí, esta es una época jodida para circular por la ciudad —respondió Sanders, una inspectora alta, morena y de ojos azules, y cuerpo de infarto, que acompañaba a Ramírez.

Previamente, había sido compañera de Christian y algunos decían que hubo algo más entre ambos que la simple relación profesional, a pesar de la notable diferencia de edad. En cualquier caso, si hubo sentimientos más profundos entre ellos, jamás lo compartieron con nadie y todo eran habladurías en la comisaría.

—Lo importante es que hemos llegado, aunque sea con dos horas de retraso —replicó el inspector Sullivan—. ¿Qué sabéis de lo sucedido?

—Al parecer el socorrista de esa torre encontró los cuerpos cuando iba a marcharse para el cambio de turno. —Señaló Ramírez al lugar donde se emplazaba la estructura de madera que albergaba el puesto de salvamento—. Estaban medio enterrados en la arena, justo debajo de la misma.

—¿Habéis revisado la zona?

—Lo hicimos, pero no hemos encontrado nada, salvo a esos desgraciados, desangrados como cerdos en un matadero —intervino Cloe—. Las heridas parecen producidas por unas garras de algún animal salvaje. Podría haber sido un puma el que les haya hecho eso. Jamás había visto nada igual.

—¿Tan lejos de las colinas? Lo dudo mucho —dijo Christian—.

Aunque es una posibilidad, remota, pero posibilidad. En todo caso, me extraña que no devorara la carne de las víctimas. Si tenía hambre, eso es lo que habría hecho un animal salvaje.

—¿Ya estás otra vez con eso? —contestó Ramírez con un tono de burla—. ¿No creerás en serio las patrañas sobre la mujer vampiro que va en una Harley por la ciudad y se alimenta de la sangre de la gente?

—Lo que creo es que ya deberías ir a tu casa —le cortó Steven—. Creo que tu madre ya te ha preparado el tazón de leche con galletas para que duermas tranquilo.

—¡Maldito niñato de mierda! —Se enfureció el veterano policía—. ¡Voy a partirte la cara! —Saltó sobre Steven, a pesar de que el joven era más corpulento y alto que él.

—¡Estaos quietos, maldita sea! —se interpuso Christian.

—Venga, Peter, vámonos —le apoyó Cloe para calmar la situación—. Este caso es asunto suyo y aquí ya no pintamos nada.

—Sueña con los angelitos y no te olvides de rezar las oraciones antes de dormir —continuó mofándose Steven.

Christian le dio un ligero golpe con el codo para que no continuara molestando a su compañero y se dirigieron hacia la furgoneta de la funeraria, mientras los otros dos inspectores desaparecían entre el gentío que aún continuaba por los alrededores de la escena del crimen.

—No deberías tocarle los huevos de esa manera a Ramírez —le recriminó Christian—. Es un idiota, pero es un gran policía y podría ayudarte en el futuro, cuando me retire.

—¡Pero si es él que siempre está picándonos con sus burlas! —rechistó Steven.

—No le hagas caso. Lo que le pasa es que todavía está afectado por el divorcio y haber tenido que regresar a vivir con su madre.

—Seguro que su mujer tenía buenos motivos para divorciarse de él.

—Eso no lo sabremos, ya que las cosas que suceden en los matrimonios son complicadas de entender y juzgar —apostilló el inspector—. Venga, vamos a ver los cuerpos y si encontramos algún detalle que se les escapara a ellos.

Zanjó el asunto como hacía siempre: soltaba una frase meditada y sabia, dejando a su interlocutor con la sensación de no saber todavía de qué va la vida. Era como un inspector y filósofo que, además de instruir a su pupilo en labores detectivescas, también le formara para enfrentarse a los avatares de la existencia humana. Desde luego, Christian era un hombre culto y formado, pero también tenía muchos secretos guardados que Steven ignoraba y que habían forjado su carácter para ser el policía cauto y reflexivo en el que se había convertido con el paso de los años.

—¡Joder! ¡¿Qué bestia ha hecho esto?! —dijo Steven en cuanto vio los cuerpos.

—Dios santo… —murmuró Christian con un tono de voz apenas audible.

El aspecto de los difuntos era peor de lo que habían imaginado y la escena les impactó mucho. El chico tenía una herida abierta en la arteria yugular y le habían arrancado el pene y los testículos, dejando un hueco en la pelvis. A la joven que le acompañaba, le habían desgarrado la vena femoral, le habían rasgado la vagina y le habían dejado varios profundos arañazos que penetraban en la piel y dejaban a la vista parte de los músculos destrozados de la zona pectoral; es más, el seno derecho se había desprendido casi por completo del resto del cuerpo.

—Tapadlos —ordenó Christian, que no soportaba continuar con los muertos ante sus ojos—. Esperaremos al informe del forense para que nos aclare algo.

Steven asintió en silencio y ambos se apartaron de la furgoneta para dirigirse a continuación hasta el vehículo en el que habían llegado hasta allí. Cuando pasaron entre los curiosos, Christian dijo a los agentes del cordón policial que disolvieran a los pocos que todavía rondaban por allí. La noche había caído y apenas restaban veinte personas por dejar el lugar, sobre todo periodistas.

Al subirse al coche, el inspector bajó la cabeza y se mantuvo pensativo durante unos minutos, mientras el aprendiz le miraba con una mezcla de curiosidad y confusión. Nunca, en los casi dos años que llevaban juntos, le había observado mostrando un gesto tan apesadumbrado y circunspecto. Eso le preocupó y le incomodó, por lo que decidió romper el mutismo de ambos con la pregunta más evidente que se le ocurrió hacer en ese momento.

—¿Cómo vamos a atrapar a esa mujer?

Christian alzó la cabeza y le miró con los ojos vidriosos, conmovido todavía por la visión de la joven pareja que había masacrada con tanto salvajismo. Tal imagen le trajo recuerdos lejanos que quebraron su corazón de nuevo, a la vez que revivía en su mente los acontecimientos que esperaba no volver a contemplar nunca.

—No lo sé —respondió de forma lacónica.

Capítulo 4

a noche ya estaba oscureciendo las calles de Los Angeles y Mercy no tuvo prisa por salir de la casa. Estaba asomada a una ventana y miraba al horizonte, deleitándose con la magnificencia de un anochecer de tonos anaranjados y violáceos. El olor a hierba recién cortada, que procedía de un campo de golf cercano, inundaba sus fosas nasales y cerró los ojos para disfrutar del aroma, que estaba a pocas decenas de metros. Sin duda alguna, había elegido una buena ubicación para disfrutar de aquella temporada en la Costa Oeste, lejos del mundanal ruido de las atestadas calles del centro de la ciudad.

Qué lejana quedaba su vida entre las calles de Exeter, en Rhode Island, cuando su cuerpo estaba a punto de fallecer para siempre y una oportunidad única se presentó ante ella para evitar el beso fatal de la muerte. Todavía recordaba perfectamente el momento en el que hizo el trato que la convirtió en lo que era, una vampira sedienta de sangre. Su espíritu rebelde prevaleció sobre lo que todos pensaban que sería un lógico desenlace, dada la enfermedad pulmonar que la atormentaba y que había acabado con su madre, su hermana menor y otros familiares más.

La casa en la que vivió cuando estaba viva rezumaba declive y mortandad por cada rincón. Todo era gris oscuro y un aura tenebrosa envolvía las estancias que componían la vivienda de los Brown. Recordaba ver a su padre llorando, arrodillado a su lado mientras ella apenas podía hablar en el lecho. El tacto cálido de las fuertes manos de agricultor apretando sus delicados dedos de adolescente, de apenas diecinueve años. Allí acostada, con su alma vagando entre la vida y la muerte, Mercy escuchó la tenebrosa voz por primera vez.

—¿Quieres vivir, pequeña? —susurraba en sus oídos, como si la presencia se moviese de un lado a otro de la almohada.

—Sí… —murmuró en voz baja.

—¿Has dicho algo, cariño? —preguntó George, que pensaba que la joven estaba delirando por la fiebre. Ella no le prestó atención.

—Quiero vivir… —musitó Mercy, haciendo un esfuerzo titánico por respirar.

—¿Qué estás dispuesta a hacer por seguir en este mundo? —preguntó la voz.

—Lo que sea…

—¿Matarías por mí? —preguntó el espectral e incorpóreo personaje.

—Sí… —Fue la lacónica respuesta.

—¿Serás capaz de dejar atrás a tu familia, a tus amigos y vivir eternamente al abrigo de una noche eterna?

—Sí… —Cada vez le costaba más responder.

—Te alimentarás de la sangre de los vivos, vagarás por el mundo en solitaria existencia y te perseguirán para darte muerte. ¿Estás segura de que quieres vivir así?

—Sí.

Esa señal de asentimiento verbalizada, se convirtió en la rúbrica que llevó a Mercy a tener esa condenada vida de muerte y desarraigo. Desde aquella fatídica tarde del 17 de enero de 1892, su destino quedó sellado y no fue consciente hasta qué punto. No tenía ni idea de lo que significaba haberse convertido en vampira y tener que alimentarse de la sangre de las personas que la rodeaban. Había aceptado un pacto con el Diablo para huir de la muerte y ella misma se había convertido en mensajera de la Parca, en su más aventajada alumna.

Sin embargo, notó que le costaba respirar y comenzó a sentir espasmos que intentaban agarrarla a un último hálito de vida. No había nada que hacer y ella murió. Al menos a vista de los que la rodeaban. En la lejanía escuchó los lamentos y lloros de su padre, los quejidos fugaces del servicio y se vio a sí misma tumbada en la cama, mientras su alma parecía flotar en la habitación. Olía a lavanda y rosas, sentía un extraño calor y las visiones de las personas presentes se esfumaron lentamente. Escuchó voces angelicales y una luz la cegó de repente. Sintió que unas manos agarraban las suyas y tiraban de ella hacia un lugar que parecía acercarse poco a poco. Tuvo la sensación de sentir una transformación completa de su propio ser, como cuando una oruga se convierte en mariposa y sale de la pupa en toda su regia forma. No hubo más dolor, ni fiebre, ni mucosas saliendo de sus fosas nasales; todo había cambiado para ella.

Pero fue algo fugaz lo que sintió.

Algo tiraba de ella hacia abajo, como una garra infernal que no la dejaba escapar a su destino. Había hecho un trato y ahora tenía que cumplirlo. El calor se tornó en gélido aire, la luz desapareció y comenzó a rodearla una insondable oscuridad; el olor a flores también se esfumó y ahora apestaba a tierra húmeda podrida. Ya no flotaba en el éter intemporal, sino que sus manos tocaron algo material y familiar en la negrura que la rodeaba. Era madera. La que componía su ataúd.

Cuando la noche se cerró sobre la ciudad, Mercy terminó por acostarse en la cama y continuó con el infausto recuerdo. Se desnudó por completo y se revolvió como si tuviera una pesadilla, incluso estando despierta. Estaba recreando el momento en el que se percató de que la habían enterrado, aquél instante tan claustrofóbico y terrible que estuvo a punto de robarle la cordura.

—Eres libre, querida —escuchó de nuevo decir a la misteriosa voz.

—¡Me han enterrado viva! —gritó ella, dando golpes a su alrededor para intentar escapar de allí—. ¡Moriré asfixiada!

Después de unos segundos de pánico, la voz volvió a hablarle:

—Ya estás muerta, mi pequeña Mercy Brown —contestó de forma vehemente.

—¡No! —replicó—. ¡No puede ser!

Dio patadas y puñetazos a la tapa del féretro y entonces notó que crujía bajo el poder de los golpes que le propinaba. La rabia hizo que continuara haciendo lo mismo y no tardó en sentir que unos granos de tierra húmeda caían sobre ella. Hizo un último esfuerzo y las tablas saltaron por los aires, dejando que todo el peso del barro cayera en el interior. Lo apartó con facilidad y reptó con lentitud hasta la superficie de la tumba donde la habían sepultado. Inhaló aire como nunca lo había hecho, alzando la cabeza hacia el cielo y sonriendo de satisfacción por recuperar la visión del mundo real.

Sin embargo, con la euforia por la liberación, no se había dado cuenta de que había alguien delante de ella, a pocos pasos. Era una figura que estaba de pie y que la miraba con unos ojos de color rojo brillante, lo único visible en la penumbra del cementerio. Bajo la luz de una luna en cuarto creciente, apenas distinguió que la persona iba ataviada con una larga capa y tenía la cabeza cubierta con un sombrero de copa, cuya ala oscurecía sus facciones.

—Bienvenida a tu nueva vida, querida —dijo con una voz que le era familiar, pero que ya no susurraba, sino que tenía un timbre propio. Era una voz masculina, aterciopelada y suave—. Espero que cumplas el pacto que hemos hecho y me proporciones las almas que te he pedido.

—¿Yo...? —Mercy se mostró dubitativa y terminó de salir del hoyo, no sin bastante esfuerzo—. ¿Qué debo hacer?

—Dijiste que estabas dispuesta a matar por vivir, así que ese era nuestro pacto —continuó diciendo el extraño—. Deja que tu instinto te guíe y entenderás a qué me refiero.

De repente, con la misma extraña forma en la que había aparecido, se esfumó entre la neblina que cubría los terrenos sacrosantos del cementerio de Chesnut Hill. Mercy miró a alrededor suyo, pero no había el menor rastro de la presencia con la que había tratado en el lecho de muerte y que ahora reclamaba el pago de la deuda. La misma que llevó a Mercy a una situación inimaginable y peligrosa, y que la condenó a una existencia maldita.

De pronto, alguien tocó en la puerta de la casa y la vampira despertó del mal recuerdo que dominaba sus sueños casi todas las noches, desde hacía más de ciento veinte años. Saltó del colchón, como un resorte, cogió una bata y bajó las escaleras a toda velocidad, más de lo normal para un ser humano. En los días que llevaba instalada, nadie había tocado el timbre y se preguntó, algo nerviosa, quién podría ser. Echó un vistazo a través de la mirilla con videocámara y se extrañó al encontrarse con dos hombres, bien vestidos y con porte ufano. Estaba claro que eran policías.

Uno de ellos era mayor que el otro, pero no pudo distinguir los rasgos con nitidez, pues estaba de perfil a la cámara y la calle no estaba bien iluminada. Sin embargo, observó que le decía algo al compañero y se marchaba calle arriba, dejando al más joven de los dos solo, a expensas de que alguien atendiera la llamada. Finalmente, Mercy decidió salir a la puerta, más por curiosidad que por temor al supuesto agente.

—Buenas noches, ¿en qué puedo ayudarle? —le saludó, a la vez que se ataba el cintillo a la cintura y dejó ver un sugerente escote.

—Buenas noches, señorita —la saludó el visitante—. Soy el detective Steven Leister, del Departamento de Homicidios de Los Angeles.

—¿Homicidios? ¿Han matado a alguien por aquí? —preguntó ella de forma ingenua.

—No por aquí, pero sí cerca, a unos kilómetros más al sur —contestó él—. ¿Vive sola en esta casa tan grande?

—No, con mis padres y mis hermanos, pero ellos se han ido a Wyoming, a Jackson Hole, a visitar a la familia para celebrar Acción de Gracias.

—¿Y usted no ha ido con ellos?

—A mi edad, una prefiere otras diversiones, detective —dijo ella con un tono de voz sugerente y colocando las manos en la cintura, a la vez que la movía de forma sutil.

—Ejem, entiendo, señorita —contestó Steven, que intentó no caer en la tentación de una joven coqueta—. ¿Es suya esa Harley?

—No, es de mi hermano mayor, Frank —mintió. Sin duda, había sido un descuido imperdonable dejarla a la vista.

—¿Él tampoco está?

—No, no le he visto desde hace un par de días —continuó buscando excusas—. A veces pasa días en casa de su novia, en Malibú.

—¿Sabe cuándo vendrá? —insistió el agente.

—No tengo ni idea, la verdad —dijo ella, empezando a mostrarse molesta por el interrogatorio.

—Bueno, no pasa nada —replicó Steven. Cambió de tema—. ¿Ha visto algo extraño por el barrio últimamente?

—¿A qué se refiere con extraño? —Se acercó un paso más y acarició el abrigo del detective con el dedo índice.

—Bueno…, ya sabe…gente desconocida, algún vehículo que no le sea familiar. —Steven se apartó un poco, llevado por un incontrolable nerviosismo.

—Pues lo cierto es que no me he percatado de nada, pero le avisaré si veo algo raro —dijo Mercy, acercándose otra vez.

—Muchas gracias, señorita —continuó él, que dio otro paso hacia atrás. Metió una mano en el bolsillo interior del abrigo y sacó algo—. Tome mi tarjeta, por si la necesita. Le deseo una buena noche.

Sin dejar que ella respondiera, se marchó a toda prisa y desapareció entre los coches que estaban aparcados en la calle. Lo último que la vampira pudo ver fue cómo Steven se giraba una última vez cuando alcanzó la esquina por la que desapareció de su vista. Mercy volvió al interior de la casa y cerró la puerta con pestillo, como hacía siempre. Fue hasta la habitación y se vistió para salir de caza, en busca de nuevas presas a las que vaciar de sangre. Pensó en el policía que acababa de visitarla y desechó la idea de acabar con su vida, al menos por ahora.

Capítulo 5

ra la decimoctava casa que visitaban ese día y que tenía a la vista una moto como la que habían descrito algunos testigos, por lo que el Inspector y su acompañante estaban agotados de dar palos de ciego por la ciudad, buscando a alguien que le diera alguna pista sobre el crimen de la playa. Sin embargo, ya caída la noche, dieron con otra motocicleta que estaba aparcada en la entrada de un garaje y que parecía ser la misma que habían descrito algunos testigos; aunque también era cierto que había muchos modelos como ese en el estado de California y no estaban dispuestos a revisarlos todos. En este caso, había sido un vecino el que había dicho que la había visto desde hacía pocos días en el 840 de Greenway Drive y se decidieron por ir a investigar en último lugar.

Christian decidió dejar a Steven solo en la puerta de la valla y continuó caminando, calle arriba, para perderse en una bifurcación que le llevaría directamente hasta Sunset Boulevard. Dada la situación, lo único que quería era alimentarse y esperar por si tenían más suerte al día siguiente. Estaba cansado de caminar por aquellas calles y por la avenida que lindaba con la playa. Por desgracia, sólo podían esperar a que la asesina volviera a cometer otro crimen y confiar en que dejara alguna pista más.

Anduvo con paso lento hasta que llegó a una parada de autobús y se sentó en la misma. En ese tiempo, envió un mensaje de whatsapp a Steven y le informó de dónde estaba y que le esperaría allí, pues su coche estaba aparcado justo enfrente. Necesitaba ordenar las ideas y el barrio parecía tranquilo a esas tempranas horas de la noche. En cualquier caso, esperaba que el detective no tardara demasiado; no pensaba ir a casa sin pisar la hamburguesería de un viejo amigo, que no estaba lejos de donde se encontraban, cerca de Santa Mónica. Tenía especial predilección por las carnes casi crudas y que soltaran aquel jugo sanguinolento que se mezclaba con la grasa de la carne en la plancha mugrienta de locales desconocidos.

Mientras esperaba a su compañero, los recuerdos volaron a un tiempo no muy lejano, cuando llegó a la mayor ciudad de la Costa Oeste. Era el año 1969, y habían pasado veinte años desde que pisase por primera vez la comisaría de Berverly Hills, en plena revolución hippie y con más ideales y esperanzas que certezas en su cabeza, divergente y madurada con el paso de los años. Lo cierto es que en todo ese tiempo, en pocas ocasiones había tenido que enfrentarse a algo semejante a lo que ahora estaba experimentando. Esa zona de la ciudad no tenía una alta tasa de criminalidad, y mucho menos de asesinatos; no digamos de crímenes de una mente perturbada y aparentemente psicopática, tal como se presentaban los acontecimientos. Sin embargo, había algo visceral en todo aquello, algo que le era familiar de alguna forma y que recordaba haber visto en otro lugar.

Pero no, no podía ser posible. Eso pensaba para sí mismo y buscaba la forma de convencerse de que la idea era, por llamarlo de alguna forma, ridícula. Movió la cabeza en un gesto aislado de negación y sonrió de forma estúpida, a la vez que vio cómo aparecía Steven por la esquina de la izquierda. Éste tomó asiento a su lado y comenzó a hablar, incluso cuando la mente de Christian todavía estaba volando entre vagos y lejanos recuerdos.

—Creo que podría ser ella, señor —dijo con rotundidad Steven—, la persona que estamos buscando. Aunque me cuesta creer que una adolescente sea capaz de cometer tales crímenes.

—¿Estás seguro de eso? —preguntó el inspector, que volvió a la realidad de golpe para acompañar a su subordinado en la conversación.

—Es más, creo que tiene uno, o varios, cómplices con ella

—aseveró convencido—. La moto es exactamente como la que han descrito los testigos y las explicaciones que ha dado sobre la misma y sobre la familia que habitaba esa casa son falsas.

—¿Cómo lo sabes?

—Porque hace unos días que un vecino nos avisó de que no veía a los propietarios y que ahora estaba ella habitando la mansión.

—Puede que se la hayan prestado y sea una conocida de la familia —replicó Christian, que seguía sin tener claras sus ideas.

—Eso es imposible, entrevisté al señor Grant, el vecino que nos avisó sobre la moto y la desaparición repentina de los Saltwood, y me dijo que no había visto a esa muchacha en todos los años que llevan siendo vecinos. —Steven sacó el cuaderno de notas y ordenó las palabras con las que quiso exponer sus sospechas sobre Mercy—. Además, ella habló de un hermano mayor y los Saltwood sólo tenían tres hijos, todos menores de edad. Ninguno era una chica.

—¿Y a qué conclusión quieres llegar? —insistió Christian.

—Tengo la impresión de que ella y alguien más han ocupado la casa y, de alguna forma, se han deshecho de los Saltwood.

—¿Han hecho desaparecer una familia entera?, ¿es eso lo que tratas de decirme?

—Sí, sin lugar a dudas.

—Y crees que ella y su cómplice los han matado.

—Así es.

—¿Y los cadáveres? —reflexionó el inspector—. No hemos encontrado restos mortales de ninguno de ellos.

—Quizá los hayan escondido en el sótano de la casa —explicó Steven—. No olvidemos que la primera vez que hemos encontrado unas víctimas de esta serie de asesinatos, ha sido hace apenas veinticuatro horas, a unos pocos kilómetros de aquí.

—El caso, y esto es algo que no sé si debería contarte, es que esta situación me recuerda a algo que viví hace años, en Nashville, Tenessee. —Christian se levantó e hizo una seña a su compañero para que le siguiera hasta el coche, que estaba aparcado en la acera de enfrente—. Me he preguntado si de verdad estaba reviviendo la misma situación y he intentado no pensar en ello, pero hay demasiadas similitudes entre ambos casos.

—¿Qué quieres decir? —Steven le siguió y entró en el vehículo por la parte del acompañante—. ¿Estás diciendo que ya habías visto unos asesinatos como estos?

—No puedo asegurar que sean idénticos, pero sí es cierto que hay ciertas analogías —respondió, a la vez que encendía el motor y comenzaban a rodar por Sunset Boulevard hacia el centro de la ciudad—. Es como si hubiese algo en todo este asunto que me resulta extrañamente familiar.

—¿Podrías explicarte mejor, por favor?

—Quiero decir que en los años sesenta, en concreto en 1969, fui testigo de crímenes similares. Cuerpos desangrados y mutilados, ninguna pista fiable sobre el asesino, testigos que mencionaban sombras sin identificar y una motocicleta Harley Davidson. Pero me parece imposible que pueda estar sucediendo lo mismo otra vez.

—¿Quieres decir que esta chica y quien sea que la acompañe, son unos imitadores de aquellos asesinatos de hace veinte años?

—Eso es imposible —dijo Christian con vehemencia.

—¿Por qué?

—Porque los detalles nunca se hicieron públicos y el caso se cerró en secreto —afirmó con rotundidad, para sorpresa del detective—. Nunca averiguamos quién estaba asesinando a tantas personas en una zona rural del sur de Estados Unidos y se bebía su sangre como si fuera un vampiro.

—¿Qué intentas decirme, jefe?

—Creo que es ella, la misma vampira que sembró el pánico en aquellos años en Nashville.

Las palabras de Christian cayeron como una losa sobre las mentes de ambos policías y el silencio se apoderó del interior del coche, mientras circulaban como autómatas hacia algún sitio en el que cenar algo. Esa noche no sólo tendrían que digerir comida, sino una idea que, a pesar de ser absurda, también se acercaba a una imposible realidad: que había una vampira rondando la ciudad y llevaba décadas asesinando inocentes por todo el país.

Capítulo 6

n rugido artificial se adueñaba de las calles de la ciudad, mientras Mercy jugaba con el acelerador y el pedal de marchas de la motocicleta. Vagaba en la noche, sin un rumbo fijo y sin perspectivas expresas de qué iba a hacer durante las horas que el sol estaba escondido en la otra cara del planeta. Como era evidente, primero tenía que alimentarse de sangre y fue hasta la zona sur de Los Angeles para encontrarla. Era un lugar en el que proliferaban las bandas, los delincuentes nocturnos y un sinfín de seres humanos que podrían proporcionarle el sustento que buscaba: prostitutas, toxicómanos, vagabundos, y todo aquello que la sociedad consideraba despojos inservibles. Nadie parecía plantearse que eran vidas que sólo necesitaban una oportunidad para intentar enderezar el rumbo perdido. En todo caso, la misericordia no era una virtud de Mercy y consideraba que darles muerte era, en realidad, un acto de caridad.

Mientras ponía rumbo a Hermosa Beach, recordaba cómo había comenzado a matar personas para alimentarse y, sobre todo, la persecución que sufrió por ello. Nunca imaginó que sobrevivir como una vampira le iba a costar un precio tan alto, además de todo lo que perdió en los primeros años de su nueva vida como depredadora nocturna.

Las luces de las calles se movían a toda velocidad ante sus ojos y parecían llevarla a través de un túnel del tiempo y el espacio, transportándola a su localidad natal, Exeter, en el estado de Rhode Island.

Los recuerdos se agolparon de pronto en su mente y se vio caminando de nuevo por las solitarias calles del pueblo, en una lóbrega y fría noche de enero del año 1892.

Después de haber salido de la tumba, notó que no sentía frío y que sus sentidos se habían vuelto más agudos, pues escuchaba hasta el roer de las ratas en los sepulcros, olía el hedor del estiércol en los campos de las afueras y veía en plena oscuridad como si hubiera una luna llena brillante. En efecto, percatarse de eso fue lo que más la impactó en los primeros momentos. Sin embargo, no tuvo tiempo de recrearse en ello, pues algo en su interior reclamaba con ansia un alimento del que tendría que sustentarse el resto de su existencia: la sangre.

Vagó por las callejuelas y no encontró a nadie; es más, no habría sabido qué hacer si hubiera encontrado una víctima potencial. Aquel extraño hombre no le había dado instrucciones, ni tan siquiera había esperado a tutelar los primeros pasos de Mercy como vampira. La había dejado a merced de un mundo hostil y con una sed insaciable que crecía a cada minuto que pasaba.

Sin embargo, el instinto animal hizo presa en ella y anuló cualquier atisbo de capacidad cognitiva racional. Mercy ya no era la joven adolescente de diecinueve años que había muerto en aquella casa maldita, donde también habían fallecido su madre, su hermana y su hermano, sino que se había convertido en un ser carente de cualquier atisbo de humanidad. Incluso así, la imagen de su primera víctima, la que alimentó sus más profundos y oscuros anhelos, fue una persona que ella conocía bien. Se trataba de Elliot Gooderness, el hijo del mejor amigo de su padre, el señor Andrew Gooderness, médico del pueblo.

Fue antes del amanecer del 18 de enero, cuando los dedos fantasmagóricos de la niebla se cierran con más fuerza entre las sombras de las casas y árboles de las calles. Recordaba cómo saltó sobre el balcón de la casa de su amigo y entró en su dormitorio, mientras él todavía estaba dormido. Se acercó lentamente y se sentó a un lado de la cama, lo que despertó al somnoliento muchacho, que la miró con una expresión de sorpresa y miedo al mismo tiempo.

—¿Mercy, Mercy Brown? —preguntó con la voz temblorosa—. ¿De verdad eres tú o eres un fantasma que viene a atormentarme?

—Soy yo, querido Elliot —respondió ella con un susurro, a la vez que acercaba el rostro al del chico.

—¿Cómo es posible...? —balbuceó

—Eso no importa ahora. —Apoyó la cabeza al lado de la suya y acercó los labios a la vena carótida—. Sólo he venido a amarte como anhelabas que lo hiciera. Sé que siempre me has deseado, mi amor, y ahora serás mío para siempre.

El impulso animal era incontrolable y los colmillos de Mercy crecieron unos tres centímetros, rozando la piel del joven. En apenas un gesto suave y perceptible, como si fuera la picadura de un mosquito, los incisivos penetraron en la dermis suave y comenzó a beberse la sangre caliente de alguien que la había amado apasionadamente y en secreto durante muchos años. Mientras lo hacía, metió la mano por debajo de la colcha y pasó los dedos por encima de la entrepierna de su víctima, que estaba experimentando una erección que fue menguando poco a poco, a medida que la sangre abandonaba su cuerpo. En apenas dos minutos, el corazón dejó de latir y la vida abandonó la figura juvenil que yacía en la cama.

Ella se apartó y vio la expresión de horror que se había dibujado en el rostro de Elliot, cuyos ojos estaban abiertos de par en par, al igual que la boca. Le observó durante unos segundos y entonces fue consciente de que esa era la visión que se encontraría con cada presa, con cada desdichada víctima que se cruzase en el camino de la vampira que ahora era.

Se apartó lentamente del cadáver y una sensación de pánico cruzó su mente, pues tomó conciencia de lo que acababa de hacer. Salió de la casa por la misma ventana por la que había entrado y corrió con todas sus fuerzas. Corrió y lloró al mismo tiempo, maldiciendo el pacto que había hecho y que la había convertido en una asesina.

El estridente sonido de un claxon la alertó de que estuvo a punto de chocar contra un coche que venía detrás de ella, mientras circulaba por la autopista cuatrocientos cinco. El incidente provocó que su mente regresara de nuevo al mundo real, pero sin borrar de sus recuerdos la figura inerte de Elliot y, sobre todo, lo que vino después de su primer crimen: la persecución.

Como era de suponer, la defunción del joven Gooderness fue un acontecimiento que estremeció a toda la zona de Rhode Island. No era normal que tantas personas estuvieran muriendo en tan poco tiempo en la zona y comenzaron a circular rumores sobre algo más que una epidemia; ya había personas que hablaban abiertamente de un vampiro, que era el responsable de las prematuras muertes de familiares y amigos. El primero que se encargó de difundir esta idea fue el propio George Brown, el padre de Mercy. Con el paso de los días, mientras ella siguió alimentándose en Exeter y alrededores, ese pensamiento fue cobrando fuerza y a George se unieron el doctor Gooderness y el párroco del pueblo, el Padre Carrighan. Estaban convencidos de que alguien estaba arrebatando la sangre de los vivos y los dejaba a merced de una muerte horrible, por lo que creían que era su deber perseguir y exterminar a aquella alimaña infernal.

Lo primero que hicieron fue ir al cementerio de Chesnut Hill para exhumar los cadáveres de los que habían fallecido en los últimos meses, pero se llevaron una terrible sorpresa cuando vieron que la tumba de Mercy estaba abierta y vacía, con las tablas del ataúd esparcidas varios metros a la redonda. Entonces, a pesar del dolor que esto provocó en George, no tuvieron duda alguna de que ella era la asesina. En todo caso, también revisaron los sepulcros de la familia Brown y de otras más, pero los cuerpos estaban todos en el interior, en un predecible estado de putrefacción, avanzado en algunos casos. La cuestión era saber si también habían muerto por culpa de un vampiro, ya que Mercy todavía no lo era cuando esas personas habían muerto. ¿Era posible que hubiera otro vampiro por la zona?

Miles de preguntas se agolparon en la cabeza de los justicieros y todas estaban sin respuesta. Sea como fuere, tenían claro que debían perseguir a los responsables, si es que había más, y matarlos de una vez por todas. La cuestión era cómo lograrlo y ese era un obstáculo que podría ser insalvable para los tres cruzados del mal. Un vampiro tiene toda la eternidad para hacer las cosas a su antojo, ellos no, pues la vida humana tenía un límite.

Esa era la ventaja que Mercy siempre tuvo sobre quienes intentaron perseguirla, década tras década, como insufribles parásitos de los que no podía deshacerse. Este era el motivo que la obligaba a vagar por el país y cambiar de residencia demasiado a menudo. Había viajado por casi todo los Estados Unidos, empezando por Nueva York, y luego continuó en Miami, Nueva Orleans, Memphis, Houston, Denver y ahora estaba en Los Angeles. Sabía dos cosas a ciencia cierta sobre su condición de vampira: no debía estar más de diez años en una ciudad y ésta debía ser lo más grande posible, con el fin de pasar desapercibida, en la medida de lo posible.

Mientras llegaba al destino que había previsto, en Hermosa Beach, despejó la mente de los viejos recuerdos y se centró en el proceso de busca y captura de una víctima de la que alimentarse. Aparcó la Harley en un lugar cercano a la playa y se apeó de ella con la misma elegancia de una amazona que descabalga de un hermoso caballo percherón. No muy lejos se encontraba la rambla de Green Spot, un sitio en el que abundaban restaurantes y bares. La zona ideal de caza para una vampira insaciable.

Capítulo 7

L a imagen que había en el aparcamiento de Hermosa Beach era dantesca, brutal y grotesca a la vez. Once cadáveres estaban desparramados como despojos humanos sobre el cemento y había extremidades, cabezas y vísceras por todas partes; no sólo en el suelo, sino sobre los coches que estaban aparcados y en las paredes de los comercios cercanos. Era una escena de pesadilla que parecía haber sido pintada con un pincel de muerte y destrucción, sin piedad ni pudor. Además, para colmo, quien hubiera cometido tan horrendos crímenes, había dejado un mensaje escrito con sangre en la pared trasera del local "*Patrick Molloys*" que decía: «*Puedes odiarme a través de la muerte y del más allá*».

Cuando Christian y Steven llegaron al lugar donde se habían cometido los crímenes, la policía había acordonado la zona y se esforzaba por mantener alejados a curiosos anhelantes de morbo y a la siempre molesta prensa, que no tenía reparos en tomar imágenes lo más desagradables posibles para luego publicarlas en los panfletos amarillistas que tan mal pagaban a los fotógrafos. Cómo no, también estaban por allí los reporteros de televisión con sus cámaras, haciendo movimientos funambulescas para captar un instante de violencia que repartir en pequeñas y tóxicas raciones de mierda en forma de desinformación y bulos, siempre con el falaz argumento de la libertad de expresión por bandera.

—¡Mike, echa a esa puta gentuza de aquí! —gritó el inspector a un oficial de policía al que conocía desde hacía años—. Lo último que necesito ahora es aguantar toda la porquería que estarán soltando en sus medios —susurró para sí.

—¡Dios Santos, jefe! —exclamó Steven cuando contempló la escena—. ¿Quién ha hecho esta bestialidad?

—Esa pregunta tiene respuesta, mi estimado aprendiz —respondió Christian, que mostraba un gesto de aversión ante lo que veían sus ojos y olía a su alrededor.

—¿En serio me vas a decir que esto lo ha hecho aquella niña?

—Sí, estoy seguro

—¿Sabemos quiénes son estos pobres desgraciados? —preguntó el detective a la inspectora Cloe, que también estaba allí.

—Es la banda de los Armadillos, un clan latino que suele actuar por esta zona —contestó ella—. Buenos días, Chris —saludó al inspector, que se acercó a ellos.

—Buenos días, por decir algo —dijo él—. ¿Tenéis alguna pista? ¿Esta no es la zona donde suele operar Ramírez?

—Sí, está hablando con personas de los alrededores para intentar averiguar algo, pero no necesitamos encontrar pistas.

—¿Por qué no?

—Mira a tu alrededor. —Señaló con el bolígrafo a varias cámaras que estaban colocadas en diferentes puntos que rodeaban el aparcamiento.

—Entiendo —contestó Christian—. Supongo que habrá que ir a revisar las imágenes.

—Te concedo los honores —comentó su compañera, haciendo un movimiento con el brazo a modo de invitación.

El Inspector Sullivan y el detective Leister se dirigieron precisamente al local que tenían ante sí, el mismo en el que estaba pintada la frase que ninguno de los dos dejó de mirar, a la vez que pasaban por delante.

—¿Sabes qué quiere decir eso? —preguntó Steven.

—No tengo ni idea, aunque me suena de algo, como si la hubiera leído en algún libro, creo —respondió Christian.

—¿En un libro? —Steven sacó el móvil y comenzó a buscar en

Google la frase. Apenas tardó unos segundos en descubrir su origen—. Mira, tenías razón, pertenece a un libro: "Carmilla", de Joseph Sheridan Le Fanu.

» No entiendo bien el contexto, pues no conozco la obra, pero la frase completa es: *"Has de venir conmigo; has de quererme hasta la muerte. O puede que me odies, da lo mismo. Pero ven conmigo y ódiame a través de la muerte y del más allá."*

» ¿A qué cree que se refiere, jefe?

—No lo sé, ni tampoco sé qué motivo tenía para escribirla en la pared.

—¿Crees que puede ser un mensaje en clave para alguien? —inquirió Leister.

—Podría ser… —dudó Sullivan.

—¿Y por qué hace referencia a una historia escrita en el siglo diecinueve? ¿De qué va ese libro?

—Carmilla es un relato que trata sobre una adolescente que vive aislada en un castillo en el interior de Austria y cuyos propietarios reciben la visita de una mujer y su hija, también una niña en plena pubertad. —Continuaron caminando hacia la entrada del local para revisar las imágenes de las cámaras—. Por circunstancias que no vienen al caso, las dos jóvenes se quedan a solas en el castillo y resulta que la huésped que se aloja allí es en realidad una vampira que seduce a la otra muchacha.

—¿Qué tiene que ver entonces esa historia con todo esto? —preguntó Steven, que intentaba atar cabos sueltos en el caso.

—No lo sé, pero creo que no tardaremos en averiguarlo.

—¿Por qué estás tan seguro?

—Porque no se detendrá hasta tener lo que busca, sea lo que sea. —Christian cruzó el umbral de la puerta del local y no dijo nada más sobre el asunto, pues estaba centrado en ver lo que las cámaras hubieran grabado.

—Buenos días, soy el Inspector Sullivan. —Sacó la placa de identificación a uno de los trabajadores del establecimiento—. Este es mi compañero, el Detective Leister. Nos gustaría ver las grabaciones de las cámaras de seguridad que tienen en el exterior, en la parte trasera.

—Buenos días agentes, será un placer ayudarles con lo que sea. Soy Ian Gallagher, propietario del restaurante *Patrick Molloys* —se presentó—. Vengan por aquí, por favor, las pantallas están en una habitación al otro lado.

Cruzaron entre mesas y sillas para llegar en poco tiempo a la sala donde se encontraba un pequeño despacho. Apenas tenía diez metros cuadrados y albergaba tantos enseres en su interior que para ver las pantallas, tres en total, Christian, Steven e Ian tuvieron que apretarse bastante. El dueño se sentó en una vetusta y desgastada silla de oficina y encendió el ordenador para acceder al contenido de las grabaciones.

Lo que grabaron las cámaras dejó impactados a los tres, hasta el punto de que Ian tuvo que marcharse para ir al baño a vomitar. No se trataba sólo de la matanza y la violencia desmedida que se proyectaba en la pantalla, sino de cómo la vida humana se convertía en algo tan frágil en apenas un chasquido de dedos. Si había una descripción para lo que estaban observando los detectives, la palabra exacta era "brutalidad". Las imágenes mostraban a una sombra que se movía con suma rapidez entre los pandilleros, saltaba sobre ellos y era durante esos segundos cuando se podía ver los rasgos de la bestia. La sangre salía disparada de las gargantas seccionadas e incluso llegó a salpicar a la cámara. Steven no podía apartar la mirada de la escena y un gesto de repulsión se dibujó en su rostro, pues nunca había visto algo así.

Sin embargo, al agente Sullivan parecía no sorprenderle demasiado lo que estaba presenciando y Steven se percató de este detalle. Christian no mostraba emoción alguna al ver las imágenes, aunque no apartaba la vista de la pantalla. A pesar de que el aprendiz no podía leerle la mente, sabía que la matanza que habían grabado las cámaras tenía algo que ver con el caso del año 1969 que su jefe le había confesado. Estaba claro que todo eso le resultaba familiar y el detective necesitaba saber exactamente qué era lo que había pasado dos décadas atrás.

* * *

La noche que Mercy descubrió quiénes la perseguían cuando cometió su primer asesinato, fue un recuerdo que se quedó clavado en su mente para siempre. Sabía que descubrirían lo que había hecho con su vecino e imaginaba que las autoridades no tardarían en convocar una batida de búsqueda del criminal, pero no se le pasó por la cabeza que algunos de los miembros fueran personas tan cercanas; tan queridas para ella.

Deambulaba por las calles del pueblo y aprovechaba las sombras de los árboles para esconderse de posibles miradas furtivas que pudieran delatarla. Había una densa niebla que envolvía la débil luz de color naranja de las farolas y acunaba el silencio reinante con una inquietante suavidad. Era entre el manto neblinoso en el que se deslizaba como una figura espectral para no ser descubierta, con la finalidad de abandonar Exeter y marchar a algún sitio en el que pudiera reiniciar su vida. Esa en la que ahora habitaba en una noche eterna y en la que estaba condenada a ser una asesina despiadada, aunque todavía no era consciente de ello.

Mientras se aproximaba a los límites de la ciudad por el sur, pensó en dirigirse a Nueva York, ya que era una ciudad grande y en ella podría pasar más desapercibida. Tenía claro que debía huir de pequeños pueblos, donde sus cacerías nocturnas serían fácilmente detectadas. Sea como fuera, el principal objetivo de Mercy Brown era esconderse entre la multitud y convertirse en una ciudadana anónima más.

Pero escapar no iba a ser tan fácil como esperaba y la imagen que se presentó ante ella en la carretera que salía del pueblo le heló la sangre y se quedó estupefacta y sin saber qué hacer. Allí, ante sus ojos, había más de cincuenta personas que portaban lámparas de aceite y antorchas. Eran sombras ominosas que avanzaban entre la niebla, que seguía envolviendo la escena con sus fantasmagóricos dedos. Sin embargo, lo peor para ella fue comprobar quién encabezaba al gentío: su propio padre.

—¿Mercy? —dijo confuso cuando la vio—. ¿Realmente eres tú?

—Sí, padre, soy yo —respondió con un tono balbuceante y aterrado.

—No es posible… —George se acercó más y alargó el brazo para acariciar a su hija, supuestamente difunta—. Te enterramos ayer…

—Padre, yo… —Mercy no sabía cómo explicarse y cerró los ojos para sentir el tacto cálido de la mano de su progenitor.

—¡Aparta, George! —gritó el padre Carrighan, rompiendo el tierno momento paterno filial—. ¡Está claro que ha hecho un pacto con el Diablo!

—Es un milagro, Peter —contestó, girándose hacia el párroco.

—¡Blasfemia! —El cura se acercó a ellos y expuso ante sí un crucifijo de oro que sacó de un bolsillo de la sotana—. ¡Eres una concubina de Satanás! —Se dirigió hacia Mercy y apartó a George de un empujón.

Ella, aterrorizada y sin comprender qué sucedía exactamente, reculó varios pasos y bajó la cabeza para ocultar sus lágrimas de sangre. El objeto religioso no ejercía poder alguno, pero la actitud agresiva del sacerdote le provocaba pavor y comenzó a temblar. Se arrodilló y suplicó para que aquella pesadilla acabase cuanto antes.

—¡Mirad, mirad cómo el poder de Cristo vence su maligna voluntad! —gritó Carrighan.

En ese momento, Mercy alzó la cabeza y mostró la verdadera naturaleza de lo que se había convertido. En sus ojos brillaba un iris violeta y sus colmillos se mostraban tan grandes como los de un lobo; su rostro se había transformado en el de una bestia y sus manos se convirtieron en garras. Su espalda se arqueó y su tamaño aumentó en noventa centímetros, lo que hacía que superara los dos metros de altura con facilidad. Esa era la auténtica Mercy. La vampira.

Saltó sobre el cura y le arrancó parte de la carne del cuello, donde se encontraba la yugular, y comenzó a libar la sangre con fruición, mientras ésta salía en un chorro palpitante que cubrió toda la cara y el torso de la asesina. En apenas unos segundos, el cuerpo del cura quedó vacío y muerto sobre el suelo embarrado del camino. Mientras eso sucedía, los lugareños huyeron despavoridos y gritaban de pánico, a la vez que sus sombras se esfumaban entre la niebla. Allí, de pie ante la grotesca escena, sólo quedó la figura de George, que era incapaz de entender qué había pasado con su hija y en qué se había convertido.

El terror le había dejado paralizado, pero el amor que sentía hacia ella era más fuerte y dio dos pasos para verla más de cerca. En sus ojos brotaban ríos de lágrimas y cuando llegó hasta donde se encontraba, todavía encima del cadáver destrozado del cura, se arrodilló y estiró los brazos para intentar abrazarla. En la mirada animal de Mercy observó un atisbo de humanidad y ella ladeó la cabeza, como un perro que intenta entender los gestos de su dueño. Acercó su rostro al de George y comenzó a olisquearlo con curiosidad, incapaz de reconocer en él una figura familiar; ni siquiera era capaz de entender qué persona era la que tenía delante. En todo caso, el lado cognitivo de la vampira no había desaparecido del todo y, aunque tardó unos segundos, logró recordar quién era el hombre que estaba arrodillado ante ella.

—Padre… —dijo con una voz gutural y que parecía sacada del propio infierno—. Lo siento.

Y así, sin más, Mercy Brown saltó por encima de George y desapareció en la oscuridad de la noche. No se giró para ver cómo él se quebraba por dentro y comenzaba gritar de horror y pena, emitiendo alaridos que nadie fue a consolar. Tampoco pudo ver cómo una persona se acercó a él, se puso en cuclillas junto a su oído y le susurraba palabras misteriosas y que parecieron calmar el pesar que había atenazado el corazón de un padre que había perdido a toda su familia, y que la única hija que seguía con vida estaba maldita.

El recuerdo pasó de largo en la mente de Mercy cuando pasó con la moto por delante del pequeño boulevard de Hermosa Beach. Apretó el manillar de freno y apoyo sus piernas en el asfalto, calzadas con botas de tacón. Vio que había un aparcamiento cercano y en el mismo había varios chicos latinos que habían formado un cuadrado con sus coches, todos tuneados y vociferando una estridente música a todo volumen. Hacia ellos dirigió la rueda delantera de la Harley y se acercó lentamente, sin prisas. Tenía claro que iba a ser una noche prometedora.

Capítulo 8

hristian y Steven no tardaron en llegar a la casa en la que se escondía Mercy y se prepararon para entrar en ella, sacando sendas pistolas y preparándolas para un uso rápido, si era necesario hacerlo. En realidad, no sabían si podrían servir para algo contra una vampira sanguinaria y que había matado con facilidad a once hombres fornidos, pero tampoco tenían muy claro cómo actuar en esta situación. Cuando estuvieron preparados, se bajaron del coche y se dirigieron a la valla que separaba el jardín de la calle; como imaginaban, estaba cerrada con llave.

Para acceder al recinto, decidieron saltar el muro exterior y buscar la forma de entrar en la mansión. Steven fue primero y lo hizo sin problemas, luego le siguió Christian y el detective se sorprendió de la agilidad que tenía su jefe, a pesar de rondar los sesenta años de edad. Se movieron con cautela entre los árboles que había a su alrededor y apenas tardaron un par de minutos en llegar hasta la puerta principal, que también estaba cerrada con llave. Era algo normal y decidieron separarse para que alguno de los dos buscara una forma de acceder al interior.

—Yo iré por la izquierda y tú por la derecha —susurró el Inspector a Steven—. Si encuentras a esa asesina, intenta no hacer ninguna tontería. Recuerda que es más una bestia que un ser humano.

—¿Cómo la detendremos entonces? —preguntó confundido.

—La verdad es que no lo sé, pero ya se me ocurrirá algo.

—¡Joder, qué buen plan, jefe! —murmuró a regañadientes.

Acto seguido, los dos policías se separaron como habían planeado y cada uno tomó una dirección diferente para rodear la casa. Tenían que darse prisa en entrar, ya que tenían que atrapar a Mercy antes de que ésta pudiera escapar de ellos. Con toda seguridad, se había percatado de la presencia de los dos agentes en la propiedad y estaría buscando la forma de huir. Al menos eso pensaba Steven, que avanzaba despacio y comprobaba cada ventana que se aparecía ante él, aunque no encontró ninguna que estuviera sin pestillo.

Continuó tanteando y al final se encontró con una sorpresa, pues fue una enorme casualidad la que le llevó a tropezar con una raíz oculta entre la hojarasca seca del suelo y caer de bruces ante un ventanuco que estaba roto y daba acceso al sótano. Apartó algunos trozos de cristal que estaban pegados todavía al marco, usando la culata del arma, y comprobó que podía entrar a la casa a través del hueco que había quedado abierto. Le costaría un poco cruzarlo, pues no era demasiado ancho, pero al fin había encontrado una forma de acceder al interior y no estaba dispuesto a renunciar a esa oportunidad.

Se quitó la chaqueta y se deslizó como una serpiente, metiendo primero los brazos para usarlos como resortes que ayudaran a entrar al resto del cuerpo. Introdujo la cabeza de lado y observó que no había ningún objeto que le impidiera terminar el proceso de invasión que llevaba a cabo. Eso sí, tuvo que soportar el impacto de su cuerpo contra el suelo desde casi dos metros de altura, ya que era la distancia que separaba la ventana del cemento. De cualquier forma, se recuperó con rapidez y dio gracias por no haber hecho demasiado ruido. Cuando se alzó, un rayo de luz crepuscular atravesó el agujero por el que había entrado él y el haz iluminó el interior, proporcionándole una mejor visión de dónde estaba.

En realidad, tampoco había nada especial allí. Esperaba encontrar un ataúd, como en las películas de vampiros, pero sólo había estanterías con herramientas, latas de pintura seca, juguetes rotos y, apartado en un rincón un poco más oscuro, un muñeco de Frosty al que le faltaba un ojo. Al final de la estancia, a la izquierda, había una pequeña escalinata con seis escalones que llevaban a una puerta de madera. Se acercó lentamente a la misma y giró el picaporte redondo, el cual se quejó con un crujido suave que indicaba que estaba abierto.

Apartó la madera rectangular de más de dos metros de alto y vio, a través de una rendija, que iba a acceder a un pasillo estrecho y decorado con un papel en las paredes, cuya superficie mostraba un mal gusto decorativo que provocó un gesto de cierta repugnancia en la cara de Steven. En todo caso, terminó de abrir la puerta y miró a ambos lados para comprobar si había alguien, aunque no vio a nadie. Apenas había algo de claridad a su derecha, así que se aventuró y terminó de cruzar el umbral, giró en esa dirección y fue hacia lo que parecía una sala de estar, dadas las dimensiones que pudo divisar desde donde estaba en ese momento.

Tal como esperaba, se encontró en una estancia de apenas veinte metros cuadrados y en la que sólo había un sofá de dos plazas y una mesita de centro, tan mal decorada y con tan escaso gusto como el resto de los muebles y las paredes empapeladas. El sillón era de tipo chéster, hecho en cuero blanco y marrón oscuro, mientras que la mesa era rectangular, con patas y marco de metal, y tenía un cristal en la parte superior. Había una ventana de dos hojas justo al otro lado y, a la izquierda, una puerta que estaba abierta, pero que ignoraba a dónde daba.

Fue hacia ella y vio que se encontraba ante un enorme vestíbulo, más grande que la habitación que había dejado atrás. A la izquierda estaba la puerta principal, de dos hojas y rodeada por marcos de cristal traslucido. En el lado contrario había otra puerta, pero cerrada, y a la derecha había una escalera que subía en forma de ele hacia la planta superior.

De pronto pensó en Christian y abrió la puerta principal para comprobar si se encontraba cerca, pero no había el menor rastro de él por ninguna parte. En ese momento dudó sobre qué hacer, si subir hacia las estancias de la segunda planta o esperarle allí. Finalmente decidió usar las escaleras y preparó el arma por si tenía que usarla; amartilló el percutor y puso el dedo en el gatillo, en tensión y dispuesto para ser accionado.

Pisó los escalones de madera blanca sin prisa, avanzando de medio lado y mirando hacia arriba casi sin pestañear, aunque cada poco echaba un vistazo rápido hacia la planta baja que dejaba tras de sí, por si aparecía el inspector o, en el peor de los casos, la propia vampira. La idea de cómo arrestarla seguía sin tener respuesta y dudó sobre cómo podría reducirla él solo, sin ayuda. Incluso con el jefe a su lado, no creía que fuera posible apresarla entre ambos. Entonces una pregunta cruzó fugaz por su mente: ¿por qué Christian no había pedido refuerzos?

Se culpó por el despiste, ya que no había advertido a su jefe sobre la necesidad de contar con más efectivos, pero ya no tenía remedio y sólo estaban los dos para detener a la asesina, si es que estaba en la vivienda. A cada paso que daba, parecía con más claridad que estaba vacía y no había nadie en ella. Por supuesto, hasta que no estuvieran seguros de eso, no podía bajar la guardia y procuró centrarse en cumplir con la misión. Con suerte, si en realidad se encontraba en la casa, encontrarían una forma de ponerle las esposas y retenerla hasta la llegada de más unidades.

Llegó al rellano de la planta superior y vio que había un pasillo a su derecha, en el cual había tres puertas cerradas; a la izquierda había otro pasillo con otras cuatro, casi todas en la misma situación que las anteriores. Sin embargo, había una que estaba entreabierta y en la que una oscuridad insondable se apropiaba de la estancia.

—¿Jefe, está ahí? —susurró con fuerza.

Le extrañaba que esa puerta estuviera abierta y con el interior sin luz, por lo que pensó que a lo mejor estaba Christian dentro. Se acercó con cautela y apuntó hacia adelante, más por seguridad que por miedo. De repente, escuchó dos voces, una de ella le era familiar pero ininteligible. Se acercó más y, poco a poco, comenzó a entender que el inspector Sullivan mantenía una conversación con una mujer. Steven reconoció al instante la voz de Mercy.

—No deberías estar aquí —dijo ella, mientras Steven se apoyó en la pared y se colocó junto al bastidor—. Lo mejor sería que me dejarais en paz y os marchéis.

—Sabes que no podemos hacer eso —respondió Christian—. Hay que acabar con esto.

—Tuviste dos oportunidades de hacerlo y no fuiste capaz, padre

—replicó Mercy.

«¿Padre?», pensó Leister, sorprendido y confuso a la vez. Si había alguna respuesta, la única forma de obtenerla era dejando que continuaran con la conversación y decidió mantenerse oculto hasta que llegara el momento adecuado para intervenir.

—Cierto, he tenido dos oportunidades para parar tus crímenes, pero no fui capaz de hacerlo —dijo el inspector—. Por eso tengo que cargar también con mi condena, hasta que tú dejes de existir y podamos morir en paz.

—No lo entiendes, padre, yo no quiero abandonar esta vida —apostilló la vampira—. Fue un don lo que me concedió aquél ser y no estoy dispuesta a perderlo.

—Fíjate lo que hay a tu alrededor, hija mía, sólo muerte y sangre. ¿En serio quieres vivir así eternamente?

—¿Qué tiene de malo?

—Mercy, estamos condenados a vagar entre los vivos y alimentarnos de su sangre, pero eso no te da derecho a cometer los crímenes que provocas. —Christian pasó por delante de la puerta y vio de reojo que Steven estaba allí. Pasó por alto ese detalle y avanzó hacia Mercy—. Yo les quito lo justo para mantenerme con energías, pero no les mato.

—Ese es el problema, padre, que padeces esta vida, en vez de disfrutarla.

—En efecto, así es. Acepté el pacto con el demonio con la esperanza de tener la fuerza alguna vez de acabar con esto para siempre.

—¿Y ya has encontrado el arrojo suficiente? —preguntó ella con desdén.

Christian se mantuvo en silencio durante unos segundos, reculó varios pasos y bajó la cabeza avergonzado. Miró de nuevo hacia donde estaba Steven y le miró con gesto triste. El detective seguía sin entender qué pasaba realmente, pero pensó que era el momento idóneo para actuar y entró en la habitación, apuntando a Mercy con el arma.

—¡Quieta! —le gritó, mientras miraba de reojo a su compañero, al que ahora parecía no conocer de nada—. ¡Quietos los dos!

—rectificó.

—Baja el arma, Steven —le dijo su jefe—. No te servirá de nada dispararnos.

—¿Qué está pasando aquí? ¿Por qué te ha llamado "padre"? ¿Qué locura es esa de que también eres un vampiro? —Acumuló las preguntas que le salían del cerebro, desesperado ante la situación en la que se encontraba.

—Tranquilízate, amigo mío. —Le agarró la muñeca y le obligó a bajar la pistola—. Responderé a todas tus preguntas, pero tenemos que irnos.

—¿Cómo que nos vamos? —Steven no daba crédito a lo que estaba presenciando—. ¿Qué pasa con ella?

—No podemos matarla, por ahora —replicó Christian.

—¡Una mierda, jefe! —Volvió a apuntarles—. ¡De aquí no se va nadie hasta que me respondáis!

—Si insistes, no respondo de las consecuencias —dijo Mercy, que esbozó una ladina sonrisa.

Sin darle tiempo nada más que a apretar el gatillo una vez, ella saltó los tres metros que les separaban y se abalanzó sobre su yugular como un animal. La bala que le había disparado atravesó el hombro de Mercy, pero ella no sentía dolor alguno y su instinto de depredadora hizo el resto. Degolló a Steven ante los ojos llorosos de Christian, o George, y le mató en pocos segundos succionando toda la sangre.

—Lo siento, padre —fue la escueta y vehemente respuesta de Mercy Brown.

Él no respondió. Observó con pena cómo ella desaparecía de nuevo y tardó pocos segundos en escuchar el peculiar sonido de la Harley, que se alejó con rapidez de la zona. Entretanto, Christian Sullivan, George Brown en realidad, levantó el cuerpo inerte de su compañero y lo sacó de la casa, dejándolo sobre el césped del jardín. Se arrodilló a su lado y comenzó a llorar de rabia, sintiendo una enorme culpa por su debilidad.

De nuevo había fallado.

Sin embargo, también sabía que algún día, a saber en qué rincón del país, alguien hablaría de una sombra nocturna, que viajaba en una motocicleta y cuya forma femenina se alimentaba de sangre humana. Sólo esperaba estar preparado para acabar con ella cuando volvieran a encontrarse. Entretanto llegaba ese momento, a él sólo le quedaba una cosa por hacer, la misma que se había visto obligado a cumplir aquel lejano día de 1969. Tendría que cambiar de identidad y desaparecer durante un tiempo, hasta que el rumor de la vampira que montaba una Harley Davidson llegase de nuevo a sus oídos.

VACACIONES SANGRIENTAS

Capítulo 1

añana será el gran día. Llevo mucho tiempo esperando a que pudiera cobrar venganza de lo que sucedió hace casi quince años, pero nunca habíamos encontrado la forma de hacerlo. Ahora, gracias a las nuevas tecnologías, al fin acabaremos con este asunto y podré pasar página de una vez por todas. Podré librarme de este insufrible tormento que padezco en el alma desde que ellos desaparecieron. Nadie es consciente de cómo el dolor me come por dentro, como si tuviera un parásito invisible del que no puedo deshacerme y que devora las horas del reloj en una lenta agonía interior.

Desde entonces, desearía haber hecho algo, anhelaba con todas mis fuerzas que el teléfono sonara y me dieran la buena noticia de que mi familia había aparecido y estaban en buen estado, a salvo. Pero ese ansiado momento no llegó nunca y estoy empezando a volverme loco entre las paredes que forman mi nuevo hogar. He tenido que abandonar toda esperanza de que estén con vida y debo aceptar el hecho de que están muertos. O, mejor dicho, no muertos.

Nunca hubiera imaginado que mi existencia cambiaría tanto y me vería en la situación actual. Me he sentido culpable durante mucho tiempo y tengo la firme convicción de que les fallé en el momento menos apropiado, cuando nuestra familia necesitaba estar a salvo. Ojalá nunca hubiera planeado esas malditas vacaciones.

Lamento empezar mi relato de esta forma, pero necesito ordenar mis ideas para contarte con orden y detalle lo que sucedió durante esa semana que comenzó el 24 de agosto de 1999. Sí, soy consciente de que puede que no me creas, pero necesito escribirlo y desahogarme, o este dolor interno acabará por consumirme la razón.

Ante todo, ten presente que sólo voy a transmitir lo que percibí con los cinco sentidos durante aquellos infernales días que pasamos en el Hotel Camazot, situado a unos cuantos kilómetros al sur de Cancún. Lo que debían ser unas vacaciones de ensueño, se convirtieron de repente en una torbellino de acontecimientos que me costó asimilar. Es más, incluso ahora, cuando han pasado tanto tiempo, sigo dándole vueltas y me cuesta dormir algunas noches. Me despierto envuelto en sudor y me levanto de la cama temblando de ansiedad. Es una sensación que no le recomiendo a nadie.

Cada noche es siempre igual para mí. La paso sentado en el sofá, cojo la lata de cerveza y le quito un poco más de vida con un largo, refrescante y amargo sorbo. No sé cuántas bebo cada noche, siempre pierdo la cuenta cuando llevo cinco o seis; ya no lo recuerdo. A las cuatro y pico de la madrugada, todo da vueltas y apenas entiendo la ensordecedora melodía, anodina y trivial, de la presentadora del programa de televisión que se empeña en hacerme creer que el objeto que vende es de vital importancia para mí.

Y ahí está, mi compañera de acero fundido. La pistola aún continúa al lado de un montón de latas vacías, guardianes verdes y cilíndricos de la barrera que me separa de la muerte. Nos miramos mutuamente y su frío tacto me llama a tomarla entre las manos y darle un beso postrero de buenas noches, puede que no hoy. Puede que sí.

Otro sorbo de cerveza y otra mirada a la pistola. Me pregunto qué es lo que está jodido en mi interior, ¿qué he hecho mal en esta vida para estar así? Ver los años pasados en falsa esencia, es como pensar que el aroma de los jardines viniera embotellado en flores de plástico.

Otro sorbo de cerveza y otra mirada a la pistola. Perdí el sentimiento de lo que era amar, porque aquella fatídica noche me arrebató todo lo que llenaba mi corazón. Esa ha sido la cuestión que siempre ha atormentado mi alma, romántica y podrida. Luego llegó la vida que ahora llevo, cuando quité el velo negro de la pasión y el sexo sustituyó mis anhelos de caricias y abrazos. Cuando descubrí la cruda verdad de las relaciones humanas, me di cuenta de que todos somos briznas de paja al viento, polvos que se lleva el tiempo. Somos mierda en forma de flujos y mentiras, babosas que se arrastran por la inmundicia de los despojos de nuestras propias almas.

Otro sorbo de cerveza y otra mirada a la pistola. Creía que encontraría la venganza entre armas de fuego y siendo un asesino. ¿Qué me quedaba ya por probar? Mi corazón es de hojalata y mi alma es piedra fría, esculpida con la forma de un demonio por el cincel de las traiciones. El martillo de las mentiras hizo un gran trabajo para convertirme en lo que soy ahora. ¿Es que no hay escapatoria a esta esfinge en que me he convertido? Solo, vigilante sordo de las mortecinas horas que caen de las manecillas del reloj en procesión suicida. No hay más tiempo. Nunca hubo tiempo. El tiempo no existe. El amor no existe.

Un último sorbo y una última mirada a la pistola. La cerveza ya no está tan fría, o será que mi espíritu está congelado y ya no siente. La pistola desprende más calor que las mujeres que he conocido, gracias al dinero que les doy y que me proporciona mi trabajo. Sus sinuosas y metálicas curvas se han vuelto más hermosas que las de aquellas féminas que durmieron entre mis sábanas. Sus labios redondos me parecen los más sugerentes que he visto, y los recuerdos de besos moribundos son sólo argumentos de peso para terminar por miccionar sobre todo aquello que odio.

Otro sorbo de cerveza y echo otro vistazo a la pistola, pero esta vez mis reflexiones se ven interrumpidas de súbito. El teléfono suena de forma insistente sobre la mesita de noche y miro la pantalla para ver quién tiene la osadía de molestarme en un momento tan trascendental. Es "El Jefe".

—Hola Ezequiel, ¿estás preparado? —me pregunta con esa voz grave y con fuerte acento mejicano.

—Sí Jefe —le contesto.

—A las ocho nos veremos en la entrada.

—Allí estaré.

Se acabó la cerveza. Corto la llamada y vuelvo a mi estado de catarsis personal. La pistola hará su trabajo de nuevo cuando el disco solar asome en el horizonte y espante las sombras ominosas de la ciudad. Saldremos a las calles y continuaremos la búsqueda del sentimiento que me haga sentir vivo. Sólo quedará la paz de la inexistencia para aquellos monstruos que se atrevan a ponerse delante de mí.

Mañana, al atardecer, volveremos a dormir el responso del vigilante cazador, y cuando me levante en plena madrugada, más latas de cervezas me acompañarán. Mientras tanto, te seguiré contando cómo he llegado a este punto, en el que la muerte se presenta como una figura advenediza a la que no se puede esquivar.

Capítulo 2

l viaje a Cancún lo habíamos programado desde hacía meses. Carolina, mi esposa, estaba muy ilusionada, al igual que Daniel y Brenda, mis hijos. Mi mujer y yo habíamos ahorrado durante más de un año para que los cuatro pasáramos unas vacaciones de ensueño en un lugar tan idílico y atractivo como ese. Ambos habías añorado cumplir esta meta de visitar un sitio al que considerábamos como un pedazo del Edén en la Tierra. Por supuesto, la ilusión iba pareja con el dispendio económico que tuvimos que hacer, ya que queríamos disfrutar a tope la experiencia y no escatimamos en gastos. Contratamos un hotel de cinco estrellas que estaba a unos kilómetros al sur de Cancún, pegado a la playa y con la jungla en la parte trasera del mismo. Era un resort de lujo que nos ofrecía multitud de opciones de entretenimiento y descanso para los siete días que íbamos a pasar allí.

Recuerdo el día que salimos de Madrid como si fuera ayer mismo, con los nervios a flor de piel y la ansiedad por llegar al destino durante todo el vuelo. Mientras sobrevolábamos las nubes y el océano, sólo había un tema de conversación entre nosotros: las vacaciones. Carol iba sentada a mi lado, mientras que Daniel y Brenda estaban en otra fila, justo delante de nosotros. No hacíamos más que levantarnos para pasear y estirar las piernas, y apenas pudimos echar una cabezada durante las largas horas que duró el vuelo. Disfrutamos de una comida insulsa, pero que nos pareció un banquete; tal era la ilusión que invadía nuestros corazones.

Después de aterrizar y recoger las maletas, en la terminal nos esperaba una joven con un cartel con el apellido de nuestra familia, los Ortiz. Nos llevó hasta un microbús y salió otra vez para ir a recoger a otra familia que iba a venir con nosotros, los Mendoza. En realidad era una pareja mayor y venían con su hijo y la novia de éste, un dúo peculiar, ya que la muchacha era precisamente de Cancún y había traído a sus futuros suegros para que conocieran a su familia y el lugar donde había nacido y crecido.

Por suerte para nuestros nervios, el Hotel Camazot, que era donde nos íbamos a hospedar, estaba a apenas catorce kilómetros del aeropuerto, así que llegamos en un santiamén. En el corto trayecto pudimos disfrutar de las vistas de la playa a nuestra izquierda, así como de la frondosa jungla a la derecha. Era tan densa que apenas había espacio entre los árboles que lo formaban, ni la luz del sol lograba colarse entre la enmarañada red de ramas que techaban la foresta.

Al fin, cuando llegamos al hotel, suspiramos de alegría y ya en recepción pudimos disfrutar de un ambiente acogedor y totalmente diferente a lo que estábamos acostumbrados en España. La sala era enorme y estaba repleta de visitantes de diferentes nacionalidades, que iban y venían mostrando sonrisas de satisfacción por la estancia en aquel sitio. También veía a los trabajadores moviéndose como hormigas, atareados en sus quehaceres perfectamente orquestados. Mientras esperábamos nuestro momento para que nos atendieran, pude ver la cercana playa de arenas blancas y aguas turquesas a través de una cristalera enorme que estaba a nuestra izquierda. Parecía que estábamos en otro planeta.

—Buenas tardes, me llamo Saúl, ¿en qué puedo ayudarles? —El recepcionista me hizo apartar la vista del océano para centrarme en su atención.

—Buenas tardes —contesté con una voz suave, como si acabara de despertarme. Tosí un poco para aclararme la garganta—. Somos los Ortiz, soy Ezequiel Ortiz y esta es mi esposa, Carolina González.

—Encantado, señores —respondió con una sonrisa blanca y bien cuidada, que contrastaba con la piel morena de su rostro—. Sí, aquí están. Veo que tienen contratada una suite doble. La suya es la ochocientos nueve. Si me permiten la documentación, por favor. —Tenía un marcado acento mejicano y no pronunciaba la ce ni la zeta, por lo que mostraba un notable seseo. Sacamos los pasaportes y se los dimos.

Durante un par de minutos Saúl comprobó los datos, hizo los trámites necesarios para confirmar nuestra llegada y después nos devolvió los pasaportes. A continuación llamó a alguien y al poco tiempo apareció otro joven, de aspecto apolíneo y más de un metro ochenta de estatura. Era el botones.

—Ricardo, lleva las maletas de los señores Ortiz a la ocho cero nueve, por favor —le ordenó el recepcionista con amabilidad.

—Por supuesto, síganme, por favor —contestó el hercúleo trabajador.

El uniforme que llevaban era muy parecido: polo celeste con el logo del hotel en la parte izquierda y un pantalón de color beige, corto y con bolsillos. En los pies llevaban deportivas blancas que cubrían calcetines también del mismo tono. Supongo que las temperaturas de la zona les obligaban a llevar un atuendo que les hiciera más cómodo el trabajo que realizaban.

Recuerdo que el Camazot Hotel & Spa era un lugar impresionante, enorme, y que parecía no tener fin. Ricardo nos llevó por un largo pasillo hacia la derecha y nos metimos en un amplio ascensor, acristalado en su totalidad y con capacidad para diez personas, según ponía en un pequeño cartel. A la vez que ascendíamos, pudimos distinguir con más claridad la línea de costa en la que estaba situado el hotel. La claridad de las aguas era impresionante, el brillo del sol bañaba cada rincón de arena y había personas que practicaban diferentes deportes acuáticos por los alrededores, mientras otros tomaban algún refrigerio en varias terrazas que estaban desperdigadas alrededor de tres enormes piscinas de formas sinuosas.

Llegamos a la octava planta del enorme edificio con forma de cuadrado y volvimos a torcer a la derecha para encarar un nuevo, largo y ancho pasillo. El suelo estaba enmoquetado en rojo y a los lados de la tela había unos extraños símbolos que se interrumpían cuando llegaban a una puerta para, a continuación, continuar su recorrido. A nuestra izquierda había una enorme cristalera que abarcaba todo el tramo de pasadizo, mientras que a la derecha se podían ver los accesos a las diferentes suites, todas con números impares. Ochocientos tres, cinco, siete y…nueve: la nuestra.

Estaba situada sólo a dos puertas más del final y Ricardo nos abrió con la llave electrónica que pasó por encima de un lector digital. Se oyó un leve chasquido y empujó la madera blanca para adentrarnos en la estancia, una sala amplia y decorada con muebles modernos de diseño. Había una pequeña cocina de color blanco a nuestra derecha, una amplia mesa de cristal justo delante y al fondo había una mesa de billar americano con el tapiz de color rojo. Tras el mismo, se abría una amplia cristalera que daba un amplio balcón. El suelo era de cerámica blanca, lo que contrastaba con los tonos abedul de las estanterías que estaban junto al billar y el mueble donde se encontraba el televisor, un aparato de sesenta y cinco pulgadas, a la izquierda. Delante del mismo había un sofá de tres plazas de cuero beige y, junto al mismo, colocado en perpendicular, había otro de dos asientos.

—Espero que disfruten de la *estancia*, señores —dijo Ricardo, después de haber dejado las maletas junto a la entrada.

—Muchas gracias —respondí. Le di veinte euros de propina, pues no tenía cambio en ese momento.

—Gracias señor.

Nos dejó a solas con una amplia sonrisa de satisfacción y depositó la llave tarjeta sobre el mostrador de la cocina. Cerró la puerta con suavidad, aunque nosotros ni le mirábamos en ese momento; sólo teníamos ojos para disfrutar de la suite.

—¡Mira papá, tenemos tele también en nuestro cuarto! —exclamó Brenda, a la vez que tiraba de mi mano. Ella ya había hecho su particular recorrido por allí y había descubierto la que iba a ser su habitación, compartida con su hermano.

—¡Esto es una pasada, Ezequiel! —dijo Carol, que no dejaba de toquetearlo todo con absoluta admiración y embargada por la emoción.

—¡Papá, ven a ver las vistas, son increíbles! —gritó Daniel desde el balcón.

La familia estaba sumergida en un frenesí de excitación y felicidad como no había visto en toda mi vida. Bueno, quizá cuando los niños eran más pequeños y llegaba la noche de los Reyes Magos. Pero, aparte de esos días —Brenda todavía se emocionaba bastante, aunque no como cuando era más pequeña. Ya tenía once años y Daniel dieciséis—, lo cierto es que verles tan alegres me llenó el corazón y me emocioné. Nadie vio cómo se me saltaron algunas lágrimas mientras les observaba ir y venir por la enorme suite.

Ese día lo pasamos disfrutando del restaurante, pues estábamos hambrientos, fuimos a dar un paseo por la playa y, ya de noche, cenamos algo en nuestra cocina y nos fuimos a dormir totalmente exhaustos. No me habría imaginado, ni en mis peores pesadillas, que esa sería la última noche que pasaríamos todos juntos. Nada hacía presagiar que lo que tenían que ser unas vacaciones de ensueño, se terminarían convirtiendo en un infierno del que no podríamos escapar.

Capítulo 3

l día siguiente nos levantamos muy, muy temprano. El *jet lag* nos afectó a todos y fue extraño despertarnos cuando todavía era de madrugada. Apenas habíamos dormido cinco horas y todavía notábamos el cansancio en los cuerpos, pero la mente estaba habituada a otro horario y teníamos que acostumbrarnos que en Cancún había seis horas menos que en Madrid. Aunque eran las cuatro y diez de la madrugada, para nosotros eran en realidad las diez y diez; es decir, era tarde para despertarse.

—Buenos días, familia —dije mientras bostezaba—. ¿Cómo habéis dormido?

—Yo bien, la verdad —dijo Dani, que se estiró como un gato y alzó los brazos cuán largos eran. Medía más que yo, a pesar de la edad.

—A mí me ha costado un poco —se quejó Carol—. Ya sabes lo que me pasa con las camas ajenas —bromeó y me dio un beso corto en los labios.

—Yo habría dormido un poco más, pero Dani encendió la luz para buscar su ropa en la maleta y me despertó —gruñó Brenda, que miró a su hermano como si quisiera castigarle.

—Pues, ya que estamos despiertos, ¿por qué no desayunamos algo? —propuse con entusiasmo—. La nevera está repleta de cosas y ese roperillo también tiene galletas, bollería y algunas latas que todavía no sé qué contienen.

—No es mala idea —me siguió Carol—, hoy tenemos un día de aventuras por delante.

—¿Y eso por qué? —preguntó Brenda, que se sentó en una silla junto a la mesa de cristal.

—Nos vamos de excursión al interior de la selva, a ver unas ruinas mayas. Fue una de las primeras cosas que me llamaron la atención de este lugar, cuando tu padre nos dijo que vendríamos aquí.

—¿Ruinas? ¿Vamos a ver un montón de piedras viejas? —replicó Daniel.

—No seas así, ya verás cómo nos vamos a divertir —continuó mi esposa—. Además, en esa jungla hay muchos animales exóticos y será toda una experiencia poder verlos en la vida real y no en un televisor. ¿No estáis hartos de verlos sólo en documentales?

—Sí, mamá, pero lo de visitar cuatro piedras antiguas no es que sea muy entretenido —continuó protestando Dani.

A mi hijo no le hacía gracia la idea de compartir una excursión arqueológica, pues prefería estar en la playa y disfrutar de la diversión propia de su edad. Sin embargo, mientras desayunábamos, se fue animando con las cosas que su madre y yo le enseñábamos en revistas especializadas de Historia, en la que se hablaba de la cultura maya. Le entró un ataque de curiosidad por saber más y terminó por tomar las revistas y meterse en la habitación para leer por su cuenta. Mientras tanto, no nos quedó otra que esperar a que llegara la hora de salir de la suite y bajar para probar el segundo desayuno del día. Debíamos estar bien alimentados y queríamos coger algunas viandas para el camino, así que nos preparamos y esperamos a que llegara la hora adecuada para ir al bufet.

Cuando eran pasadas las nueve de la mañana, Luis, el guía que habíamos contratado en recepción, nos llevó a través de la arboleda durante más de dos horas, pero no éramos conscientes del recorrido que estábamos haciendo porque apenas se podía ver la luz del sol entre las ramas. Era como si en la jungla que nos rodeaba hubiera una noche eterna, en la que los días y las noches pasaran sin percibir su presencia.

La persona que nos adentraba cada vez más en la espesura era español, nacido en Toledo, pero llevaba varios años residiendo en la zona por la pasión que sentía hacia las culturas mejicanas, o eso nos contó por teléfono cuando le contratamos. Apenas habló durante el camino y eso hizo que nos centráramos más en lo que nos rodeaba.

Todo tenía un color verde oscuro y había un profundo olor a humedad en el entorno, lo que acrecentaba la sensación de bochorno con cada metro que dejábamos atrás. Se podía oír el sonido de aves que cantaban entre las marañas de ramas y hojas que estaban sobre nuestras cabezas, y también pudimos distinguir dos tarántulas que se cruzaron ante nuestros pies, buscando un lugar donde esconderse para tender una emboscada a potenciales presas. Era un espectáculo sobrecogedor y agobiante a partes iguales.

Tan ensimismados caminábamos, que tardamos unos segundos en darnos cuenta que justo ante nuestros ojos estaba el lugar que habíamos ido a ver: el Templo del Dios Murciélago. En realidad no estaba en muy buenas condiciones, pero tenía un aspecto imponente y nos quedamos embelesados con los grabados sobre la piedra de color marrón oscuro, sobre la que se arrastraban varias ramas de enredadera que tapaban parte del retablo.

La estructura tenía forma de herradura y había una especie de patio interior al que accedimos para observar mejor los detalles de los dibujos. Las paredes tenían una altura de unos tres metros y parecían gruesas, al menos viéndolas desde el exterior. Tenían un aspecto descuidado y había grietas por doquier, además de algunos bloques que se habían desprendido y caído al suelo. En los muros que quedaban en pie había seres con forma humana y cabeza de murciélago, tallados en la piedra. Se podían observar los incisivos superiores y los inferiores, que sobresalían sobre el labio superior. Estaban colocados en diferentes posiciones y todos tenían aspecto masculino, lo que nos pareció bastante interesante y curioso. Mientras contemplábamos las imágenes, el guía nos contó un poco la historia del lugar y la deidad a la que estaba dedicado el mausoleo.

—Estamos en uno de los muchos templos que el dios Camazot, tenía por todo Centroamérica. Era un personaje de la mitología maya, considerado como el dios murciélago. Se le representaba como ese animal, pero también podía tener cuerpo de hombre y cabeza de este mamífero. Actualmente se pueden ver representaciones de él en el museo de Copán, Honduras y son espeluznantes. A este gran ser se le consideraba un maestro de los misterios de la vida y la muerte.

» El culto de Camazot empezó alrededor del año cien antes de Cristo, según algunos expertos, aunque no hay constancia de ello. Entre los zapotecas de Oaxaca, México, también se sabe de pueblos que veneraban a un monstruo antropomórfico con cuerpo de hombre y cabeza de murciélago.

» Este animal fue asociado con la noche, la muerte y el sacrificio, así que el dios encontró su lugar rápidamente entre el panteón de los quiché, una tribu maya que vivió en las selvas de lo que es ahora Guatemala y Honduras. De hecho, hay evidencias actuales que apoyan que el mito de Camazotz puede haberse extendido debido a los murciélagos vampiro, alcanzando México, Guatemala y áreas de Brasil.

» La evidencia de lo anterior se halla en los fósiles del *desmodus draculae*, el murciélago vampiro gigante. También ha habido esqueletos del mismo encontrados en estado fósil, de muy reciente edad, lo que sugiere que las especies todavía eran comunes cuando la civilización maya existió. Incluso hay quien sostiene que aún podría existir hoy, aunque esto no se ha demostrado.

» Se cuenta en el Popol Vuh, el libro sagrado maya, que Camazot era el nombre común referido a los monstruos similares al murciélago, encontrados por los héroes gemelos de la mitología maya, Hunahpú e Ixbalanque, durante las pruebas que tuvieron que pasar en el mundo subterráneo de Xibalbá. Obligados a pasar la noche en la Casa de Los Murciélagos, los muchachos pudieron mantener a las criaturas a raya hasta que Hunahpu fue decapitado al intentar mirar la llegada del alba. Ixbalanque, afligido, llamó a todos los animales de la jungla para que llevaran cada uno su comida favorita para reconstruir la cabeza del hermano. Se dice que un tapir volvió con un chilacayote, un fruto típico de esta zona y que se asemeja a una calabaza. Ixbalanque lo talló y le dio forma para que fuera una nueva cabeza para su hermano y pudieron asistir al juego de pelota final, provocando la derrota eventual del Xibalbá.

» Los templos nahuas, como este, tienen forma de herradura y estaban dedicados al culto del dios murciélago. Se cuenta que los altares eran de oro puro y orientados hacia el Este, pero nadie ha visto uno en realidad. Por último, también hay quien dice que el dios murciélago tiene poder para curar cualquier enfermedad, pero también poder para cortar el cordón plateado de la vida que une el cuerpo al alma.

—Entonces, ¿es una especie de dios-vampiro? —preguntó Carol, acercándose a Luis.

—Para muchos sí, pero no hay nada escrito sobre ello en los textos sagrados, ni hay constancia arqueológica de que así sea —respondió.

—En todo caso, este sitio es increíble —comentó Daniel, que admiraba los grabados y les sacaba fotos con la cámara réflex que le había regalado en las anteriores navidades.

—¿Por qué está tan abandonado y descuidado? —dije al guía, pues me picaba la curiosidad de que un lugar como aquel estuviera en tan lamentables condiciones.

—En realidad hay muchos templos en este mismo estado por todo el país. Si no hay financiación privada, o que el Gobierno vea algo de beneficio en restaurarlo, nadie invierte un dólar.

—Pues es una pena, porque este sitio tiene mucho potencial turístico —apostillé.

—Supongo que hay gente que no piensa lo mismo, señor Ortiz —replicó Luis con seriedad.

—También es posible que a alguien no le guste la idea de que esta zona pierda la esencia virginal que lo rodea —dijo Carol.

—Eso no lo dude, señora. Como se suele decir, hay cosas que es mejor dejar como están y no destrozar la razón para la que han sido creadas.

Durante unos minutos estuvimos disfrutando de la maravilla que teníamos ante nuestros ojos. Teníamos la sensación de que el tiempo se había detenido y no nos dimos cuenta de que el sol comenzaba bajar en el horizonte, hasta que un haz de luz se reflejó sobre una parte concreta de la estructura. Había una fisura en la piedra que se asemejaba a una puerta cerrada.

—¿Esto es una entrada al interior? —pregunté mientras acariciaba la superficie rugosa.

—La verdad es que no lo sé —contestó el guía—. Es la primera vez que la veo.

—¿Qué habrá al otro lado? —Intenté empujarla, pero el esfuerzo era inútil. Estaba cerrada a cal y canto.

—Será mejor que regresemos al hotel, señor Ortiz —se apresuró a decir—. Pronto se hará de noche y no es conveniente estar en la jungla cuando comienzan a vagar los depredadores en busca de presas.

—¿Depredadores? ¿De qué depredadores habla? —pregunté.

—Venga, vámonos —dijo con un tono serio y cortante, sin responder a mi pregunta.

Sin dejarnos la posibilidad de contradecirle, comenzó a caminar de regreso a la espesura y desapareció de nuestra vista en cuestión de segundos. Le seguimos a la carrera y le alcanzamos unos cuantos metros más adelante, intentando mantener el paso rápido que llevaba. En ese momento no me di cuenta, pero lo que percibí en él era un temor como no había visto nunca en un ser humano. Daba la impresión de que los grabados que habíamos visto fueran a cobrar vida en cualquier momento y él no quería que estuviéramos por los alrededores.

Capítulo 4

uve pesadillas durante la noche. Unas extrañas visiones de seres con cabeza de murciélago que se paseaban por el hotel y alrededores, y que se lanzaban sobre los turistas para chuparles la sangre como si fueran una especie de grotescos vampiros. Me revolvía en la cama como un perro lleno de pulgas y me sobresaltaba cada poco tiempo, así que al final decidí levantarme y sentarme en el salón de la suite para relajarme. Eran las tres y media de la madrugada, y mis hijos y Carol seguían durmiendo a pierna suelta, de lo cual me alegré.

Me preparé un café de cápsula, un cappuccino, le añadí canela y me fui al sofá. Busqué más información en las revistas, pero no había nada sobre Camazot o los "hombres murciélago". Después de unos minutos reflexionando sobre el significado de aquellas malditas pesadillas, decidí salir al balcón delantero y asomarme para tomar aire. La noche era perfecta para sentarse y disfrutar del sonido de las pequeñas olas, que iban a morir a la orilla de la playa en una lenta procesión. El olor a salitre inundó mis pulmones y fue como un bálsamo que limpió mi mente de malos pensamientos, algo que agradecí en unos momentos de tanta turbación como esos. Lo único que podía ver era la parte trasera del hotel, con sus piscinas de aguas cristalinas y débilmente iluminadas por luces que estaban bajo el agua. Los jardines de los alrededores de las mismas estaban en penumbra y no se veía un alma vagando por la zona. Sí, era una noche idílica, con una temperatura de unos veinticinco grados y con una simple brisa acariciando mi torso desnudo.

De pronto, cuando observaba las instalaciones que abarcaba mi vista, pude ver a una figura que se movía entre las palmeras y los arbustos con suma rapidez, como si fuera a algún lugar con una premura inusitada. Pensé que sería algún trabajador al que se le había olvidado algo y no me preocupé más. En un hotel, aunque los inquilinos duerman, el personal no deja de realizar labores durante las veinticuatro horas del día.

Me senté en una de las tumbonas, que tenía una colchoneta encima, y me relajé con el café en las manos, mirando hacia las estrellas y olvidando por completo los ominosos sueños que Morfeo me había enviado en esa noche. Así, poco a poco, el sopor fue haciendo presa en mí de nuevo y terminé por quedarme dormido cuando todavía me faltaba poco menos de media taza para acabar con el contenido. Las pesadillas se esfumaron y mis sueños me transportaron a una playa de arenas blancas y en la que estaba rodeado de bellas mujeres desnudas que se bañaban en un mar turquesa, radiante bajo un sol ansioso por acariciar aquellos cuerpos núbiles.

Mis ojos se abrieron cuando el cielo comenzó a clarear en el horizonte marino y me regaló la visión de un amanecer de tonos naranjas y violetas, un espectáculo precioso. No había dormido mal, pero es evidente que una tumbona no era igual que una cama y tenía alguna leve contractura en la espalda. Me incorporé lentamente y casi me eché el resto del café por encima, aunque por suerte pude agarrar la taza a tiempo. La dejé en el suelo y regresé al interior de la suite, pues pensaba que mi familia debía estar dentro y desayunando.

Sin embargo, al acceder al salón vi que las puertas de los dormitorios estaban abiertas y no había nadie allí. Supuse que habrían bajado al comedor y me vestí con la intención de reunirme con ellos. Me puse un pantalón corto de color marrón oscuro, un polo blanco y me calcé las zapatillas de deporte; incluso me arreglé un poco el peinado en el baño para adecentar mi aspecto desaliñado. Cuando fui a coger la tarjeta de acceso, vi que no se encontraba donde solía dejarla, sobre la encimera de la cocina. «Bueno, si no les encuentro, pediré una copia en recepción», pensé.

Justo cuando me disponía a abandonar la residencia, entró Carol como una exhalación y me empujó, mirando a todos lados fuera de sí. Parecía alterada y nerviosa, y no sabía por qué. Me acerqué a ella y la tomé suavemente de los hombros para intentar calmarla.

—¿Dónde están? —repetía una y otra vez—. ¿Dónde están nuestros hijos?

—¿Qué sucede, Carol? —le dije con un tono suave.

—Dani y Brenda, ¿dónde están? —insistió.

—Pensé que estaban contigo, desayunando en el comedor.

—¡No, y no los encuentro! —exclamó indignada, mirándome a los ojos.

—¿A qué hora te levantaste?

—A las siete, más o menos, y ya no estaban en su habitación.

—Tranquila, a lo mejor están por los alrededores —reflexioné para que se calmase—. Bajemos a recepción y hablemos con el personal del hotel, por si alguien les ha visto.

—Ya lo he hecho y nadie sabe nada. —Se sentó en el sofá y se tapó la cara con las manos—. ¡Dios santo! ¿Dónde estarán?

—Espera aquí, ¿de acuerdo? Voy a ver si averiguo algo —dije, a la vez que me encaminaba a la puerta.

No voy a negar que el comportamiento de mi esposa me produjo una sensación de ansiedad y me pregunté dónde podían haberse metido mis hijos. Si ella les había buscado y no los encontró, yo dudaba de que pudiera cambiar el resultado de sus indagaciones, pero tenía que buscar alguna solución. Respiré profundamente e intenté tranquilizarme, mientras el ascensor descendía a la planta baja.

Fui hasta el mostrador de recepción y esperé, con visible desesperación, a que dos turistas norteamericanos terminaran de registrarse para poder hablar con el joven que estaba tras la barra de mármol. Esos pocos minutos fueron como una eternidad para mí, así que agarré de malos modos a un trabajador del hotel que pasaba por mi lado y le pregunté si había visto a mis hijos. La única respuesta que obtuve fue un gesto de negación con la cabeza y una mueca de disgusto en el rostro del trabajador. Los americanos se marcharon y pude acceder al recepcionista. Le hice la misma pregunta, sin poder reprimir las emociones que me embargaban en ese momento.

—¿Ha visto usted a un adolescente de dieciséis años y una niña de doce? —dije con la voz atropellada—. Él es más alto que yo y los dos tienen el pelo rubio y pecas.

—Una señora me preguntó eso mismo hace una hora, pero lo siento, señor, no los he visto —respondió con un tono frío, como si no le importara lo más mínimo.

Bajó la mirada y se puso a ordenar papeles con indolencia delante de mí. Ese gesto me enfureció más aún, debido a la impotencia que sentía, así que me apoyé en el mostrador y le agarré de la camiseta por el pecho.

—¡¿Y ya está?! ¡¿No van a hacer nada para buscarlos?! —grité, tirando de él hacia mí.

—¡Oiga, cálmese! —Se apartó con brusquedad, dándome un golpe en el brazo para deshacerse de mi agarre—. Hemos llamado a la policía y no tardarán en llegar, así que relájese —dijo con vehemencia.

—¿Tardarán mucho? —pregunté, intentando controlar mi ataque de nervios.

—Depende de la prioridad que consideren necesaria las autoridades —respondió.

—¿Cómo que "depende de la prioridad que consideren necesaria"? ¿Es que no les parece grave que desaparezcan mis hijos?

—Señor, es normal que los adolescentes salgan a escondidas de los padres y se dediquen a visitar lugares sin ustedes —dijo con tono condescendiente—. Todos los días hay chicos que se toman libertades que provocan alarma en los familiares, y al final no son más que actos propios de chavos en esa edad en la que tienen las hormonas revolucionadas.

—¿Y una niña de once años también desaparece por lo mismo? —pregunté con cierto malestar ante las evasivas del recepcionista.

—Puede que haya acompañado a su hermano a dar una vuelta por el pueblo, ¿qué quiere que le diga? —apostilló, para continuar haciendo el papeleo que tenía pendiente.

No dije una palabra más y regresé a la suite, cabizbajo y descon-
solado, pues sentía algo en mi interior que me decía que estaban en
peligro y debía encontrarles cuanto antes. No sabía exactamente por
qué, pero tenía una sensación de pesar que me provocaba una tristeza
enorme. Y, lo peor, no tenía ni idea de dónde empezar a buscarles,
pues si la policía no le daba prioridad a nuestro caso, nosotros nos
encargaríamos de encontrarles.

Capítulo 5

arol y yo estuvimos todo el día dando vueltas por el hotel y la zona boscosa cercana al mismo, pero no les vimos por ninguna parte. También fuimos hasta la aldea más cercana, que era en realidad una calle larga, custodiada a ambos lados por casas descuidadas de aspecto y algunas tiendas para turistas, pero tampoco estaban allí. Al final, llenos de resignación y con el atardecer a nuestras espaldas, regresamos al hotel y nos encontramos con dos agentes de policía que, al parecer, llevaban media hora esperándonos. Podrían haber pasado perfectamente por protagonistas de una película de Bud Spencer y Terence Hill, aunque sin el atractivo de éste último. Nos sentimos indignados por la desidia que habían mostrado con nuestro caso y no nos presentamos con nuestras mejores caras, por supuesto.

—Buenas tardes, señores Ortiz —comenzó a hablar uno de ellos, con su característico acento—. Este es mi compañero, el agente Carrasco, y yo soy el agente Sosa. Tengo entendido que sus hijos se han perdido esta mañana.

—¡¿Se puede saber por qué han tardado tanto en venir?! —les grité lleno de rabia.

—Señor Ortiz, por favor, mantenga la calma —dijo, mientras me apuntaba con un bolígrafo—. Entiendo que estén nerviosos, pero seguro que aparecerán en pocas horas.

—¿Cómo lo sabe? —preguntó Carol—. ¿Acaso se imagina cómo deben sentirse mis pobres niños? ¡Seguro que están asustados y desorientados ahí fuera!

—No se preocupe, señora, seguro que se encuentran bien. Las gentes de esta zona son muy hospitalarias y si sus hijos se han perdido, seguro que alguien los habrá recogido y nos informarán de que les han encontrado.

A partir de esa estúpida respuesta, no seguí escuchando más al orondo policía, una persona que tenía un aspecto más parecido al del carnicero de mi barrio. Tenía una prominente panza, la papada casi le rozaba el pecho y olía a tequila que echaba para atrás. Desde luego, era evidente que no se les podía considerar los mejores policías del país. Como se puede uno imaginar, la desidia de aquellos mequetrefes nos indignó todavía más y decidimos no responder a más preguntas y regresar a la suite.

—Mañana madrugaremos y seguiremos buscando a los chicos —afirmó Carol mientras subíamos en el ascensor—. No me fío de esos incompetentes.

—Estoy de acuerdo, aunque debemos planear bien cómo vamos a organizar la búsqueda —dije, intentando aparentar un aplomo del que carecía en ese momento—, pero ahora debemos descansar.

—¡¿En serio me vas a decir que puedes dormir con nuestros hijos perdidos por ahí?! —gritó enfurecida.

—Si no descansamos, mañana estaremos como zombis y no lograremos más que agotarnos. —La agarré por los hombros con suavidad—. Piensa con la cabeza y seamos más razonables.

—No puedo, Ezequiel… —Se puso a llorar y apoyó su cabeza en mi pecho.

Su cuerpo convulsionaba levemente por el llanto desgarrador que salía de ella y que se extendió a mí. De mis párpados comenzaron a salir lágrimas que tampoco pude controlar y cerré los ojos en un vano intento de que se quedaran colgadas en el limbo atemporal e infernal en el que estábamos. Ese era nuestro dolor y era imposible controlarlo, por más que lo intentáramos y por mucho que quisiéramos ser prudentes. No había alivio posible.

Apenas habíamos dormido unas pocas horas, aunque Carol prefirió hacerlo en el sofá del salón y yo me fui a la cama, después de darme una larga ducha de agua templada para intentar relajar los músculos, que estaban agarrotados por la tensión vivida ese fatídico día. Estaba agotado física y mentalmente, y sólo deseaba enroscarme bajo las sábanas y que al despertar se obrara el milagro de ver que mis hijos habían vuelto, sanos y salvos.

Pero el destino, cruel y caprichoso, no me otorgó tal alegría. Es más, aumentó más el cepo de angustia sobre mi alma cuando abrí los ojos y fui hasta el sillón con la intención de despertar a mi esposa. Imagina cuál fue mi sorpresa al ver que no estaba allí y que no había rastro de ella en toda la suite. Imaginé que no habría podido dormir mucho y se había adelantado para ir a buscar a Dani y Brenda, así que me vestí de forma apresurada y bajé hasta la recepción para saber si alguien la había visto. Me acerqué con paso rápido al mostrador y me encontré que detrás del mismo estaba Saúl, sentado en una silla y con gesto adormecido. Se incorporó en cuanto me vio y se desperezó con rapidez, a la vez que adecentaba su aspecto pasando las manos por la superficie rugosa del polo celeste.

—¡Señor Ortiz, qué pronto se ha levantado! —me saludó con un gesto de sorpresa—. ¿En qué puedo ayudarle?

—Buenos días, Saúl —dije con toda la educación que pude acumular—. ¿Ha visto a mi esposa?

—Lo siento señor, por aquí hace un par de horas que no pasa nadie —respondió con seguridad.

—¿No te habrías dormido y puede que haya pasado por aquí y no la vieras?

—No señor, nunca me duermo en el turno de noche, se lo aseguro.

—Entonces tendré que buscarla —comenté, mientras miraba en todas direcciones con la vana esperanza de verla.

—¿Habrá ido a buscar a sus hijos? —preguntó. No era de extrañar que estuviera al tanto de la situación, ya que suponía que era *vox populi* en el hotel.

—Seguramente. —Me volví y le miré de nuevo—. Si la ves dile que me llame al móvil, por favor.

—Eso haré, señor, no se preocupe —respondió con tono amable.

A continuación, guiado por una sensación extraña, me encaminé hacia la entrada al recinto y miré con detenimiento hacia la jungla, pero la oscuridad reinaba en la arboleda y no pude ver absolutamente nada, salvo la carretera que pasaba justo a la vera de la misma. No había nadie y sólo se escuchaban sonidos furtivos de los seres que habitaban en el interior, entre las ramas y el suelo. Quería adentrarme en la foresta, pero no disponía de iluminación ni sabía qué dirección debía tomar, así que me frustré aún más ante la situación adversa que estaba viviendo. Primero había perdido a mis hijos y ahora era mi esposa la que había desaparecido sin dejar rastro de dónde estaba o hacia donde se había dirigido.

De repente, cuando me giré para regresar al interior del hotel, una figura se plantó ante mí y me provocó un sobresalto que casi me hizo caer de espaldas. Allí estaba nuestro guía, Luis, mirándome con gesto circunspecto y con los brazos cruzados sobre el pecho. Acto seguido me tendió la mano para ayudarme a alzar mis posaderas del duro suelo de cemento.

—Gracias —dije en un tono lánguido de voz.

—Sé lo que está pensando y créame que lo lamento mucho —comentó con seriedad—. Siento que le esté sucediendo esto.

—¿Cómo sabe usted…? —intenté preguntarle.

—Todo el mundo sabe lo que pasa en esta zona, señor Ortiz —respondió.

—¿Y qué es lo que pasa?

—Venga conmigo y se lo enseñaré.

No me dio tiempo a reaccionar y ya me llevaba varios pasos de ventaja, a la vez que veía cómo dirigía sus pasos hacia la jungla. Le seguí a toda prisa y le alcancé cuando nos habíamos separado varios metros de la parte civilizada de aquel malhayado lugar, de ese maldito Hotel Camazot. Mientras pensaba en encontrar a mi familia cuanto antes y regresar a casa en el primer avión que nos llevara a Madrid, me di cuenta de que nos adentrábamos cada vez más entre los árboles, sin que él dijese una palabra.

Caminamos en la oscuridad, tan solo iluminados por una linterna que Luis llevaba delante de mí y que nos proporcionaba una idea aproximada de por dónde discurría el sendero que transitábamos. Yo me dejaba llevar como un cordero al matadero, pues mi cerebro era incapaz de asimilar tanta tensión y me bloqueé. Perdí la noción del tiempo y de la distancia que habíamos recorrido, hasta que llegamos al lugar en el que él suponía debía estar mi familia.

Cuando vi dónde me llevó, me embargó una sensación de terror y frené en seco mis piernas, en un acto reflejo que hasta a mí me sorprendió. Estábamos de nuevo ante el Templo del Dios Murciélago, pero había algo diferente en la imagen, muy distinta de la que recordaba del día anterior. La puerta de acceso estaba entreabierta y de la grieta salía un resplandor de color rojizo que iluminaba un pequeño fragmento del exterior. Un escalofrío recorrió mi cuerpo y tuve un pensamiento fugaz, terrorífico y que rayaba con la locura. Temí que mi familia estaba allí dentro, en manos de un ser cuyo poder ignoraba.

Capítulo 6

uis fue el que dio el primer paso hacia la entrada, pero le agarré del brazo antes de que continuara. Tenía preguntas que hacer y necesitaba respuestas para poner algo de sentido a todo aquello, pues mi mente era incapaz de comprender qué estaba sucediendo. Se giró y me miró con un mal gesto en la mirada, como si se sintiera molesto por mi actitud.

—Espera —le ordené—. Antes de entrar ahí, necesito que me aclares qué está pasando.

—Lo verás cuando estemos dentro —respondió de forma cortante. Intentó avanzar y de nuevo le retuve.

—No, quiero algunas respuestas ahora —dije con un tono más serio y firme—. ¿Por qué estamos aquí? ¿Por qué está abierta esa puerta? ¿Qué tiene que ver este templo con mi esposa y mis hijos?

—Señor Ortiz, confíe en mí, por favor. —Apartó el brazo con suavidad y señaló hacia la entrada—. Debemos entrar ya o se cerrará la puerta y tendremos que esperar a mañana.

—Pues responda a esas tres preguntas y no haré ninguna más.

—De acuerdo, le diré lo que necesita saber, por ahora. Estamos aquí porque ese es el refugio del Dios Vampiro, Camazot. Esa puerta se abre cada noche desde hace milenios, pero eso no quiere decir que él salga por ahí, ya que hay decenas de templos como este por toda la zona que abarcaba el antiguo Imperio Maya. En cuanto a su familia, es probable que estén ahí dentro para satisfacer la sed de ese demonio.

—¿Cómo sabe usted todo eso? ¿Por qué debería fiarme de usted?

—Lo sé porque formo parte de los Discípulos de Ixbalanque, una orden secreta de cazavampiros que lleva siglos buscando al demonio para acabar con su dominio sobre la voluntad de las gentes de estos lugares. En cuanto a lo de fiarse de mí, tengo mis razones para odiar a esa bestia tanto como usted, si es que le ha hecho algo a su esposa y sus hijos. Mi familia fue asesinada por él hace once años, justo cuando vinimos de vacaciones, como le ha pasado a usted. Desde entonces, me juré a mí mismo que no descansaría hasta acabar con él y con toda su descendencia.

—¿Descendencia? ¿Es que hay más? —le pregunté confuso.

—En el mismo hotel donde se hospeda, señor Ortiz, hay decenas de ellos, y de esclavos que trabajan para sus amos —respondió con rotundidad—. Este país está lleno de lugares en los que todavía se rinde culto a ese ser, y el hotel es uno de ellos.

Sin mediar más palabra, se encaminó hacia la puerta y le seguí como un alma en pena, aturdido por las respuestas que me había dado y que me estaba costando asumir. ¿Quién, en su sano juicio, se creería tal historia? A mí me costaba dar credibilidad al argumento de los "vampiros y monstruos mayas" y sólo se me ocurría que detrás de la desaparición de mis seres queridos debían estar los cárteles del narcotráfico o alguna banda latina que pediría algún rescate. Sin embargo, ojalá hubiera tenido razón al pensar así. La realidad, como se suele decir, supera con creces la ficción, y a mí me tocó vivir una pesadilla demasiado real.

Finalmente entramos en el templo y lo primero que vi, aparte del resplandor rojizo, era que nos encontrábamos en una estancia que parecía un pequeño salón o sala de culto, pues había un altar de piedra en el centro, tallado con los mismos grabados que había en el exterior. Hacía calor y humedad allí dentro y comencé a sudar a los pocos minutos, mientras a mis fosas nasales llegaba un olor fuerte, como si algo se estuviera pudriendo en aquel claustrofóbico lugar de baja techumbre. Me tapé la nariz con la mano y seguimos adelante, siguiendo el haz de luz que parecía provenir de una estancia inferior.

Vimos que había una escalera que descendía en forma de caracol y terminaba en un rellano, tras el cual no podíamos ver qué había. Luis me hizo un gesto para continuar y me dejó un pañuelo para taparme la nariz, pues hice amago de vomitar en un par de ocasiones. Llegamos a la planta inferior, bajando la escalera con mucha cautela, y vimos que era mucho más grande que la que estaba a nivel de la superficie, pero de allí tampoco parecía provenir la luz roja, aunque su impacto era más notorio y nos permitió ver con más claridad dónde estábamos. Aunque, teniendo en cuenta lo que presenciamos, habría sido mejor no descender a ese sitio.

Como he dicho, la sala era más grande que la anterior, y también había mesas rituales, cuatro exactamente, colocadas en forma de rombo en el centro mismo de la estancia. El techo, al igual que la planta superior, era bastante bajo, pues no llegaba a los dos metros y medio de altura. Mientras nos asegurábamos de que no había ningún vampiro allí, escuchamos unos débiles gemidos que provenían desde lo alto de los altares, que estaban por encima del nivel de nuestras cabezas. De repente, comenzaron a bajar por acción de algún mecanismo oculto y la escena que contemplé me horrorizó hasta el punto de llevarme a un estado de insania que no era capaz de controlar.

Allí, tumbados y atados con cadenas, estaban los cuerpos desnudos de mi esposa y mis hijos. A medida que las mesas descendían, vi con más claridad en qué estado se encontraban y comencé a llorar, corriendo hacia ellos. Tenían desgarros y heridas por todo el cuerpo, sangraban con profusión y el líquido parecía ser absorbido por la piedra.

Exploré mejor la situación en la que estaban y vi que Carol, además, sangraba por la vulva, rasgada con una fea herida, como si la hubiera violado algún objeto fálico enorme. Me acerqué también a Brenda, pero ella tenía los genitales intactos. «¡Gracias, Dios Santo!», recuerdo que pensé en ese momento. Por último, comprobé que Dani también tenía heridas en el cuello y en la parte interior de los muslos. Eran marcas de colmillos que se alineaban de forma simétrica y que estaban rodeados por una aureola morada, producto de la coagulación de la sangre. Los tres cuerpos estaban inertes y fríos, pero me resistía a pensar que estuvieron muertos, así que intenté levantar primero el cuerpo de Carol.

—¡Tenemos que sacarlos de este infierno! —le grité a Luis.

—Olvídelo, Ortiz, ya están muertos —aseveró con frialdad.

—¡Ayúdeme, hijo de puta! —Me acerqué y le agarré por la camisa a la altura del torso, con las dos manos.

—¡No lo entiende! ¡Ahora son hijos de Camazot! —proclamó, empujándome con fuerza y apartándome un par de pasos.

Justo un segundo después, mientras recuperaba el equilibrio, me giré hacia Carol y vi que me miraba y sonreía de forma extraña. Me percaté de que Dani y Brenda hacían lo mismo y que la forma de sus caras cambiaba lentamente, pero de forma evidente, para terminar mostrando los rasgos de murciélagos, cuyos colmillos medían más de cinco centímetros, a los que acompañaban sendas hileras de dientes afilados. Entonces fui consciente de que Luis tenía razón.

—¡Vámonos de aquí! —exclamó, arrastrándome del brazo.

Yo no podía dejar de mirar a mi familia, o lo que una vez lo fue, y lloré y maldije para mis adentros. Aquella escena parecía sacada de una película de Wes Craven o de John Carpenter, así de irreal me parecía lo que estaba viviendo. Sus caras desfiguradas, los gestos de animales sedientos de sangre y las risas estridentes; sí, todavía recuerdo ese sonido horripilante.

Sin darme cuenta de cómo lo había hecho, salí al exterior y abandonamos el templo a la carrera, adentrándonos en la jungla y moviendo las piernas a tal velocidad que los calambres no tardaron en aparecer. Estaba exhausto y mi cuerpo no podía aguantar más, así que me dejé caer en el suelo y me arrodillé como si fuera a rezar un misal entero.

—No podemos detenernos ahora, señor Ortiz —dijo Luis, que retrocedió cuando vio que no le seguía.

—Ezequiel… —balbuceé.

—¿Cómo?

—Llámame Ezequiel —repetí, mientras exhalaba bocanadas de aire y buscaba la forma de llenar de nuevo mis pulmones.

—Pues debemos seguir, Ezequiel —insistió, a la vez que me agarraba del brazo e intentaba levantarme—. No podemos quedarnos en este sitio.

—Da igual, vete tú y déjame morir aquí —dije, lleno de pesar.

—¡Estúpido! ¡No tienes ni idea de qué te harán esos animales si te pillan!

—¿Crees que me importa ya lo que puedan hacerme?

—Te aseguro que la muerte no es lo peor que te puede pasar, sino las torturas que te infligirán para satisfacer sus más bajos instintos —dijo con vehemencia—. Así que si no quieres que destrocen esa bonita cara, levanta el culo de una puñetera vez y vayámonos de aquí.

Recuerdo que le miré y sólo pude esbozar una sonrisa estúpida. Le hice caso y me puse en pie de nuevo, aunque esta vez le seguí con un trote más llevadero para mi cansado cuerpo. De tanto en tanto, él se giraba para comprobar que continuaba ahí, a sus espaldas, como un perro abandonado al que han rescatado de un lugar horrible. Así me sentía yo en ese momento: apaleado por un giro inesperado del destino. Un destino que había elegido a mi esposa e hijos para alimentar a un dios vampiro maya.

Epílogo

sa carrera detrás de Luis me llevó hasta un modesto chalé en la ciudad de Cancún, situado en la calle Ébano, lugar en el que resido desde entonces. Tiene piscina, barbacoa, un amplio jardín y garaje para dos coches, aparte de una cochera que podía albergar otros dos. El exterior es de color granate claro y el techo es de tejas de terracota, lo que le da un aspecto muy peculiar a la residencia.

Aquella fatídica noche, después de atravesar los casi treinta kilómetros de jungla que nos separaban de la ciudad, llegamos hasta aquí y es aquí donde he terminado por convertirme en otro Discípulo de Ixbalanque, en un cazavampiros experto y metódico. Luis y yo nos hemos hecho grandes amigos y compartimos una vida tranquila, a pesar de nuestra labor. Trabajamos como personas normales, con labores normales y sueldos usuales para la profesión que desarrollamos de cara al mundo. Pero, cada noche, cada amanecer, cada atardecer, nos preparamos para realizar la misión que se nos encomiende desde la Base Central, que está en algún lugar de este vasto país. Nadie puede saberlo, por motivos de seguridad.

No, entre las operaciones que hemos realizado en estos años no he encontrado a mi esposa y a mis hijos, por lo que pienso que deben estar muertos. O eso me gustaría que sucediera, porque no me imagino que lleven una vida como vampiros en otro lugar y estén sufriendo las consecuencias de haber sido convertidos en asesinos por ese dios murciélago.

Hemos recibido muchísimos planes para llevar a cabo misiones de eliminación de nidos de vampiros, pero a ellos no les he visto nunca. A nosotros nos envían las órdenes a través de correo electrónico, encriptado, y las acometemos sin dudar. Por eso, el objetivo que nos han marcado para este día era uno de los que más hemos esperado él y yo. Debemos volar por los aires el Hotel Camazot, justo al amanecer, para que todos esos chupasangres revienten bajo los primeros rayos de sol, como si fueran cucarachas en una sartén.

Al fin, nuestra venganza se verá cumplida, pero sólo en parte. Todavía no hemos encontrado a Camazot y, quién sabe, puede que nadie le encuentre jamás. Entretanto, nosotros seguiremos aniquilando a sus descendientes, hasta el día que acabemos con él. Puede que no sea nuestra generación, pero algún día llegará un cazador que tenga la valentía y el arrojo de buscarle entre los laberínticos túneles que recorren este país y le arrebate la vida de una vez por todas.

Por último, déjame que te advierta algo sobre Cancún y la Riviera Maya. Si vas a venir de vacaciones, asegúrate de encontrar un lugar seguro donde hospedarte. Quién sabe, podrías cometer el fatal error de ir a parar a la guarida de los lacayos de Camazot y no vivir para contarlo.

HONOR DE VAMPIRO

e doy la bienvenida a mi humilde morada, señorita. Espero que haya disfrutado del viaje. Por supuesto, tutéame también, así estaremos más cómodos. Pase y sentémonos allí, en aquel salón.

¿Ya está grabando? Supongo que has venido porque recibiste mi mensaje. Alguien me dijo que buscabas información sobre lo que sucedió con él y los descubrimientos qué ha hecho la policía. Será mejor que sea yo quien te lo cuente, así que siéntate aquí y te haré partícipe de una historia que no creerás. Permite que te invite a alguna bebida primero. ¿Una tónica? Claro, cómo no. Por cierto, gracias por haber venido a mi casa, aunque supongo que el ansia por conocer la verdad para publicarla en tu periódico es lo que te ha traído aquí. En fin, no me voy a demorar más. Empecemos.

Salman estaba muerto, aunque no del todo. Su cuerpo se movía y su mente estaba en plenas facultades, pero su corazón no latía y la sangre caliente sólo corría por sus venas cuando se alimentaba de algún ser humano. Disfrutaba torturando a sus víctimas y luego las descuartizaba con una precisión quirúrgica. ¿Por qué lo hacía? Porque era un vampiro que, además de beber sangre, comía carne.

Carne humana.

Le encantaba sazonarla con olorosas especias y cocinarla a la plancha o al horno; no importaba tanto el cómo la hiciera, sino el hecho en sí de que se alimentara de músculos, órganos y vísceras de lo que una vez fue una persona con vida. Para Valeria, su esposa, era algo escalofriante el verle cenar cada noche y tener que soportar los comentarios despectivos del marido que había elegido acerca de los que consideraba «una raza inferior», según sus propias palabras.

Es cierto que lo que te estoy contando puede sonarte a cuento chino, pero me preguntaste si conocía la historia del que la prensa ha llamado "El Vampiro de Dubai" y creo que soy la persona que mejor puede contarte qué sucedió realmente en este caso. ¿Por qué? Eso te lo explicaré al final, pero créeme cuando te digo que la información me llegó de fuentes muy, muy cercanas al príncipe Salman.

Continúo con mi historia, si me lo permites. Gracias.

Como te iba diciendo, Salman era un vampiro caníbal y no escatimaba en gastos para satisfacer sus macabros placeres culinarios. Eso sí, sólo degustaba carne de mujer, pues no le gustaban los cuerpos masculinos, a los que catalogaba como sebosos, en algunos casos, o demasiado flacos, o demasiados musculados. En definitiva, sólo se deleitaba con presas femeninas.

El caso es que una vez llegó a su vida una hermosa y voluptuosa mujer que provenía de Ekaterimburgo, Rusia. Ella decía ser una persona educada, refinada y de caros gustos, pues consideraba que su belleza le exigía poder llevar una vida disoluta en los placeres terrenales. Por supuesto, no hace falta decir que Salman vio en ella algo más que a una simple víctima y buscó la forma de convencerla para que fuera su esposa. La conquistó con carísimos caprichos y la agasajó como a una emperatriz, por lo que la joven disfrutaba de su compañía y no tenía pudor en reclamarle todos los lujos que consideraba que merecía.

Un día Salman no dudó en lanzar la propuesta que llevaba tiempo rumiando en su mente. Por supuesto, tenía sus riesgos, pero pensaba que podría lidiar con una vida aparentemente normal si era lo bastante cauteloso para que ella no descubriera su verdadera naturaleza.

—Querida, llevas más de cuatro meses a mi lado y he disfrutado muchísimo de tu compañía —le dijo una tarde, mientras ambos paseaban por un centro comercial de Dubái—. Nunca llegué a imaginar que podría enamorarme de alguien como tú.

—Salman, ¿de verdad estás tan enamorado? —preguntó ella, mirándole con pasión.

—Más de lo que imaginas, te lo aseguro —respondió con absoluta devoción—. Por eso, si me lo permites, te pido que compartas el resto de tu vida conmigo.

—¿Me estás proponiendo que nos casemos?

—Sé que no es la mejor forma, ni la más romántica de pedírtelo, pero no me gusta llamar la atención en público.

—Lo sé, siempre has dicho que odias hacer ostentación de tus riquezas.

—Entonces, ¿qué respondes?

—¡Sí, por supuesto! —exclamó ella, abrazándose a él y besándole en los labios delante de todos.

Esos gestos no están bien vistos en el país, por lo que él le recordó las costumbres de su nación y ella se apartó avergonzada y feliz; más de lo que nunca hubiera imaginado. De hecho, esa misma tarde, los dos fueron a una lujosa y opulenta joyería y él compró un anillo de compromiso de oro y que contenía zirconitas, diamantes y un rubí que destacaba sobre las otras piedras preciosas. El valor de la joya era enorme, pero él estaba enamorado y no escatimó en gastos para agasajar a la que deseaba que fuera su esposa.

Lo sé, piensas que estaba loca por aceptar casarse con él, pero es que ella ignoraba quién era realmente y tampoco conocía las rutinas alimentarias del príncipe, así que no sabía con quién iba a contraer matrimonio. Pero, no te preocupes, que no tardará en descubrirlo y su reacción te sorprenderá, te lo aseguro.

La boda fue fastuosa y estuvo llena de asistentes, aunque todos eran invitados de la novia, pues no había ningún familiar del príncipe. Él se excusó con el argumento de que no tenía contacto con ellos desde hacía mucho tiempo, así que la fiesta no sufrió merma alguna por la ausencia de los seres queridos de Salman, si es que los había. Todos los presentes comieron como hienas muertas de hambre, bebieron como vikingos sedientos y bailaron como si fueran zíngaros en el descampado de un bosque. Fue un acontecimiento memorable y que pude disfrutar también, cómo no. Créeme, he estado en muchos festejos, pero no recuerdo ninguno parecido ni de lejos.

Valeria se trasladó a vivir al palacio del príncipe y el aspecto de la residencia le pareció llamativo, suntuoso y lleno de lujos como jamás había imaginado. Era un lugar enorme, tenía más dieciocho mil metros cuadrados de terreno, en el que había palmeras datileras, arbustos, jardines de verde césped y animales que se movían en total libertad, tales como dromedarios y oríxes de Arabia. Todo aquel espacio estaba rodeado de altos muros de color blanco, y cada varios metros de pared había un saliente que terminaba en una pequeña cúpula que recordaba al estilo alarife.

La estructura de la mansión estaba dividida en cinco partes y formaban un pentáculo si se observaba desde el aire. Tenía una extensión habitable de más de dos mil metros cuadrados, diferenciados en dos niveles. La planta alta sólo tenía tres espacios, repartidos en varios dormitorios, salones y cuartos de baño; en la planta baja no había dormitorios y sí que albergaba suntuosos espacios para relajarse y disfrutar de una idílica vida entre aquellos muros. Éstos estaban decorados con hermosos azulejos de cerámica que representaban figuras de estilo nazarí antiguo, muy similares a las que se podían disfrutar en la Mezquita de Córdoba o en la Alhambra de Granada.

Hasta ese momento, Valeria había estado residiendo en un amplio apartamento de la ciudad y nunca había visitado la casa de su esposo. La plantilla del servicio sumaba más de quince personas, entre las que se encontraba un ayudante personal de Salman, un hombre de aspecto joven y atractivo, de tez morena y pelo largo recogido en una media coleta con tirabuzones. Tenía unos hermosos ojos de color verde y la nueva princesa se prendó de él en cuanto lo vio, aunque intentó disimular esa primera impresión de manera efectiva. Se presentó como Rashid y se postró ante ella con toda la pompa real que indicaba el protocolo. Tras esa presentación, continuaron el recorrido por las instalaciones y le mostró las maravillas que ocultaban sus preciadas posesiones.

—Todo lo que ves es tuyo, amor mío —le dijo él, mientras paseaban por los jardines y las estancias de la finca.

—¡Es una maravilla, cariño! —exclamó ella, que no era capaz de asumir todavía la suerte que había tenido al casarse con tan acaudalado esposo.

—Me alegra verte feliz, querida —dijo Salman, que la tomó de la mano y reclamó su atención unos instantes—. Eso sí, sólo te pido una cosa.

—Tú dirás, ¿qué es lo que quieres de mí?

—Prométeme que, pase lo que pase, veas lo que veas y oigas lo que oigas, jamás saldrás de este lugar sin mí o acompañada por Rashid.

—Por supuesto, mi amor, te lo prometo —contestó ella.

Valeria conocía bien las costumbres de los países árabes y también sabía a qué se enfrentaba cuando aceptó la oferta de Salman, pero ella pensaba que tal esfuerzo merecía la pena, siempre que no tuviera que sacrificar su estatus y los lujos a los que tenía acceso, como le había pasado cuando vivía en la pobreza en Rusia. En todo caso, a sabiendas de que la soledad que iba a sufrir podría ser demasiado dura, también le pidió un favor a él.

—A cambio me gustaría solicitar algo que para mí es muy importante, esposo mío —comenzó—. Me gustaría recibir la visita de mis familiares de vez en cuando, así no me sentiré tan aislada.

—¡Faltaría más! —dijo él con una sonrisa—. Me encargaré de que vengan cuando tú me lo pidas y no escatimaré en gastos para que no les falte de nada, te lo prometo.

—¡Muchas gracias, ángel mío! —Le abrazó con fuerza y se dejó llevar por la pasión desmedida que corría por su joven corazón.

¿Quieres otra tónica? Veo que se te ha acabado y... ¿no? De acuerdo, pues continúo con la historia entonces. Por cierto, antes de proseguir quiero decirte que cuando hablamos por teléfono no me imaginé que fueras tan hermosa,. No me malinterpretes, por favor, sé que estás aquí por motivos profesionales, pero es que necesitaba decírtelo. Vale, sí, tienes razón. Es mejor que continúe.

Los meses siguientes fueron para Valeria algo que parecía sacado de un cuento. Vivía rodeada de agasajos, cuidados de las sirvientas y se deleitó con exquisitos banquetes que eran preparados con esmero por los dos cocineros que se encargaban de la preparar suculentos platos. La mayoría de ellos contenían carne, pero ella los encontraba deliciosos y no ponía reparos en degustarlos y disfrutarlos. De hecho, Salman pidió que le pusieran una buena guarnición de verduras y hortalizas para acompañar las viandas que les servían, aunque él sólo se comía la parte cárnica del menú.

Por otra parte, los dos solían ir de compras por la ciudad y siempre cuando el sol desaparecía en el horizonte. Aunque esta costumbre le parecía algo extraña a Valeria, él se excusaba diciendo que el trabajo por el día le mantenía demasiado ocupado y no podía atenderla como ella merecía. Por supuesto, teniendo en cuenta la vida de lujos que llevaban, ella imaginó que debía de tratarse de algún exportador de petróleo y por eso se ocupaba tantas horas diurnas a amasar su fortuna.

¿Cómo? No, ella no sabía qué tipo de carne era, pero te aseguro que se la comía sin protestar. Nadie le escuchó nunca un reproche acerca del almuerzo o la cena, jamás.

Sin embargo, tanta opulencia no era suficiente para que Valeria se sintiera realmente feliz en aquella intemporal mansión, así que su mente no tardó en divagar y fijar su atención en Rashid, al que le prestaba cada vez más atención. Le llamaba a menudo para que la llevase de compras o almorzar a algún restaurante de comida rápida; cualquier excusa era válida para pasar cada vez más tiempo junto a él y conocerle mejor. Eso sí, siempre estaban de regreso cuando Salman aparecía, como cada atardecer, por lo que él nunca sospechó nada sobre la relación que tenían su ayudante y la que tendría que haber sido una leal y devota esposa.

Durante varias semanas se sucedieron los encuentros entre ambos, hasta que un día Salman apareció antes de hora y buscó a Valeria por la mansión y los jardines, sin dar con ella. Finalmente, dejó que su instinto animal actuara y el excelente olfato de vampiro le llevó hasta la bodega, que nunca solía usarse y en la que les encontró juntos. Allí estaban, desnudos por completo y retozando como serpientes en un cubil lascivo. Se besaban afanosamente y eran ajenos por completo al mundo que les rodeaba. La escena continuó con Valeria arrodillándose y realizando una felación a Rashid que provocó un estado de excitación también en ella. Se tumbaron sobre una alfombra ajada y allí copularon con una pasión desbordada, en la que los gemidos de su amada componían una banda sonora que se clavó en el corazón muerto de Salman.

Éste, presa de la ira, salió de su escondite y fue hacia ellos a paso vivo. Agarró a Rashid del cuello, que estaba tumbado sobre Valeria, y lo lanzó hacia atrás con suma facilidad. La cabeza del sirviente golpeó la pared y éste quedó inconsciente al instante. Mientras tanto, el príncipe miró a su esposa, la sujetó por el cuello y la alzó en el aire dos palmos por encima de su cabeza. Sus colmillos crecieron, sus dientes se afilaron como los de una bestia infernal y pensó en matarla allí mismo, pero se lo pensó mejor y decidió planear un castigo más cruel para ella.

Valeria gritó de pánico e intentó zafarse de la garra que la sujetaba con fuerza, pero sus esfuerzos fueron en vano y lo único que consiguió es que él apretara más el cuello, hasta el punto de casi asfixiarla. La bestia que dominaba el alma de Salman reclamaba una restitución del honor quebrado y tenía claro que encontraría la forma de vengarse de aquella mujer que había socavado su confianza con un comportamiento vulgar y egoísta.

—Esto lo vas a pagar caro, te lo aseguro —dijo con una voz gutural.

—¡Dios santo! ¿Qué eres, monstruo? —gritó de pánico.

—¡Lo sabrás a partir de ahora, ramera! —espetó él, gruñendo entre dientes.

Ella, asustada, perdió el conocimiento y el vampiro la depositó sobre la alfombra otra vez. Volvió a cobrar la forma natural humana y llamó a varios esclavos para que se llevaran a Rashid a la mazmorra del palacio. En cuanto a Valeria, la vistieron y la llevaron a sus aposentos, dejándola encerrada en los mismos y echando la llave por fuera.

¿Qué hizo el príncipe? Tranquila, que ahora te lo cuento. Por cierto, espero que no te importe pero he llamado a mis sirvientes para que traigan la cena dentro de un rato. Espero que aceptes mi invitación, por favor. Creo que podría ser el colofón ideal para terminar esta velada y así podrás enviar tu artículo con el estómago lleno, si te parece bien. ¿Sí? ¡Perfecto! Continúo pues con la historia.

Pasaron las horas y Valeria se desesperaba en el dormitorio, pues descubrió que la habían encerrado y no encontró la forma de escapar del palacio. Cuando parecía que las cosas no podían ir peor, descubrió que los planes de Salman para cumplir con su venganza iban a ir más allá de lo que jamás pudiera imaginar. Escuchó cómo pasaban la llave y la puerta se abrió, dejando entrar al vampiro, aunque con aspecto normal.

—Ya has visto lo que soy y el por qué nunca estoy disponible cuando luce el sol —dijo con seriedad—. Dicho esto, espero que sepas guardar el secreto en lo que te queda de vida a mi lado, porque si vuelves a traicionarme no seré tan magnánimo y acabaré contigo con la misma facilidad que una ola gigante arrastra a un hombre al más profundo de los abismos del mar.

—Te prometo que no diré nada, mi amor —contestó ella, arrodillándose—. Te suplico que no me hagas daño.

—No te haré nada si no me vuelves a traicionar —apostilló él—. Sin embargo, quiero que seas testigo del castigo que le voy a imponer a Rashid por su osadía.

—Pero, yo… —intentó excusarse Valeria.

—¡Vendrás ahora! —le gritó Salman, que la agarró por el brazo y la sacó de la habitación.

La llevó a rastras por varios pasillos y siempre bajando escaleras, una tras otra, hasta que llegaron a la mazmorra del palacio, donde estaba encerrado Rashid. Perdón, corrijo la frase, estaba encadenado, porque ni siquiera le habían metido en una celda, sino que su cuerpo desnudo colgaba más de un metro sobre el suelo, en una mugrienta pared a la que apenas llegaba algo de luz de una vieja lámpara de aceite que estaba colgada a su lado. Así, ante esa visión, Valeria entró en pánico e intentó zafarse de la mano de Salman, pero éste era mucho más fuerte que ella y la llevó a arrodillarse delante del condenado por adulterio.

—¿Admites haber sido desleal a tu señor con esta ramera? —le preguntó el príncipe a su sirviente.

—Sí —respondió con un tono de voz apagado.

En su cuerpo había marcas de latigazos y moretones que le habían producido a causa de los golpes que el propio aristócrata le había propinado, con tanta rabia que le había roto algunas costillas. Debido a ese lamentable estado, la consciencia de Rashid apenas le daba para responder con monosílabos a cualquier pregunta que le hicieran. Por su parte, la infiel esposa no podía mirarle y se limitaba a sollozar y rezar en su lengua materna para que alguna ayuda celestial viniera a socorrerla. Ni que decir tiene que no le sirvió de nada.

—¡Esta es tu obra, zorra sin honor! —le gritó Salman, poniéndose a su altura—. Te costará mucho recuperar mi confianza en ti, así que a partir de hoy te haré partícipe de cuál es mi verdadera vida. ¡Lleváosla a su habitación! —ordenó a dos sirvientes con aspecto de verdugos medievales.

¿Qué pasó con Rashid? Tranquila, que ahora te responderé a esa pregunta. Sí, le perdonó la vida a Valeria porque todavía estaba enamorado de ella, y ese amor era más fuerte que sus anhelos vengativos. En todo caso, el precio que tuvo que pagar para recuperar la confianza de Salman fue mayor del que hubiera imaginado jamás. Pero no me voy a adelantar al relato, ya que todo tiene un orden y un por qué en esta historia. Prosigo.

Después de unas horas, cuando la noche estaba bien avanzada, los esbirros del príncipe la llevaron hasta uno de los comedores del palacio, en el cual la esperaba él. Estaba sentado en el extremo de una larga mesa rectangular y había varios platos con carne y salsas, además de verduras cocidas y sazonadas a su gusto.

—Como te dije, hoy vas a comprobar quién soy y no habrá secretos entre nosotros —le dijo con la voz melosa y amable—. Para empezar, te presento mi cena: filetes de lomo humanos con salsa de sangre y orégano.

—¡Eres un monstruo! —le gritó Valeria—. ¡Déjame ir!

—Lo siento, querida, somos un matrimonio y deberás cumplir como esposa mía que eres —replicó el príncipe—. Ahora siéntate y disfruta de nuestra cena.

—¡Estás loco! ¿Por qué haces esto?

—Porque puedo, porque me gusta y porque es mi capricho —respondió de forma sibilina—. Soy el príncipe Salman Bin Asham, hijo del emperador Asham, el Grande. Nací el 2 de noviembre del año 1411, según el calendario gregoriano. Me convertí en lo que ves cuando fui de viaje a Venecia en el año 1434 y un vampiro ruso me atrapó en un callejón oscuro para alimentarse de mí. Le pedí que no me matara y me condenó a esta existencia. Sin embargo, he aprendido a disfrutarla y sacarle todo el jugo. Ahora ya sabes quién soy en realidad, así que siéntate y disfrutemos de estas delicias.

—¡No voy a comer! —renegó Valeria, intentando mantener lo poco de dignidad que le quedaba.

—¡Siéntate! —le ordenó, poniéndose en mi pie y mudando sus facciones al estado natural de vampiro.

Ella obedeció al instante y esperó a que le trajeran la comida, en silencio y sin proferir queja alguna. Cuando le pusieron el plato delante, Valeria dio un respingo en la silla y se echó para atrás mientras se tapaba la boca para evitar que un grito saliera de su garganta. El ágape que le habían servido era un trozo de carne con un aspecto familiar y grotesco, un pene humano acompañado de dos testículos y una guarnición de brócoli y zanahorias.

—¿Qué…? —balbuceó entre lágrimas, cuando pudo recuperar algo de compostura.

—Como te gustaban tanto los genitales de Rashid, he pedido que te los preparen al gusto del chef —respondió él de forma cínica.

—No voy a comerme…eso.

—¡Oh, mi amor! Sí que lo harás, porque si no te comes hasta el último trozo, serás tú a la que devore mañana durante la cena —la amenazó.

Valeria, temblando de ansiedad y pavor, tomó el cuchillo y el tenedor y comenzó a partir un trozo del pene asado al horno. Cerró los ojos y buscó recuerdos en su mente que la ayudaran a escapar de la realidad aterradora que estaba viviendo. Introdujo el primer pedazo en la boca y lo masticó lentamente y con gestos ostensibles de asco, hasta que lo convirtió en una bola de saliva y carne que pudo tragar. Tardó apenas cinco segundos en vomitarlo todo.

Sí, lo sé, es un duro conocer estos escabrosos detalles, pero es que es necesario mencionarlos para entender el contexto en el que Valeria estaba experimentando la vida con un vampiro caníbal. Además, como verás a continuación, tuvo que admitir unas condiciones leoninas para no acabar formando parte del menú de Salman.

Esto sigue grabando, ¿no? De acuerdo, porque queda la parte más interesante, sórdida y macabra de la historia.

Como es de suponer Valeria no pudo terminar de comerse el "suculento manjar" que Salman había ordenado preparar para ella, así que el príncipe le ordenó que fuera hasta el salón principal y la esperase allí, mientras él terminaba de degustar su cena. Ella se marchó en silencio y estuvo sollozando durante todo el tiempo en el que estuvo aguardando la llegada de su esposo, un ser que se había transformado en la representación del diablo en el mundo. Apenas estuvo unos minutos a solas, pues él no tardó demasiado en reunirse con ella.

—Es una pena que no te haya gustado la comida —dijo con un tono desagradable—. El chef se había esmerado especialmente para que te gustase.

—¿Por qué?

—¿Por qué, qué?

—¿Por qué me haces esto, Salman? —preguntó, compungida y echa un ovillo en un sillón.

—Lo sabes bien —respondió—. Te he dado todo lo que querías y tu forma de agradecerlo es traicionándome.

—Te he pedido disculpas por mis actos, ¿acaso no es suficiente?

—No. No para mí.

—¿Qué quieres que haga entonces?

—Quiero que me demuestres que puedo confiar en ti de nuevo.

—¿Y cómo podré lograrlo? —Aunque lo veía complicado, Valeria vio una opción de resarcir el daño que le había causado.

—Te pondré a prueba tres veces, y si lo superas, entonces no dudaré más de ti y todo volverá a ser como antes —contestó Salman, sentándose a su lado—. Créeme, nada me gustaría más que olvidar lo que ha sucedido y que podamos ser de nuevo un matrimonio feliz.

—¿Qué pruebas tengo que pasar?

—He ordenado que vengan tu madre, tu hermana y tu prima, pero en semanas distintas. Estarán aquí siete días cada una y lo único que tienes que hacer es guardar mi secreto, no decirles absolutamente nada de quién soy.

—¿Sólo eso? —A priori no parecía una mala propuesta, o eso pensó Valeria.

—Sólo eso —dijo Salman, tomándola de la mano con suavidad—. Cumple con esta prueba y te prometo que no volveré a dudar de tu honorabilidad y lealtad.

—¿Cuándo vendrán? —preguntó, recuperando el ánimo ante la perspectiva de ver a su familia.

—Tu madre llegará mañana por la tarde —dijo él—. Di la orden de contactar con ella hace unas horas y ya tiene un avión privado esperándola en el aeropuerto.

—¿En serio?

Salman hizo un gesto afirmativo con la cabeza y ella esbozó una débil sonrisa complaciente. Aunque todavía se sentía turbada por lo sucedido durante la cena, y la visión del cuerpo mutilado y torturado de Rashid seguía presente en sus recuerdos, la noticia de la pronta llegada de su madre a Dubai hizo que se sintiera más tranquila. Por supuesto, no le diría nada sobre la condición vampírica y caníbal de su marido, pero el hecho de pasar unos días con ella era motivo suficiente para reconfortar su triste corazón.

Antes de proseguir, debo mencionar que ambos dormían siempre separados y en diferentes estancias del palacio. Valeria tenía a su disposición una lujosa habitación con baño propio, vestidor y un amplio balcón desde el que podía ver la ciudad a lo lejos, sobresaliendo por encima de las dunas del desierto. Sin embargo, Salman descansaba en un espacio que estaba situado por debajo de los niveles principales de la hacienda, en una especie de sótano en el que se hallaba un sarcófago de aspecto peculiar, parecido al que usaban los egipcios para enterrar a sus reyes y aristócratas. Ella nunca se planteó por qué debían dormir separados, incluso lo consideró una excentricidad entendible del príncipe y jamás se quejó por ello.

Sin embargo, ahora que sabía la verdad, tenía un extraño temor de que una noche apareciera en su dormitorio y la matase; eso mismo fue lo que provocó sus peores pesadillas en la noche antes de que su madre, Katerina, apareciera en escena. Tal fue el impacto de estos sueños en ella, que tuvo que levantarse de la cama antes de que saliera el sol y fue hasta la cocina para que le prepararan una infusión y un temprano desayuno. Ya te imaginarás que debía estar hambrienta, pues se había acostado sin cenar nada y con el estómago cerrado por la tensión que había sufrido.

En todo caso, también es cierto que el ciclón de emociones que recorrían su mente y su corazón le provocó un estado de ansiedad, positiva, ante la inminente llegada de su madre. Hacía más de un año que no la había visto y sólo habían tenido conversaciones por teléfono, en las que apenas hablaban de cómo iba el matrimonio, y más bien pasaban el tiempo relatándose cosas banales sobre moda y chismorreos variados. Tan hedonista era la vida que llevaba Valeria, que jamás se preocupó por saber cómo era la vida más allá de los lujos que disfrutaba en Dubai. Al fin tendría la oportunidad de compartir esas mismas conversaciones con Katerina, pero en persona, sin la intermediación de aparatos electrónicos que a veces fallaban. Más allá de los Urales, la vida rural en el centro de Rusia no disponía de los avances tecnológicos que sí poseían las grandes ciudades, y eso era un problema para que hubiera una comunicación fluida entre madre e hija. Al menos, eso creía ella antes de que se produjera el anhelado encuentro.

La realidad fue muy diferente a lo que había imaginado, pues cuando su progenitora llegó al aeropuerto, fue conducida en una limusina todoterreno hasta el palacio. El sol estaba cayendo en el desértico horizonte y Salman apareció para recibirla con los agasajos propios de un yerno devoto, aunque sólo en apariencia. La verdad que se escondía detrás de semejante ostentación era mucho más oscura de lo que ninguna de las dos hubiera imaginado jamás.

—Bienvenida a nuestra humilde morada, señora —saludó el príncipe, que la tomó de la mano y se la besó con un gesto. Valeria tradujo la frase, ya que su madre no hablaba ninguna otra lengua que el ruso.

—Muchas gracias, Salman, te agradezco mucho que me hayas invitado a pasar unos días con mi hija —respondió.

—Creo que es lo menos que podía hacer por las dos —continuó—. En fin, será mejor que las deje a solas para que disfruten del reencuentro.

Se despidió de ambas y el vampiro desapareció de su presencia con rapidez, dejándolas para que hablasen de todo lo que quisieran. Una semana era bastante tiempo para intercambiar opiniones, para ir de compras y para disfrutar de los suntuosos rincones del palacio y alrededores. Sin embargo, Valeria se sintió tentada en más de una ocasión de contarle la verdad sobre la vida que llevaba junto al príncipe. Así, el último día que Katerina estuvo allí, se sentaron en un patio interior y compartieron un té y unas pastas para despedirse, ya que su madre debía regresar al pueblo en el que residía.

—Te veo muy triste, hija mía —dijo su madre, al notar en su rostro un gesto de pesar—. ¿Te encuentras bien?

—Sí, no te preocupes —respondió cortante.

—Valeria, te conozco bien y sé que algo te atormenta. ¿Qué te pasa?

—Madre, es que no puedo hablar… —dudó—. No puedo contarte nada.

—¿Tienes problemas con Salman? ¿Es eso?

—Si te lo contara, te estaría poniendo en riesgo, y a mí también —dijo Valeria, mirando alrededor por si le veía aparecer de repente.

—¿Tan grave es? —insistió Katerina.

—Más de lo que crees.

—Entonces, ven conmigo y no te quedes aquí.

—No es tan fácil, madre.

—¿Qué estás tratando de decirme?

—Él no es lo que parece —susurró la joven—. Es un vampiro.

—¿Qué? —El rostro de Katerina se contrajo en un gesto de sorpresa y confusión—. ¿Qué has dicho?

—Sí, sé que parece una locura, pero yo misma le he visto beber sangre y comer carne humana —apostilló.

—No puede ser... —Su madre no daba crédito a lo que estaba escuchando.

Justo en ese momento, Salman apareció por una de las tres puertas de acceso al patio interior y lo hizo mostrando una amplia sonrisa. Parecía ignorar que Valeria le había contado a su madre el secreto de su verdadera condición y se mostró amable y educado con las dos. Por supuesto, su esposa sospechaba de él y no se creía que no estuviera al tanto de lo que le había contado, aunque lo hubieran hablado en ruso. De un vampiro nunca te puedes fiar, pues no sabes hasta qué punto está dentro de tu cabeza o si sabe más idiomas del que usa habitualmente.

—Siento interrumpir, pero es hora de que mi querida suegra regrese a su país —dijo con un tono suave y amable. Valeria tradujo a su madre lo que dijo.

—Gracias, gracias —respondió ella, en un notorio estado de nerviosismo.

Se levantó de la silla de mimbre, abrazó a su hija con fuerza y ambas procuraron contener las emociones para que el príncipe no sospechara nada. Cuando consideraron oportuno, se separaron y Katerina caminó a toda prisa hacia la salida del palacio. Se giró varias veces hacia atrás con un gesto de súplica en la mirada, como si le pidiera a Valeria que la acompañara. Sin embargo, ésta sólo pudo soltar lágrimas al ver a su madre partir.

*¿Otra tónica? Veo que estás intrigada por lo que pasará a conti-
nuación y no es para menos. Espera un minuto y te traigo otro bote-
llín para que refresques la garganta. Supongo que en Europa no están acostumbrados al polvo del desierto que tenemos en esta ciudad.
¿En serio? Pensaba que era la primera vez que venías a nuestro país.
Bueno, entonces supongo que debo continuar con el final del relato.*

Cuando estuvieron a solas de nuevo Salman se acercó a Valeria y
la miró con seriedad, pero sin decir una sola palabra. A continuación
se volvió y desapareció por la misma puerta por la que había aparecido, mientras las cortinas de seda rielaban movidas por la suave caricia
de una brisa fresca que precedía al anochecer. Si él era conocedor de
lo que había ocurrido o no, ella no lo sabía, así que pensó que no hablaba ruso y por eso no sospechaba nada de lo que madre e hija habían hablado.

Valeria recibió la visita de su hermana primero y, dos días después, de su prima. En ambas ocasiones se repitió la misma historia
que había sucedido con la madre. Ella se lo pasaba bien con sus familiares, hasta que llegaba el día de la separación y no podía reprimir las
ansias de contar quién era en realidad el príncipe Salman. En las dos
ocasiones, la reacción fue la misma que la de Katerina, y le pedían
que se alejara de él y volviera a Rusia; no había suficiente dinero en
el mundo para pagar el terror que estaba viviendo en aquel recinto. A
pesar de las oportunidades, no encontró la fuerza suficiente para marcharse y se quedó al lado del vampiro, con todos los riesgos que eso
conllevaba.

Fue en la tarde posterior a la partida de Yvana, la prima de Valeria, cuando el vampiro se citó en un patio interior con su esposa para
hacer un resumen de las tres visitas que había recibido. Esperaba que
ella le contase la verdad y le demostrara su lealtad para poder seguir
en paz con el matrimonio. Valeria apareció vestida con un hermoso
vestido blanco con transparencias y sin llevar ropa interior debajo.
Cuando pasó por delante de él, el instinto animal se apoderó de la

bestia que Salman llevaba en su interior, aunque la reprimió a duras penas.

—Estás muy hermosa esta noche, mi amor —le dijo, mirándola con devoción.

—Gracias, querido —fingió ella. Se sentó enfrente de él y procuró no mostrar emoción alguna, a pesar del miedo que le tenía.

—Espero que hayas disfrutado de la estancia de tu familia en este lugar.

—Sí, fueron unos días muy hermosos y provechosos.

—¿Les dijiste quién soy en realidad?

—No.

—¿De verdad? —insistió Salman.

—Te doy mi palabra —ratificó ella.

—¿Y si te dijera que no te creo? —preguntó. Valeria le miró a los ojos y los suyos comenzaron a mostrar cristales de sal y agua.

—¿Por qué te iba a mentir? —replicó con la voz quebrada.

—Eso mismo me pregunto, ¿por qué me mientes?

—No lo he hecho. —En la mente de la joven comenzó a formarse una imagen macabra de ella convertida en el siguiente plato de su esposo. Temblaba como un cervatillo ante las fauces abiertas de un lobo hambriento—. Te lo juro, amor mío, yo…

—¡Cierra la boca, traidora mentirosa! —Salman saltó de la silla y su rostro se transformó al instante—. ¡Le contaste a las tres quién soy y me has vuelto a traicionar!

—Yo… —Ella se echó hacia atrás y se levantó también de la silla. Su espalda chocó con una columna y se agarró a ella, como eso pudiera protegerla del ataque de ira de su marido—. Por favor…no me hagas daño.

Antes de que él pudiera decir nada más, ella puso un pie tras otro a toda velocidad y desapareció de su vista, huyendo de la presencia del ser infernal que decía ser su amado. Valeria corrió por la mansión y buscó dónde esconderse, pues sabía que Salman no le perdonaría la vida y, con toda seguridad, también la mataría y se comería su cuerpo para saciar los instintos animales del vampiro.

El pecho le ardía de tanto correr y buscar un lugar seguro donde esconderse, hasta que llegó a la alacena de la cocina y decidió que el mejor sitio era el armario congelador. No me preguntes por qué, pero ella pensó que era el lugar idóneo para que él no la encontrara. Aunque si hubiera sabido lo que iba a suceder a continuación, seguramente no habría se habría decantado por una opción como esa.

Al encender la luz del congelador, vio algo que le heló la sangre más que el propio frío del gélido almacén. Contuvo un grito y se llevó las manos a la boca para evitar que la escuchara y la encontrara en el escondite que había elegido. Los ojos se le abrieron hasta un punto en el que le dolían los párpados y las lágrimas asomaron en su mirada, congelándose a los pocos segundos cuando caían al suelo.

La visión que le provocó tal pavor fue contemplar que había varias cabezas humanas cortadas que estaban colocadas sobre una estantería metálica. Pero, lo que realmente llamó su atención fue ver tres en concreto. Una de ellas tenía la mirada entornada hacia arriba y los globos oculares estaban en blanco, tenía la lengua fuera de la boca y torcida hacia la derecha. Otra testa mostraba una fractura nasal y le habían arrancado parte de los labios y el pómulo izquierdo. La última tenía un gesto similar al de una persona que dormía, pero le faltaba el cuero cabelludo y en su lugar se veía la dermis rojiza, como si le hubieran arrancado esa parte.

Sin embargo, lo más impactante para Valeria no fue sólo ver tal imagen, sino el hecho de reconocer a las personas a las que pertenecían las tres cabezas cortadas. Eran su madre, su hermana y su prima. Él se las había comido delante de sus ojos y jamás hubiera imaginado que su maldad llegaría hasta tal punto. Fue entonces cuando no pudo reprimir más el dolor que sentía y dejó escapar un alarido que se escuchó por toda la mansión. Eso delató su posición y facilitó que Salman la encontrara en pocos minutos, aunque a ella poco le importaba ya.

—¿No te lo había dicho, querida? —le dijo cuando abrió la puerta del almacén y la vio allí, tiritando de frío y pena—. Yo nunca me como las cabezas de mis víctimas. Las guardo como trofeos.

Ella se giró y le miró con el mismo gesto que muestra una oveja que es cazada por un lobo. No se movió del sitio y cayó de rodillas allí mismo, mientras Salman saltaba sobre ella y le arrebataba la vida con cada sorbo de sangre que extrajo de su cuerpo. Luego llegó el silencio, la paz y la inconsciencia. Valeria paladeó un último elixir y se deleitó con el regusto dulce de algo que llevaba tiempo esperando. La muerte.

Y esta es la historia del conocido como "Vampiro de Dubai". Lo sé, es impactante y sorprendente, hasta el punto de que se hace difícil de creer. Pero te aseguro que así sucedió.

¡Ah, la cena está servida! Vamos, degustemos las excelencias que nos han preparado, antes de que envíes tu crónica al periódico. Estoy seguro de que te encantarán los platos que nos han puesto en la mesa, ya que los he pedido expresamente para ti como remate final de esta historia.

Espero que hayas disfrutado de mi hospitalidad y que tu visita haya sido de provecho. Sí, por supuesto, llamaré a un coche para que te lleve a tu hotel cuando terminemos. Acomódate aquí, por favor. Deja que aparte la tapa del plato para que veas que maravillosa pieza han preparado para nosotros: senos femeninos con salsa de tres quesos.

Espero que te aprovechen las tetas de Valeria.

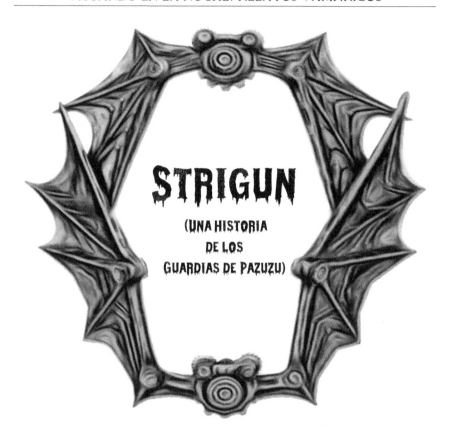

STRIGUN

(UNA HISTORIA
DE LOS
GUARDIAS DE PAZUZU)

Capítulo 1

adie se atrevía a salir a la calle en la aldea de Kringa. Las ventanas permanecían cerradas cuando llegaba la noche y las puertas eran reforzadas con postes de madera en el interior. El silencio de las callejuelas embarradas sólo era roto por el ulular de un búho que sobrevolaba los tejados o por el repiqueteo de las gotas de lluvia, que caían sobre los tejados de teja y provocaban una banda sonora irritante. El aire olía a muerte y decadencia, a miedo y tristeza, como si una nube invisible vagara entre los rincones del pueblo y arrebatara el ánimo de las buenas gentes que lo habitaban. Hacía un frío que iba más allá del clima lluvioso y ventoso que inundaba cada paraje, cada adoquín del suelo y cada esquina del lugar al que le habían enviado para cumplir con su misión: encontrar y matar a un vampiro.

Arnold, acostumbrado como estaba a los ambientes lóbregos y poco acogedores, no se dejó impresionar por las primeras sensaciones que percibió en aquel recóndito sitio de la región de Istria, en Croacia. Le habían adiestrado bien y era un reconocido *hajduk* del ejército serbio, al servicio del emperador y dispuesto a cumplir con cualquier encargo que le ordenasen. En este caso, reconocer si en realidad había un *strigun*, un vampiro, en esa zona y darle muerte en cuanto lo encontrase.

Según lo que le habían contado en Zagreb, donde estaba destinado, los lugareños llevaban más de ciento cincuenta años atormentados por una presencia oscura que dominaba las tierras inhóspitas de los Balcanes y que se había apoderado de decenas de vidas, a las que había segado sin que hubiera una explicación plausible a estas defunciones. Por supuesto, lo más incrédulos decían que tan sólo eran las enfermedades que sufrían las que les arrebataban la vida, pero los más píos se santiguaban y se escondían al escuchar la palabra maldita que usaban para nombrarlo.

Mientras el caballo pifiaba y exhalaba volutas de vaho por los ijares y la boca, ambos, montura y jinete, avanzaban con lentitud y buscaron algún sitio en el que pasar la noche, pues el sol hacía un par de horas que había desaparecido y él no mataba vampiros si primero no comía algo y dormía como era debido; esa era su rutina y nadie iba a cambiarla. Sin embargo, parecía que no había posada o posta alguna en la que guarecerse y el soldado comenzó a impacientarse. Se apeó del animal y cuando llegó a una encrucijada de varias callejuelas, miró alrededor y sólo vio casas de piedra y madera, en cuyas fachadas y muros destacaban cruces de todos los tamaños y formas.

—Pues sí que son creyentes por estos lares —murmuró, mirando a Josian, su fiel compañero cuadrúpedo de fatigas.

Arnold se arrebujó bajo la capa que cubría su indumentaria y agarró la capucha por los bordes para que el viento no se la echara hacia atrás. Tiró de las riendas del animal y continuaron caminando a paso lento, molestos por pisar aquellos senderos de piedra y barro. Miraba a ambos lados y hacia atrás, pero no había un alma a quien preguntar ni un cartel que indicara qué edificios estaba viendo.

—Vamos, debe haber algún sitio donde dormir y comer algo, seguro —le ordenó al caballo.

Al adentrarse más en la aldea, el recién llegado se percató de que había algunas ventanas que se cerraban a su paso, como si le negasen la estancia sin mediar palabra con los habitantes de Kringa. Al final encontró una puerta entreabierta y que proyectaba una cálida luz ambarina sobre el embarrado suelo de la calle. Encima de la entrada había un cartel que estaba incrustado en el muro de la construcción y en el que se podía leer *"Plesna Svinja Gostionica"*; la "Posada del Cerdo Bailarín".

Era una edificación algo más grande que el resto de las que componían la diminuta urbe, tenía tres plantas y en cada una de ellas se divisaban tres ventanas, alineadas a la perfección en la parte frontal. Tenía un techo a dos aguas hecho de madera y paja, que descansaba sobre la estructura rectangular de la casa. A un lado se podía divisar un pequeño establo, mientras que en el otro había un pedazo de bosque, cuyas ramas acariciaban esa parte de las paredes con un movimiento producido por el viento. Dicho establecimiento se situaba en una pequeña plazuela que estaba rodeada por varias casas más humildes y que formaban un cuadrado, entre los que se veían varios callejones que se perdían en la oscuridad de la noche.

Arnold se acercó a la puerta de acceso a la posada y le llegaron los olores de un suculento aroma a carne asada, de jabalí concretamente, lo que no tardó en confirmar cuando entró y vio al animal ensartado y girando en una enorme chimenea que estaba a su izquierda. Aparte de esa tentadora visión, en el comedor había dos grupos de vecinos y vecinas, que le miraron con cierto resquemor en cuanto le vieron aparecer. Estaba totalmente empapado y la capa chorreaba como unas pequeñas cataratas, lo mismo que hizo el sombrero de tres picos en cuanto se lo quitó de la cabeza. Sacudió el barro incrustado en sus botas antes de adentrarse en la estancia y saludó con una leve inclinación de la cabeza, un gesto que le devolvieron con movimientos similares y apenas perceptibles.

—Buenas noches —saludó con aplomo.

Nadie respondió, al menos durante los primeros segundos, pues no tardó en aparecer una señora de aspecto tosco, ancha de caderas y cuya cabeza estaba cubierta por una grasienta cofia que, en alguna ocasión, debió ser blanca. Se plantó ante Arnold y le miró de arriba abajo con el ceño fruncido, a la vez que se limpiaba las manos en un delantal tan sucio como la prenda que cubría su cabello canoso.

—¿Qué deseáis, forastero? —le preguntó con un tono de voz grave y poco amable.

—Me gustaría saber si hay algún lugar en este pueblo donde pueda pernoctar un par de días —respondió él, bajando la mirada a la altura de la mujer, que apenas llegaba al metro sesenta de estatura.

—Tenemos habitaciones libres en la última planta —dijo ella, poniendo los brazos en jarra.

—¿Podríais alquilarme una, señora? Tan sólo estaré dos o tres días. —Arnold extrajo un saquillo de monedas y le tendió a la posadera tres reales de plata.

—¡Por supuesto! —La mujer cambió el rostro, mostró una fea sonrisa desdentada y asintió ante la oferta del desconocido viajero—. Le dejaré la más grande, que tiene una bañera propia y está más protegida de la lluvia y el frío.

—Muchas gracias, mi estimada señora —dijo él, devolviéndole la sonrisa.

—Llamadme Vlada, señor…

—Paole. Mi nombre es Arnold Paole.

—Encantada de teneros entre nosotros, señor Paole —dijo la oronda mujer, haciendo una leve reverencia.

—Muchas gracias por vuestra hospitalidad —dijo el soldado—. ¿Podríais encargaros también de mi caballo? Está ahí afuera, soportando este clima implacable con estoicismo.

—Faltaría más, mi hijo se hará cargo enseguida y le llevará al establo.

La propietaria el local estimó que el dispendio económico del visitante daba una idea de ser una persona de importancia a la que había que atender con los mejores modales posibles, como si se tratara de un aristócrata o un alto burgués. Sea como fuera, ella le hizo una seña para que le siguiera y no tardaron en subir por una escalera estrecha hasta el tercer piso, en el que se encontraban las habitaciones. Ella sacó un manojo de llaves viejas y le llevó hasta la habitación que estaba en la parte oeste de la edificación. Le indicó que estaba dispuesta y entró, no sin antes darle otra moneda de plata a la mujer.

La estancia no era la más lujosa en la que Arnold había estado, pero tampoco era de su desagrado. Tenía todo lo que necesitaba para estar unos pocos días: una cama de agradable tacto, una bañera para limpiarse a conciencia y una mesa de escritorio donde redactar el informe final de su trabajo. Por supuesto, también había un ropero amplio de recia madera y un arcón dentro del mismo en el que guardar las cosas que considerase valiosas. Después de esa primera impresión, se dirigió de nuevo a la señora y le pidió con suma educación que le llevaran la cena y le prepararan agua caliente para despojarse del barro y la suciedad del viaje que había tenido que hacer para llegar allí.

Mientras esperaba a que le sirvieran lo que había solicitado, Arnold se acomodó en la estancia y deshizo el petate en el que llevaba algo de ropa y enseres de aseo personal. Sacó también un libro de notas, tintero y una pluma, utensilios que dejó sobre el escritorio y que esperaba usar pronto para zanjar el asunto que le había llevado a Kringa, un apartado paraje que quería abandonar cuanto antes para volver a Zagreb. Esa idea, la de regresar tan rápido, era lo único que tenía en mente en esos momentos, ya que consideraba un desperdicio de tiempo el tener que lidiar con leyendas y supercherías locales, más propias de la Edad Media que de tiempos de conocimiento y saber como el que vivían, bien entrado el siglo dieciocho.

Entretanto, Vlada apareció por la puerta sin llamar y entró con una bandeja en la que traía un plato con carne de jabalí asado, una hogaza de pan blanco, una porción generosa de queso curado, un jarrón de vino y un pedazo de tarta de manzana. Con ella también vino una joven rolliza y de aspecto desaliñado, cuyos rasgos dejaban bien claro que debía ser hija de la posadera. Traía unas toallas y un barreño de agua hirviendo que dejó caer en la bañera con gesto resignado.

—Esta es mi hija Sveta, os ayudará a bañaros y os proporcionará lo que necesitéis mientras dure vuestra estancia con nosotros, señor Paole —dijo la mujer, dejando la bandeja sobre la mullida cama.

—Muchas gracias, mi señora, sois muy amable —contestó él.

—¿Puedo preguntaros qué os ha traído a nuestro pueblo? —preguntó la anfitriona.

—Vengo de parte del Cardenal de Zagreb por un asunto sobre un supuesto caso de vampirismo —aseveró con naturalidad.

Tan sólo pronunciar la frase, madre e hija se miraron y se santiguaron varias veces. Era evidente que tal respuesta les había producido un estado de alteración que había provocado una reacción que Arnold consideró desmedida, aunque sabía que las gentes de los pueblos eran muy supersticiosas. Durante unos segundos se produjo un incómodo silencio entre los tres y fue el propio enviado el que lo rompió.

—Veo que son conocedoras de este incidente —dijo con la voz suave—. ¿Me equivoco?

—No, señor, no os equivocáis —respondió Sveta, que no dejaba de mirar al suelo.

—Ese ser, al que nunca nombramos, lleva más de un siglo atormentando a esta región —continuó Vlada—. Nosotros ya nos hemos acostumbrado a vivir con el miedo cada noche, pero espero que sea verdad que habéis para acabar con eso…esa cosa.

—¿Podríais contarme algo más? —Comenzó a despojarse de la ropa para bañarse, pues el agua comenzaba a enfriarse.

Estaba acostumbrado a los balnearios y posadas, así que no sentía pudor al desnudarse delante de las mujeres que le habían atendido.

—Hija, ve a por más agua y dile a tu hermano que se ocupe del salón —ordenó la posadera—. Ya me encargo de ayudar al señor.

Sveta hizo lo que su madre le mandó y cerró la puerta cuando abandonó la habitación. Al quedarse a solas, Vlada ayudó a Arnold a quitarse la ropa, como si fuera una devota madre, y le indicó que se sentara en la tinaja, a la vez que le comenzó a frotar la espalda con suavidad, mojando el trapo en el agua cálida. Suspiró con resignación y comenzó a contarle lo que sabía sobre el supuesto vampiro que tenía aterrorizada a esa zona del país.

—Se cuenta que hace más de un siglo había un granjero que vivía a las afueras del pueblo, junto a su esposa y una hija de ocho años —comenzó a contar Vlada—. Nadie le conocía bien, si he de ser sincera, pues se dice que apareció con su familia y se quedó a vivir en la antigua finca de Piotr Salvecic, un anciano ermitaño que apenas tenía contacto con nadie en el pueblo. El por qué y cómo consiguió la propiedad, eso no lo sabe nadie, pero tampoco pareció importar a ningún miembro de la comunidad.

» El caso es que una mañana, muy temprano, antes de salir el sol, su esposa y la hija aparecieron en la plaza gritando a todo pulmón que habían matado a su esposo. El nombre del difunto era Jure Grando y una partida de hombres acompañó a la mujer hasta donde estaba el cadáver del pobre desgraciado. Mi abuelo, que era joven y estuvo presente en el desafortunado hallazgo, me contó que el cuerpo mostraba unas feas heridas en el pecho y en la garganta, como si una bestia feroz le hubiera destrozado. Todos pensaron que podría haber sido un oso y la cosa quedó así. Dieron el pésame a la viuda y la huérfana, y prepararon el entierro para el día siguiente.

» Pero, ¡ay, Dios Nuestro! —Vlada volvió a santiguarse—. Esa misma noche, cuando llegó el momento de poner el cadáver en el ataúd y dejarlo para el velatorio, éste había desaparecido de la cama en la que lo habían limpiado y amortajado. Y no, no crea usted que se lo llevó alguien; ¡el muerto se había marchado por su propio pie! Había huellas de sangre en el suelo y marcas de zapatos manchados de tierra.

» Por supuesto sopesaron diferentes posibilidades a esta extraña desaparición, pero las gentes del lugar pensaron que había algo oscuro detrás del suceso y no tardaron en pronunciar la palabra más temida en estas tierras: *strigun*. El no-muerto, el difunto que merodea por las noches y se alimenta de la sangre de los vivos; ese que nadie quiere encontrarse en una esquina sombría o en medio del páramo neblinoso. Es la cosa más horrible que ha creado el demonio y tenemos la desgracia de que habita en algún lugar escondido de esta zona del mundo.

—¿Creéis realmente que ese ser existe? ¿No será fruto de la imaginación colectiva? —preguntó Arnold, girándose y mirando a la mujer.

—No es que crea, señor Paole, es que yo misma lo vi una vez —contestó ella de forma vehemente—. Era una adolescente y estaba a punto de casarme con mi difunto marido, que Dios le tenga en Su gloria.

—¿Qué fue lo que visteis?

—¡Si yo le contara! Recordarlo me sigue dando escalofríos, se lo aseguro —comenzó—. Esa cosa parecía una bestia infernal, alta como una casa y fuerte como un gigante. Tenía una cabeza extraña, como si fuera un gato enorme, aunque caminaba sobre dos patas. Tenías unas garras de varios centímetros de largo y una cola negra de más de un metro. Sus ojos brillaban como luceros en la oscuridad y los dientes eran de un tamaño descomunal.

» Lo vi apenas unos segundos, mientras se movía a hurtadillas por la calle, como si olisqueara el aire en busca de alguna presa a la que matar. Yo estaba escondida detrás de la contraventana de mi casa y no pudo verme, pero aquella imagen me ha atormentado en muchas ocasiones en sueños, provocándome pesadillas que me hacen despertar en medio de la noche y empapada en sudor.

—¿Estáis segura de que visteis semejante espécimen? —preguntó el incrédulo soldado.

—¡Os lo juro por la mantilla de la Virgen María! —respondió Vlada, a la vez que volvía a santiguarse por enésima vez.

—¿Alguien más del pueblo lo ha visto?

—¡Uy! ¡Pues claro que sí!

—¿Creéis que podría hablar con alguien más sobre el asunto? —preguntó Arnold—. Me gustaría concretar los detalles para comprobar su veracidad, si no le molesta.

—Hablad con quien queráis, señor, que os encontraréis siempre con la misma respuesta —replicó la posadera—. De alguna forma, todos en este pueblo hemos visto esa bestia y hay incluso quien ha perdido a uno o varios familiares por su sed de sangre.

—Muchas gracias por vuestra sinceridad, señora —dijo él para dar por zanjada la charla.

—No hay de qué, señor Paole —respondió ella, mostrando una maternal sonrisa—. Ya estáis limpio como una patena. Os dejo que os sequéis y cenéis tranquilo. Mañana os presentaré a algunas personas con las que podréis hablar sobre el strigun.

—Os agradezco vuestra hospitalidad, de veras. —Arnold se levantó y comenzó a secarse con una tela áspera y de gran tamaño, aunque de espaldas a Vlada.

—Buenas noches —se despidió ella, saliendo de la habitación.

A él no le dio tiempo a devolver los buenos deseos y no tardó en sentarse en la cama para degustar las viandas que le habían traído. Las deglutió con fruición, ya que estaba hambriento, y no tardó en dejar la bandeja vacía de contenido. Fue hasta el escritorio y la depositó en una esquina del mismo para bajarla a la mañana siguiente. Estaba muerto de cansancio y sólo deseaba echarse a dormir cuanto antes. Esperaba que sus sueños fueran más agradables que los de la propietaria del establecimiento, que vivía atormentada por la visión de aquella alimaña que estaba asustando a los lugareños. Si existía, Arnold tenía claro que le daría caza y acabaría con ella.

Capítulo 2

l repiqueteo de la lluvia en los cristales, acompañado del ulular del viento que se colaba por las hendiduras de la ventana, despertaron a Arnold de un sueño profundo y reparador. Se estiró como un gato en el colchón y abrió una de las contraventanas para que entrase algo de luz en la estancia. Hacía un día gris y oscuro, lóbrego hasta para el alma más animosa, y no tardó en sentir frío en la piel, así que se apresuró a ponerse algo de ropa más abrigada y prepararse para bajar al comedor para desayunar y comenzar la jornada.

El olor a queso curado inundó las fosas nasales del emisario y sintió un apetito voraz en cuestión de segundos, ya que la opípara cena hacía horas que se había digerido. Entró en la sala con paso lento y vio que el comedor estaba vacío, y que la única presencia era la de Vlada, que iba y venía por la estancia. Estaba sumida en un frenesí de limpieza de tal magnitud que no se percató de la presencia de Arnold hasta que estuvo casi a su lado.

—¡Buenos días, señor Paole! Espero que hayáis dormido bien —le saludó—. ¿Os sirvo el desayuno?

—Buenos días, señora. —Se sentó en una mesa que estaba junto a una ventana—. Sí, por favor, si no es molestia.

—¡No es molestia! —La mujer se limpió las manos en el delantal y desapareció por una puerta que daba a la cocina.

Entretanto se escuchaba el trasiego de platos y tazas, el soldado observó a través de una ventana que la plaza estaba vacía y que no había ninguna forma de vida paseando por la calle; ni un perro, ni un gato; ni tan siquiera un cuervo o cualquier otra ave, se atrevía a asomar la cabeza en un día tan desapacible como ese. Daba la impresión de que Kringa era algo más parecido a un pueblo fantasma que a un lugar en el que hubiera una muestra de vida. Pensó que tal vez se debía al amargo ánimo de los lugareños, o al miedo que ese strigun les inspiraba, pero lo que estaba claro es que algo pasaba allí y él debía averiguar el qué. Con ese pensamiento latiendo en su cerebro, Arnold recibió el desayuno que le había preparado.

—¿No trabaja nadie en esta aldea? —le preguntó a Vlada.

—¡Oh, sí! Aunque los días oscuros y sin sol las buenas gentes de esta villa prefieren usarlos para ir a la iglesia y rezan para que pase el mal tiempo.

—¿Por qué tanto miedo a las inclemencias meteorológicas?

—Porque esa cosa también sale a cazar cuando no hay sol, aunque sea de día —respondió la mujer, que tomó asiento enfrente de Arnold—. Esa bestia adora la niebla, la lluvia y las nubes oscuras, como hoy.

—Entonces, ¿también mata de día? —preguntó sorprendido.

—Por desgracia sí.

—Pues será mejor que me dé prisa y salga ahí fuera a buscarla, no vaya a ser que Dios oiga las plegarias y se disipen estas oscuras nubes —comentó él con cierto sarcasmo.

Vlada frunció el ceño y siguió con sus quehaceres, murmurando entre dientes. Entre el ruido de la escoba barriendo el suelo, Arnold escuchó palabras como "insensato", "descreído" o "pagano", lo que le provocó una sonrisa de condescendencia hacia la crédula mujer. Ella no le miraba en ese momento, así que tampoco se dio cuenta de cómo él salía de la estancia y se colocaba la capa para no mojarse tanto en aquel diluvio otoñal de finales de octubre.

Lo primero que hizo el soldado fue ir hasta el establo a comprobar cómo estaba su montura, pues le tenía un gran cariño al animal. Vio que tenía una manta por encima del lomo y tenía forraje y agua de sobra; tan a gusto estaba el caballo que todavía estaba tumbado y dormitando como un niño pequeño. Abrió la portezuela y se acercó a él para acariciarlo y darle algo de cariño en un día tan frío como ese, algo que el bayo agradeció con un pifiar y moviendo la cabeza para acercar el hocico a la cara de su dueño. Los dos estaban en un momento de tierna comunión que no solía ser habitual entre un jinete y su montura, pero Arnold tenía sus razones para quererle tanto; no obstante, fue quien le salvó la vida en una escaramuza con cuatreros gitanos en la frontera oriental del imperio. Herido por el disparo de un mosquetón, Josian no permitió que él cayera al suelo y salió al galope de regreso a las líneas de los hajduks que formaban la compañía expedicionaria.

—Ya veo que te están tratando tan bien como a mí, compañero —le dijo con suavidad, mientras acariciaba el hocico.

—Hacemos lo que podemos, señor —dijo una voz de pronto a su espalda—. Nos gusta cuidar de los animales, como nos pedía San Francisco de Asís.

Arnold se giró y vio que en la entrada del establo había un anciano de aspecto desaliñado y sucio. Era algo más alto que él y tenía el pelo mojado y enmarañado, su piel parecía ceniza y poseía una barba hirsuta y descuidada. En la mirada marrón se apreciaba el doloroso paso del tiempo, coronado por un sinfín de arrugas que le otorgaban también cierto toque de sabiduría bajo aquél manto del inexorable pasar del tiempo.

—Os lo agradezco, señor…

—Novak, me llamo Novak Stojevic —se presentó el recién llegado.

—Muchas gracias, señor Stojevic —reiteró Arnold.

—No hay de qué, señor Paole.

—Así que ya me conocéis —comentó el soldado, sorprendido.

—Vlada nos dijo vuestro nombre anoche y por qué habéis venido a este maldito pueblo —contestó el anciano.

—¿Qué más les contó?

—Que queréis hablar con algunos de nosotros para no sé qué asunto de esa cosa asesina.

—¿Vos sabéis algo más sobre el strigun? —preguntó Arnold, poniéndose en pie y acercándose al harapiento personaje.

—Soy el que más sabe sobre él en toda la comarca —contestó con altanería.

—De acuerdo, vayamos adentro y os invitaré a un buen desayuno si me contáis todo lo que sabéis.

Ambos se encaminaron de regreso a la posada y pidieron a la dueña que le pusiera un buen ágape a Novak, ya que el soldado esperaba escuchar su historia y que la misma fuera diferente a la de Vlada, al menos en los detalles importantes. Cuanto más supiera sobre el misterioso ser, más rápidamente podría desentrañar el caso del vampiro de Kringa. Esa era la idea que el enviado tenía en su cabeza, al menos al principio, ya que no imaginaba que la situación requiriese de más de dos días para solucionarse.

—Decidme, buen hombre, ¿qué podéis contarme sobre el suceso del vampiro? —preguntó Arnold, que degustaba una taza de té sentado delante de su interlocutor.

—Todo, señor Paole, lo sé todo —respondió con vehemencia.

—Está bien, comencemos por el principio. ¿Qué creéis que es? ¿Un oso quizá?

—¡Ja! ¡¿Un oso?! ¡No seáis ridículo, señor!

—Vale, entonces convencedme de que en realidad es un ser sobrenatural.

—De eso os convenceréis cuando le veáis, pero primero os advertiré sobre quién es y lo que ha hecho. Luego, decidid qué va a hacer para detenerlo. —Novak hizo una pausa para tomar un bocado—. Si es que podéis.

—De acuerdo, os escucho.

—Jure Grando no es el asesino que algunos dicen —comenzó a contar—. Sí, entiendo vuestro gesto de sorpresa, pero sé de lo que me hablo. Ese pobre desgraciado es un vampiro, de acuerdo, pero no ha matado a ninguna persona en esta zona, que yo sepa.

—Entonces, ¿quién está cometiendo los crímenes? —preguntó Arnold, que no entendía lo que trataba de contarle.

—Es otra cosa, una bestia horripilante que te congela la sangre en cuanto la ves. —Novak mordió otro pedazo de queso y pan—. Yo la he visto en más de una ocasión vagando por los bosques del norte de aquí, en una zona en la que hay colinas y cuevas donde se podría esconder. He estado por allí para cazar venados y jabalíes, y he escuchado su rugido en medio de la noche, mientras acampaba por aquellas soledades.

—¿La habéis visto con claridad?

—No sólo la he visto, sino que la tuve frente a mí una vez y os juro por el Altísimo que casi me meo encima.

—¿Podríais describirlo con detalle?

—¡Por supuesto! ¿Creéis que una imagen así se puede olvidar con facilidad? —El viejo tomó un sorbo de cerveza y se limpió la barba con la manga llena de lamparones de suciedad—. Como os decía, estaba cazando en esos parajes y estaba a punto de hacerse de noche, así que busqué un sitio para descansar y proseguir mi labor al despuntar el alba. Encontré un recoveco entre dos grandes piedras que estaban bajo un abedul de ramas frondosas, encendí una hoguera y cociné un conejo para cenar y reponer fuerzas.

» Era una noche cálida, de esas noches de verano que te quitan el sueño y llenas de humedad pegajosa, así que me costó más de lo normal caer dormido, a pesar de lo agotado que estaba. Justo en el momento en el que ya comenzaba a dejarme llevar por el cansancio, escuché un ruido que provenía de detrás de mí, a pocos metros. Saqué el cuchillo de caza y me levanté como un lobo en alerta, pero no vi nada más allá de las escasas llamas que quedaban de la hoguera.

» Al instante siguiente, otra vez el mismo ruido, unos pasos que se acercaban a mí y parecían de un animal grande. Por supuesto, pensé que debía ser un oso que había olido la carne del conejo, así que tomé la escopeta en mis manos y la armé, dispuesto a disparar a lo que saliera de entre la maleza.

» Fue entonces cuando lo vi, la sombra iluminada por la lumbre que se plantó delante de mi cara e hizo que un escalofrío me paralizara y recorriera mi espalda. El vello se erizó y sentí que me mareaba, pero me mantuve firme en mi posición y no aparté la mirada de aquella bestia infernal. Tenía los ojos amarillos y brillaban como luceros del averno. La cabeza parecida a la de un león, de aquellos que vi en África cuando era soldado, como usted. Medía más de tres metros de alto y sus brazos eran musculosos y terminaban en unas garras descomunales. El cuerpo estaba cubierto de un pelo anaranjado y mechones de color negro como el azabache. Sus colmillos rezumaban saliva, como si anhelasen hincarse en mi piel y destriparme. Pensé que había llegado mi hora y no podría hacer nada para evitarlo, pero de repente sucedió un milagro.

» De pronto, el auténtico vampiro, Jure Grando, apareció por detrás de la bestia y se lanzó sobre su grupa para intentar ahogarlo ¡con sus propias manos!, y no le miento, se lo juro. Parecía increíble ver cómo era capaz de dominarla y hacerla caer de rodillas, mientras la asfixiaba rodeando el cuello con sus brazos. Me quedé atontado al ver la escena, hasta que el vampiro me miró y me envió una orden con su mirada que me estremeció: «¡Corre, huye!», decía en mi mente. Como se podrá imaginar, no me detuve ni a recoger mis cosas, salí a toda prisa y me perdí entre la arboleda sin mirar atrás.

—Entonces, aseguráis que hay otro ser por ahí que es el que mata a los ciudadanos de la aldea —reiteró Arnold—. ¿Cómo es que nadie más piensa lo mismo que vos?

—Porque ellos creen que Grando y la bestia son la misma cosa —respondió Novak.

—¿Queréis decir que nadie ha creído vuestra historia?

—Por aquí soy sólo un viejo soldado sin fortuna, un buscavidas al que consideran loco.

—Entiendo. —Paole se levantó y puso dos monedas de plata sobre la mesa—. Tomad, compraos algo de ropa y daos unos caprichos, como un buen baño. Os agradezco que hayáis compartido vuestra historia conmigo, señor Stojevic.

—¡Muchas gracias, señor! —exclamó al ver tanto dinero—. ¡Dios os bendiga y os proteja!

El hajduk sonrió y le dio una palmada en el hombro, luego se dirigió hacia la salida y volvió a someterse a las inclemencias del clima, suspirando con resignación y dando vueltas al relato que el anciano le había contado. Si algo estaba quedando claro en su cabeza era que las supersticiones de los aldeanos, junto a la imaginación desmedida, estaban creando un caldo de cultivo que rallaba la locura y a la que tendría que poner freno cuanto antes. Si no lo hacían, se corría el riesgo de que el hartazgo les llevara a cometer algún crimen atroz contra un inocente.

Capítulo 3

rnold se paseó por Kringa durante un par de horas y apenas vio a unos pocos residentes, sobre todo los que regresaban de la iglesia y se metían en sus casas, a la vez que le miraban con resquemor y gestos de desagrado cuando se cruzaba con ellos. Tampoco esperaba otra reacción por su parte, teniendo en cuenta que todos sabían qué hacía allí. Al fin y al cabo, se suponía que había venido a cazar a un ser en el que no creía y del que estaba seguro debía tratarse de un animal salvaje o un loco desquiciado con instintos criminales.

Deambuló sin saber muy bien adonde ir o a quién preguntar por el asunto, así que decidió adentrarse en el bosque por el lado más septentrional, buscando recorrer el mismo sendero que Novak le había indicado en su historia. No quería alejarse demasiado del pueblo, sólo quería tantear el terreno y comprobar qué había en los límites que lo rodeaban, por lo que procuró no perder de vista el lindero que le separaba de las últimas casuchas que podía ver entre los troncos de abedules. El sendero era estrecho y estaba embarrado, lo que dificultaba el tránsito con facilidad. Las ramas de los árboles ascendían por encima de la cabeza de Arnold y se perdían en una maraña que apenas dejaba ver el cielo plomizo sobre ellas.

A pesar de ser más de mediodía, la poca luz reinante hacía que diera la sensación de estar proyectándose un largo atardecer que parecía tragarse la luz del sol, que debía resplandecer por encima del techo de nubes. El soldado caminó un rato más, siempre siguiendo la senda que tenía bajo sus pies, y no encontró nada sospechoso en los alrededores. No había huellas extrañas, ni señales de la existencia de ninguna bestia o vampiro que habitara aquellas latitudes; lo único que había eran pájaros que volaban de aquí para allá a llevar el sustento a los ruidosos polluelos, que exigían con sus irritantes alaridos que sus progenitores les proporcionasen un constante alimento.

Dado que tenía una idea nítida de dónde se encontraba, decidió aventurarse un poco más y seguir el camino hacia el interior del bosque. Después de un poco de trecho, éste comenzó a descender hacia una vaguada en la que se podía entrever el curso de un río, no muy ancho ni caudaloso, pero lo suficientemente notorio como para verlo entre la arboleda. Avanzó despacio para no resbalar por la embarrada pendiente y llegó hasta la vera del cauce en pocos minutos. El cielo se podía ver encapotado sin la maraña de ramas de los árboles y algunas gotas de lluvia seguían cayendo como lágrimas de ángeles malditos.

El lugar al que había llegado estaba cubierto de cantos rodados y había varias piedras de gran tamaño que tapaban el lado derecho a su vista. Fue en esa dirección, donde escuchó algo que le resultaba extrañamente familiar, un cántico débil que tenía una entonación dulce y suave de una mujer. Siguió el sonido y se vio escondido detrás de una enorme roca de más de tres metros de altura, mirando con sorpresa a una joven de apenas veinte años que estaba desnuda por completo y se remojaba en las calmadas aguas que bañaban la orilla. Era una chica que mostraba curvas en su figura, unos generosos y voluptuosos pechos y unas piernas gruesas pero bien contorneadas. Tenía un largo cabello pelirrojo que caía en tirabuzones hasta tocar la cintura, los labios que seguían entonando la canción era gruesos y carnosos, y tenía unos hermosos ojos marrones de forma almendrada. Los pezones eran tan claros como el resto de la piel de su cuerpo y el vello púbico ardía con la misma tonalidad naranja de su larga melena.

Arnold se ruborizó y se avergonzó al momento, cuando se vio a sí mismo convertido en un fugaz mirón que daba la impresión de estar espiando a la muchacha. Sus mejillas se cubrieron de sangre, a la vez que una ligera erección comenzó a hacer bulto en su pantalón, lo que le provocó un inusitado calor que recorrió todo su cuerpo. «¿Qué haces?» Pensó, «deberías estar de regreso y camino al pueblo, insensato». Sin embargo, a pesar de que la razón le decía que tenía que marcharse, algo en su interior le dictaba que permaneciese allí y continuara observando a la nudista aldeana. Entretanto luchaba en su interior con las dos partes de su mente, escuchó que la canción terminaba y una frase se quedó flotando en el aire y le llegó a los oídos.

—No tengáis miedo, señor, podéis asomaros si lo deseáis —dijo la núbil. Era evidente que ella sabía que había estado allí, así que el soldado abandonó el escondite y se dejó ver.

—Disculpadme, no era mi intención… —balbuceó como un zagal avergonzado.

—No os preocupéis, estoy acostumbrada a que me observen a hurtadillas. —Salió del agua y se dirigió hacia él—. Aunque no es tan habitual que lo haga un apuesto soldado.

—Lo siento, yo… —intentó disculparse—. ¿Cómo sabéis quién soy?

—No se habla de otra cosa en la comarca, y si una sabe escuchar con atención, descubre todos los secretos de sus habitantes —comentó con una sonrisa inocente.

—Espero que este desliz mío no salga de aquí, os aseguro que…

—Ya os he dicho que no os preocupéis, mi señor —repitió ella interrumpiéndole, a la vez que se agachaba y recogía una tela roja para cubrirse.

—Estaba paseando por los alrededores y os escuché cantar —comentó él, recuperando algo de compostura—. Me sonaba a una nana que me cantaba mi madre cuando era niño.

—Sí, creo que es una tonada para dormir a los niños —aseveró con una sonrisa.

—Bueno, creo que será mejor que regrese al pueblo y…

—¿Tanta prisa tenéis? —le interrumpió—. Ni siquiera nos hemos presentado como es debido.

—Cierto, cierto. —Tosió un par de veces para aclararse la garganta—. Disculpadme, mi nombre es Arnold Paole.

—Encantada de conoceros, señor Paole, mi nombre es Christal

Baobhan.

—Extraño nombre, ¿no sois de por aquí? —El soldado había notado el acento poco usual de la joven, pero no supo situarlo.

—Soy escocesa, pero llevo un tiempo viviendo en este maravilloso país —respondió.

—¿Y es costumbre en Escocia bañarse en los ríos en los días fríos y lluviosos?

—Sí, lo cierto es que es de lo más normal.

—Pues deberíais tener cuidado de que no os atrape una neumonía —sugirió Arnold de modo sarcástico.

—No os preocupéis por eso, suelo tener una inmunidad natural a las enfermedades mundanas —apostilló Christal, a la vez que le guiñaba un ojo—. De todas formas, sí es cierto que necesito entrar en calor. Quizá podáis ayudarme con eso. —Se acercó a Arnold y le puso ambas manos sobre los hombros, dejando caer la tela que cubría su exuberante figura.

—Bueno…yo… —intentó excusarse—. No he venido…

—¿A qué habéis venido pues, mi querido hajduk? —Comenzó a acerca sus labios al cuello y la oreja de él y éste sintió que se le erizaba la piel de puro placer.

—Yo…busco… —Arnold sintió que perdía la razón ante el ataque de lujuria que le estaba lanzando la muchacha y fue perdiendo la capacidad de pensar con claridad.

—¿Qué buscáis? —Ella comenzó a darle suaves besos en los labios y acarició su rostro con ternura.

—Algo, o alguien —dijo titubeante.

—¿A quién?

—A un vampiro.

—¿De verdad? —La joven comenzó a lamer el lóbulo de su oreja y el soldado cerró los ojos, perdiendo la capacidad de articular palabra alguna.

Se dejó llevar por los instintos primitivos de todo hombre y se dejó caer sobre el suelo de cantos rodados, ella se sentó a horcajadas sobre su entrepierna, desabrochó el pantalón y colocó el pene en la posición idónea para comenzar el coito. Con movimientos lentos y acompasados, Christal llevó al soldado a un orgasmo que rompió el fino hilo de la cordura que unía al hombre con la realidad. Mientras tanto, los besos pasionales se convirtieron en un frenesí de sensaciones que él no supo identificar, pero que le hacían volar más allá de su cuerpo excitado. Tal era el grado de desconexión emocional, que no se enteró de que dos colmillos penetraron en la piel de su cuello y comenzaron a succionar la sangre que albergaba aquella masa de músculos y huesos de más de un metro noventa de estatura.

El cielo pareció llenarse de estrellas diamantinas que brillaban más allá del techo de nubes, los sonidos del río y los pájaros se amplificaron y se transformaron en un cantar de ángeles que entonaban letras dantescas de dolor y muerte, de condena eterna. La piel sudaba como si hubiera corrido decenas de kilómetros bajo un sol abrasador, y en la boca saboreó el regusto amargo y dulce de una inminente muerte. Sin que su cerebro lo llegara a razonar todavía, estaba siendo presa para una vampira voraz e inmoral que no sabía lo que era la piedad o la misericordia. Su final era inminente y parecía que no tendría forma de escapar de las garras de Tánatos.

De repente, una sombra pasó por delante de sus ojos y la figura de Christal se apartó de él, dejándole tirado sobre las rocas y casi sin consciencia. Entre sombras difusas distinguió a alguien que se enfrentaba a la asesina y vio cómo ésta se transformaba en la bestia de la que le habían hablado, aunque no lograba distinguir sus rasgos con claridad. Apenas estuvo despierto unos segundos más, mientras una batalla de inmortales se desarrollaba a escasos metros de él. Entre rugidos y ruido de golpes, Arnold perdió el conocimiento y se dejó llevar por unos brazos invisibles que le alzaron hacia un lugar desconocido y onírico, irreal para su mente racional.

Capítulo 4

l tacto cálido de una gruesa manta hizo que el despertar fuera más agradable de lo esperado, dados los últimos recuerdos que tenía grabados a fuego en su memoria. Al abrir los ojos, lo primero que percibió era que no estaba en la habitación de la posada, sino en una estancia más opulenta y grande, rodeado de muebles ricamente ornamentados y con dos ventanales amplios que estaban abiertos y dejaban entrar una suave brisa de un día soleado y de ambiente primaveral; todo lo contrario de lo que había experimentado desde que había llegado a Kringa.

Intentó levantarse de la cama, un estupendo lugar de descanso que tenía un colchón grande y mullido, y que estaba adornado por cuatro columnatas que estaban coronadas por unas finas cortinas de seda de color violeta, cuyo tope final eran unas exquisitas cenefas bordadas en hilo de oro. Hizo ímprobos esfuerzos por incorporarse un poco, pero sentía su cuerpo débil y sin fuerzas para sostenerse erguido o sentado; no le quedaba más remedio que permanecer acostado y esperar a quien le hubiera ayudado a escapar de la cruel asesina que intentó arrebatarle la vida. Sea quien sea, consideró que le debía al menos un eterno agradecimiento y una suculenta recompensa por haberle librado de las garras de la muerte bajo los colmillos de la vampira.

La vampira.

Arnold fue consciente al instante de que había mucho de verdad en los rumores que corrían por la comarca y que había sido un incauto y un supino ignorante por no haberles dado ni un mínimo de credibilidad. Después de la experiencia vivida, y a la que había sobrevivido de milagro, tenía claro que estaba ante un caso realmente distinto a cualquier otro al que hubiera tenido que enfrentarse con anterioridad. No sabía si lo que le había atacado era una strigun o cualquier otra cosa, pero debía andarse con más cuidado a partir de ese momento. Si quería cazarla y hacer justicia, debía armarse de valor y de una buena dosis de plomo y acero para darle muerte.

—Con eso no bastará, señor Paole —dijo una voz a su izquierda. Era una voz masculina y grave.

—¿Quién sois? —Arnold se giró hacia la puerta de la que provenía la frase y vio a un hombre corpulento y tan alto como él, de aspecto elegante y que llevaba su ropa en los brazos—. ¿Cómo he llegado aquí?

—Calmaos, os he traído a mi castillo para cuidar de que no murierais —respondió el desconocido—. Esa mala pécora os robó mucha sangre y he tenido que alimentaros durante dos días.

—¿Alimentarme dos días? —preguntó confuso.

—Sí, no despertabais del letargo y no me quedó más remedio que hacerlo. —Dejó la bandeja sobre una mesa que estaba bajo la ventana derecha y se acercó al yacente soldado.

—¿Hacer qué?

—Daros mi sangre. —No se inmutó al confesarlo y se limitó a sentarse en una silla.

—¡Dios santo! —El yaciente dio un respingo en la cama e intentó levantarse, pero las fuerzas le fallaban y tuvo que mantenerse donde estaba.

Arnold no supo cómo tomarse aquella aseveración y su mente comenzó a dar vueltas, presa de una febril sensación de pérdida de conocimiento. Respiró hondo y procuró mantener la compostura ante lo que le estaba contando el extraño rescatador. Dedujo quién era, pero necesitaba oírlo de su propia boca.

—¿Sois Jure Grando, el strigun? —le preguntó, mirándole de soslayo y con desconfianza.

—El mismo —respondió de forma lacónica.

—Entonces, si me habéis dado de beber vuestra sangre, ¿me convertiré en lo mismo que vos? —reflexionó.

—Sí, sin remisión, pero no me quedaba otro remedio. Era eso o dejaros morir en mi lecho.

—Pues no sé qué decir a eso, la verdad —contestó Arnold, que todavía estaba asimilando la situación.

—Quizá una muestra de agradecimiento sea suficiente, ¿no os parece? —afirmó el vampiro.

—¿Agradecimiento? —Levantó la cabeza y logró incorporarse un poco—. ¡¿Estáis loco?! ¡Me habéis convertido en un vampiro!

—Creedme, me lo agradeceréis con el tiempo —respondió con tranquilidad—. Además, no soy sólo un vampiro.

—¿No? ¿Un demonio quizás? —preguntó con sarcasmo.

—Soy un soldado de la Guardia de Pazuzu, un vampiro que caza a otros vampiros —dijo con vehemencia.

—¿Qué es eso? ¿De qué me estáis hablando? —El hajduk se terminó de levantar y pudo ponerse en pie, aunque de forma irregular. Tuvo que agarrarse a uno de los maderos para no caer de rodillas.

—Es largo de contar, pero os tranquilizará saber que los de mi especie no matamos humanos inocentes para alimentarnos, como sí lo hacen los Descendientes de Lamashtu. Esa chica, Christal, es una de ellas, y es muy poderosa, debo añadir. —Jure se acercó y le ayudó a sentarse en una silla que estaba al lado de la mesa. Aunque hacía un día radiante en el exterior, ningún rayo de sol penetraba directamente en la habitación.

—¿No os daña la luz del día? —preguntó Arnold.

—Sólo si nos impacta sobre la piel de forma prolongada, pero no es mortal para nosotros, aunque lo digan las leyendas.

—¿Y quién es esa malnacida que intentó matarme?

—Es una de las hijas de Lilith y llegó aquí hace unos dos siglos —le contó Grando—. Mató a mi esposa y a mi hija, y cuando estuvo a punto de acabar conmigo, apareció un vampiro que me convirtió en lo que soy. Me habló de la Guardia de Pazuzu, de cuál era la labor que debía realizar y que me encargara de matar a esa bestia.

—¿Por qué no la mató él?

—Eso mismo le pregunté y me contestó que tenía que marcharse y reunir a más seguidores para la orden.

—¿Y por qué me habéis convertido en un vampiro como vos?

—Imagino que fue un acto de piedad.

—Lo dudo mucho —dijo Arnold con acritud.

—No voy a mentiros, necesito un compañero que me ayude a capturarla —asintió Jure—. He intentado hacerlo por mi cuenta, pero sólo he logrado ahuyentarla. Es muy fuerte y no puedo dominarla sin ayuda. Novak me contó que estabais aquí para matarme a mí, así que pensé que podríais ser mi compañero de armas y así acabaríamos con la maldición que sufre esta pobre gente desde hace tanto tiempo.

—Entonces, ¿esa es la razón real de que me hayáis convertido en uno de los vuestros?

—Sí, en gran parte, sí.

—¿Y si no quiero formar parte de esa guardia que decís? —Arnold fue recuperando fuerzas poco a poco y comenzó a vestirse con las ropas que le había traído.

—Sois libre de marcharos, si así lo deseáis —Grando se sentó en la cama y le observó con detenimiento—. Aunque me pregunto qué diréis cuando regreséis a Zagreb y vean vuestros superiores que no habéis completado la misión que os encargaron. No sólo eso, sino que os presentaréis como un vampiro.

—Sabéis que no puedo regresar a la ciudad en esta situación.

—¡Vaya paradoja! —sonrió de forma taimada—. Estáis en un buen aprieto, amigo mío.

—De acuerdo, acepto vuestra oferta —respondió Arnold con resignación—. Pero sólo para matar a esa concubina del diablo. Luego iré por mi cuenta.

—Me parece justo —dijo el anfitrión—. Tendréis vuestra recompensa y yo mi venganza.

—Perfecto pues. —Arnold terminó de vestirse y se puso en pie de nuevo, esta vez con más aplomo—. Aunque primero tendréis que contarme más sobre esa Guardia de Pazuzu y qué son los Descendientes de Lamas… lo que sea.

Grando asintió con un gesto de complicidad y acompañó a su

nuevo compañero a las dependencias inferiores del castillo en el que vivía, un edificio que databa del siglo trece y que había convertido en su residencia habitual desde que había sido convertido en vampiro. Le mostró las diferentes estancias, los pasillos llenos de tapices ornamentales, las armaduras apiladas en algunos rincones y los impresionantes salones, cuyos techos superaban los seis metros de altura. Mientras paseaban entre los sólidos muros de roca, dialogaron sobre la parte histórica de la estructura fortificada. Sin embargo, la conversación que realmente importaba, la que les había llevado a esa forzosa compañía, se retrasó hasta que llegó la noche.

Cuando el sol desapareció del cielo y los tonos violáceos se transformaron en negro satén, al amparo de lejanas estrellas que brillaban en el Firmamento, Jure llevó a Arnold a una de las almenas que otorgaban una vista privilegiada del valle y, un poco más allá, en el oeste, del pueblo de Kringa. En la altura de las murallas soplaba una ligera brisa del sur que dio algo de calidez a las gélidas noches otoñales que habían estado sufriendo en las últimas semanas. También había dejado de llover y el cielo estaba despejado, salvo por alguna nube remolona que se resistía a desaparecer del tapiz celestial.

—Lo que voy a contaros me fue revelado por el vampiro que me creó, aunque él tampoco conocía en profundidad el origen de la orden de los Guardias de Pazuzu —comenzó a contar Jure—. Lo único que sí sabemos con claridad es que la creación de este grupo fue hace miles de años, en la antigua ciudad de Ur, en el Imperio Sumerio.

» Al parecer, todo está relacionado con una guerra ancestral entre dioses de la antigua mitología prebabilónica y en la que se cuenta que dos de los miembros de esas deidades se enfrentaron al resto y vinieron a la Tierra para adueñarse de ella y convertirla en su matadero personal. Sus nombres eran Pazuzu y Lamashtu.

» Según se dice, eran marido y mujer, y estaban considerados dioses crueles y malignos. Arrasaron pueblos enteros y se alimentaron de la sangre de los mortales, mientras disfrutaban de bacanales de sexo y sangre. Pero los dioses más poderosos no aceptaron este comportamiento y enviaron a alguien para que les obligara a dejar esa forma de vida tan destructiva. Pazuzu aceptó y se disculpó por su comportamiento, pues deseaba regresar al panteón de los demás dioses, pero Lamashtu se negó y escapó de su marido. Creó un ejército propio de seres del inframundo a los que llamó gnols, mitad demonios y mitad humanos. Por otra parte, para asegurarse una descendencia que la adorase como a una madre, comenzó a convertir a algunas mujeres en vampiras como ella, salvajes como animales.

» Pazuzu se sintió desbordado y no tuvo más remedio que crear a su propio ejército, eligiendo a varios guerreros destacados a los que también transformó en vampiros. Además, contaba con la ayuda de poderosos aliados, los Agruth, demonios de menor rango que estaban a su servicio. Con tales huestes bajo su domino, se lanzó a la caza de Lamashtu y de sus descendientes, recorriendo cada rincón de Oriente para encontrarla.

» Cuando al fin dio con ella, la encadenaron y la enterraron en una profunda cueva. Junto a su cuerpo, también enterraron dos objetos para que jamás pudiera volver a despertar: una tabla de conjuros que la mantenía en un estado eterno de responso y la daga con la que Pazuzu la hirió y la debilitó, a la que se conoce como el Colmillo de Zhul.

» Nadie sabe dónde está enterrada y siempre será mejor que sea así, porque dicen que si alguien la molestase se alzaría otra vez y tendría mucho más poder del que tuvo en aquellos tiempos. Mientras tanto, la Guardia de Pazuzu nos encargamos de buscar y eliminar a las Descendientes que aún quedan por el mundo y que no dejan de multiplicarse año tras año, década tras década y siglo tras siglo.

—¿Qué pasó con Pazuzu? —preguntó Arnold.

—Cuentan que, una vez que hubo encerrado a su esposa, se escondió para dormir eternamente, lleno de tristeza por su pérdida —respondió Jure—. Aunque nadie lo sabe a ciencia cierta.

—Entonces, ¿esa Christal es una Descendiente de Lamashtu?

—Eso me dijo mi creador, que la siguió hasta aquí desde el norte de Francia.

—Pues cumplamos entonces con la misión y demos caza a esa puta del infierno —aseveró Paole, sonriente.

—Antes de eso, primero deberéis alimentaroscomo es debido —comentó Grando—. Vayamos al bosque y cazaremos un venado o un jabalí para alimentarnos de su sangre. Sólo cuando vuestros poderes de vampiro estén totalmente desarrollados, iremos por ella. También pasaremos por el pueblo y nos encargaremos de tranquilizar a los aldeanos. Debemos acabar con ella de una vez por todas.

Mientas planeaban cómo atrapar a la vampira, deambularon por la muralla y luego bajaron a una cercana arboleda en busca de presas. La noche estaba en su apogeo y una tardía luna llena comenzó a ascender en el horizonte, lo que otorgaba una visión aún más precisa de los alrededores del castillo y de los bosques cercanos.

Allí, oculta entre la floresta, se escondía una sombra de aspecto atractivo y frágil, que paseaba bajo las mortecinas ramas de los árboles de hoja caduca al acecho de alguien a quien enviar al fondo del lago de los muertos. Entretanto, también vigilaba que sus enemigos no dieran con ella, pues era consciente de que la buscarían. Tenía claro cómo hacerlo, huyendo de la comarca en la que había estado depredando durante los últimos dos siglos; pues sabía que era cuestión de tiempo que la encontraran, y no estaba dispuesta a convertirse en víctima de dos cazadores de hijas de Lamashtu.

Esa noche no. A ella no.

SOMBRAS EN ANAGA

Capítulo 1

l sudor perlaba la joven frente de Mateo, que corría a toda prisa por los pasillos de la sede del arzobispado de Sevilla, donde había terminado de cursar sus estudios como teólogo y exorcista. A pesar de su juventud, el sacerdote era uno de los más brillantes que habían conocido en la sede arzobispal, y no tenían duda alguna de que haría una carrera más que exitosa en la curia, ya fuera como cura o como exorcista, lo que le llevaría a convertirse, según decían algunos, en obispo en pocos años.

Pero a Mateo le preocupan poco los halagos que recibía, y prefería mantenerse con los pies en la tierra, consciente de lo difícil y dura que era la vida de los jóvenes sacerdotes, a los que siempre se les enviaba a difíciles misiones en América, África o a cualquier otra colonia del reino. De hecho, que el Arzobispo le enviara llamar con tanta celeridad, sólo podía significar una cosa: que necesitaban algún guía espiritual en a saber qué rincón del orbe terrestre.

Mateo Menéndez era un joven de veinticuatro años, alto, de complexión atlética, cabello castaño claro y unos ojos marrones de mirada profunda, pero tierna. En Sevilla, muchas jóvenes se preguntaban cómo alguien tan atractivo había decidido tomar el camino de la carestía, la pobreza y el celibato. Sin embargo, para él, la vida eclesiástica le llenaba más que cualquier otra labor que hubiera podido realizar.

Cuando llegó al despacho de su superior, se colocó la sotana con certeros movimientos, buscando la forma de presentarse de la forma más adecuada ante quien le había hecho llamar. Golpeó la puerta con los nudillos, con suavidad, y esperó que le ordenasen entrar. A continuación, una vez dentro del despacho, se encontró ante la imagen del Arzobispo, que leía con interés lo que parecía una carta que tenía desplegada entre sus manos.

—Buenas tardes, Mateo —dijo, sin levantar la mirada de la misiva—. Toma asiento, por favor.

—Buenas tardes, Su Excelencia —respondió con cortesía el sacerdote, haciendo caso a la petición de sentarse. Lo hizo en una silla ornamentada con lujo que estaba situada justo delante de la mesa del despacho, detrás de la cual estaba el Arzobispo.

Después de esperar un par de minutos en absoluto silencio, Mateo comenzó a impacientarse y a sentirse incómodo, un detalle que no pasó desapercibido para el anciano, superior jerárquico del joven.

—Disculpa, estaba leyendo con interés esta carta que acaba de llegarme desde la Diócesis Nivariense de Canarias —comenzó a decir—. Creo que podría interesarte el asunto en cuestión. —Le tendió la carta a Mateo para que éste la leyera a su vez.

"A Su Excelencia Reverendísima, el Arzobispo de Sevilla.

El motivo de mi carta es, en realidad, para presentar un informe sobre una cuestión que está creando mucha incertidumbre y temor en los habitantes de la isla de Tenerife, donde está asentada desde hace pocos meses la Diócesis de la que soy responsable.

Las gentes hablan de brujas y demonios, de supersticiones que asolan vidas de los recién nacidos, y que están provocando un caso extraño de histeria colectiva.

Ruego a Su Excelencia que tome cartas en este asunto y envíe cuanto antes a algún experto en las artes oscuras y el paganismo, con el fin de terminar de una vez por todas con esta locura masiva.

Atentamente, que Dios le bendiga.

Cristóbal Bencomo y Rodríguez
Obispo de la Diócesis Nivariense de Canarias"

Una vez que la hubo terminado de leer, la dobló de nuevo y se la devolvió al Arzobispo. Éste, como si esperase una reacción del joven, se dedicó a mirarle con expectación.

—¿Y bien? —dijo, después de esperar durante unos largos segundos.

—¿Bien qué, Excelencia? —respondió con otra pregunta Mateo.

—Creo que es evidente que deberías ir a Tenerife y ver qué ocurre, ¿no te parece? —reflexionó el Arzobispo.

—No sé, Tomás… —El joven cura sólo usaba el nombre de pila del Arzobispo cuando estaban en conversaciones de absoluta confianza. No obstante, el anciano había sido el mentor y maestro de Mateo durante muchos años—. No tengo la experiencia necesaria como para emprender una misión así.

—¡Bobadas, Mateo! —exclamó el viejo con una sonrisa, levantándose de su sillón y rodeando la mesa para acercarse al cura—. Eres el más avispado exorcista de esta Archidiócesis, y va siendo hora de que comiences a labrarte una reputación. No quiero que llegues a los cuarenta años siendo un simple párroco de pueblo.

—Pero, Tomás, no he realizado todavía ningún exorcismo completo. Sólo he atendido a locos y desquiciadas, que decían ver al demonio en copas de vino o en las llamas de las velas de su casa —replicó el joven.

—Precisamente por eso te mando a ti, mi querido aprendiz. Venga, prepara tu equipaje y prepárate para zarpar mañana hacia las Islas Canarias. —El Arzobispo ayudó a levantarse a Mateo y le dio una ligera palmada en la espalda, mientras le invitaba a abandonar el despacho—. Además, me han dicho que las islas son un paraíso terrenal.

Mateo no dijo nada más, pues era conocedor de la escasa paciencia de Tomás, y se limitó a sonreír por compromiso, ya que no tenía ninguna ilusión en realizar un viaje tan oscuro y misterioso como el que le iba a llevar hasta Tenerife.

* * *

Al día siguiente, cuando aún no había amanecido, Mateo se presentó en el muelle donde estaba anclada la goleta que le llevaría hasta las Canarias. Dicho dique estaba situado en pleno río Guadalquivir, dividiendo la capital hispalense en dos partes. El fondo fluvial era bastante profundo, y los barcos podían subir desde el Golfo de Cádiz hasta la ciudad sin problemas, y, a su vez, también realizar el tránsito contrario, con el fin de aparecer directamente en las aguas del Océano Atlántico.

El barco, a pesar de su condición, mostraba un aspecto sólido y robusto, con tres mástiles, lo que lo hacía algo mayor que sus hermanos más comunes. En este caso, dicha embarcación se usaba para el transporte entre Canarias y la Península, y no hacía demasiado tiempo que había sido construido, dado el cuidado aspecto exterior que mostraba, recién pintado en blanco y rojo oscuro.

Mientras Mateo se deleitaba con las elegantes líneas del barco, el capitán salió a su encuentro, descendiendo por la escalerilla de acceso a la nave.

—¡Buenos días, Padre! —le saludó el marinero.

El capitán del "Pardela" era un hombre no muy alto, pero de anchas espaldas y brazos como columnatas. Caminaba con cierta cojera, pero no parecía necesitar ningún punto de apoyo para poder realizar su vida en alta mar. Sus ojos, azules, brillaban como luceros, y su cabello, castaño claro, estaba enmarañado por el salitre y la falta de aseo personal. A ello le acompañaba una fea cicatriz en el pómulo izquierdo, producida por el corte de algún arma de filo.

—Buenos días, capitán —le devolvió el saludo Mateo—. Es temprano aún para navegar, ¿no le parece?

—¡Bah, para nada! —exclamó con sorna—. Debemos zarpar lo antes posible, así podremos coger la pleamar en cuanto lleguemos al delta y salir a mar abierto sin problemas.

—Entonces, imagino que no me dará tiempo de ir a desayunar nada en aquella tasca —dijo Mateo, señalando a un local que había al otro lado de la calle que bordeaba el muelle.

—¡Oh, sí! Vaya usted, Padre, que todavía tardaremos una hora en zarpar. Cuando vea usted que el cielo se aclara, venga usted, que es cuando iremos hasta las islas.

—¿Tardaremos mucho en llegar hasta allí? —preguntó el sacerdote, antes de marcharse a comer algo.

—Una semana, más o menos, dependiendo de la marea y los vientos que encontremos.

Mateo se despidió del marinero y se encaminó hasta la posada, de la que salía un intenso olor a pan recién horneado que abrió aún más el apetito del exorcista. Quería llenar el estómago en tierra firme por última vez, antes de pasar una semana en el mar, sin saber qué bocados iba a probar.

Capítulo 2

or suerte para Mateo, y para el resto de la tripulación, el viaje hasta Tenerife fue más cómodo de lo que esperaban. Sólo tuvieron dos días de un oleaje de considerables proporciones, pero que en ningún caso supuso un problema para la experimentada gente que manejaba la goleta. De hecho, el resto del trayecto estuvo marcado por un viento flojo pero constante, que impulsó el barco con tranquilidad hasta las costas de Canarias.

Apenas tardaron un día más de travesía de lo estimado, pero la visión de la silueta del Teide en la lejanía, hizo que Mateo sintiera una extraña sensación de encantamiento, mientras su vello corporal se ponía de punta. Tenía delante la montaña más alta de España, arrullada por un tranquilo manto azul del océano, irguiéndose majestuosa sobre el Atlántico.

El día estaba soleado, dado que estaban en pleno verano, y la llegada al puerto de Santa Cruz se hizo sin contratiempos, amarrando casi a mediodía, cuando el sol ejercía más presión sobre las cabezas de los avezados marineros y el aventurero cura. Aun con esto, una ligera brisa aligeraba la sensación de bochorno, lo que aliviaba bastante a los habitantes de la isla.

Mateo descendió de la goleta y caminó por el dique hasta el castillo adyacente, que era una antigua fortaleza edificada durante la época de la conquista de la isla, casi tres siglos antes. A las puertas de la misma le esperaba un joven monaguillo, al que distinguió por su sotana blanca.

—¿Padre Mateo Menéndez? —preguntó el chico, acercándose, mientras se limpiaba el sudor con un pañuelo.

—Sí, soy yo —respondió el cura.

—Bienvenido a Tenerife, señor. —El monaguillo, presuroso, ayudó al cura a cargar con sus fardos—. Mi nombre es Fernando, y seré su ayudante durante su estancia en la isla. —El adolescente no pronunciaba la "c" ni la "z", debido a la deformidad lingüística de los habitantes isleños, y apenas se notaba la "s" al final de algunas palabras. Este detalle le pareció curioso a Mateo, que se limitó a darle las gracias al muchacho y le siguió hasta el final de la dársena.

—Hace calor, ¿no? —preguntó el cura para romper el hielo e ir cogiendo confianza con Fernando.

—Aquí siempre está el tiempo así en verano, Padre —respondió, mientras se afanaba por evitar que se le cayeran los bultos que cargaba.

—¿Y cuándo comienza a hacer algo más de fresco?

—¡Buf, todavía queda! Estamos en agosto, y hasta finales de octubre todavía podríamos tener este solajero encima.

—Entonces, imagino que tendré que tener paciencia y refrescarme a menudo —comentó Mateo en tono jocoso.

—Para eso está el mar, Padre —sonrió Fernando—. Aquí Dios nos provee de todo, hasta del elemento con el que matar el calor.

—Y también de una hermosa tierra, por lo que veo. —El cura, una vez hubieron abandonado el muelle, se deleitó con la visión del verdor tropical de la zona, que contrastaba con el azul del océano.

Fernando se limitó a esbozar una sonrisa de aprobación y llevó a Mateo hasta la zona donde tenía amarrado un caballo y un asno, animales que usarían para subir hasta San Cristóbal de La Laguna, donde se asentaba la Archidiócesis, y que dependía orgánicamente de la de Sevilla. Cargaron a los dos animales con los bultos del cura y comenzaron a caminar, rodeando la Fortaleza de San Juan, para salir directamente al camino que ascendía hacia la villa lagunera.

—¿Tardaremos mucho en llegar, Fernando? —preguntó Mateo, que iba subido a lomos del caballo, un animal bien cuidado y de pelo color ceniza, con una crin negra, lo que denotaba su ascendencia de raza árabe.

—Pues llegaremos al anochecer, si paramos lo justo, Padre —contestó el joven—. Pero no se preocupe, que el camino está lleno de vegetación que nos dará sombra durante casi todo el trayecto.

—Espero que al menos podamos comer algo a mitad de camino —replicó Mateo.

—¡Por supuesto! Llevo queso, vino y pan en mis alforjas, además de un odre de agua fresca de la cumbre de La Orotava.

—Has venido bien preparado, por lo que veo.

—Faltaría más, Padre, y más teniendo en cuenta la misión que le ha traído hasta aquí. Va a necesitar todas sus energías disponibles para solucionar este asunto.

—¿Cómo sabes a lo que vengo? —El cura se puso pálido al escuchar al chico y su jovial tono para hablar de algo tan serio como el caso de las supuestas brujas.

—Aquí todo el mundo lo sabe, Padre —respondió Fernando—. Hace varios días que no se habla de otra cosa en la isla. Decían que iban a mandar a un exorcista e inquisidor desde Sevilla, y todos le estábamos esperando, a ver si usted soluciona… Bueno, ya sabe…

—¿Lo de las brujas?

—Sí, eso mismo.

—¿Sabes algo de ellas? —preguntó Mateo, que creyó conveniente empezar a investigar a través de su propio ayudante.

—Aquí todo el mundo sabe algo, Padre, pero nadie dice nada. —El rostro del chico, siempre jovial, con su piel morena y sus ojos negros, se ensombreció por completo—. Todo el mundo tiene miedo a esas arpías.

—¿Tanto poder tienen? ¿Cuántas son? —continuó interrogando el cura.

—Pues, no se sabe cuántas son, pero sí que tienen poder. Hay gente que dice que las han visto volar en escobas desde Anaga hasta Santa Cruz, y que en la noche roban bebés para beberse su sangre.

—¡Por Dios Santo, qué barbaridad!

—Sí, Padre, eso mismo pienso yo, pero a veces la gente también exagera. Al menos, eso es lo que dice mi maestro, el Obispo, Don Cristóbal.

—¿Tú has visto algo de esos rumores que se cuentan?

—¿Yo? ¡Qué va! Siempre estoy encerrado en la sacristía, preparando las misas, arreglando y lavando las ropas de Su Excelencia. Apenas salgo una vez al mes para ir a comprarle su postre favorito: quesadillas.

—¿Y alguien San Cristóbal de La Laguna ha visto u oído algo de esas brujas?

—Lo que se cuenta, es lo que la gente viene diciendo desde Santa Cruz o de Taganana.

—¿Nada más?

—Bueno, hay algo más, pero… —balbuceó el muchacho.

—Pero qué, Fernando —insistió Mateo.

—Olvídelo, Padre. Será mejor que se lo diga Su Excelencia.

Durante unos minutos más, mientras se adentraban en un sendero de fácil acceso, lleno de laurisilvas y palmerales que les daban sombra, Mateo siguió preguntando a su ayudante, pero éste apenas pudo aclararle nada más de lo que ya sabía. En tal caso, el cura decidió cambiar de tema y comenzó a preguntar sobre el Obispo y sobre la recién nombrada Archidiócesis de Canarias, que había sido trasladada desde Las Palmas de Gran Canaria apenas hacía un año.

Entre estas triviales conversaciones, Mateo tenía claro que debía indagar más entre los habitantes de la zona, y buscar la forma de encontrar pruebas sobre los supuestos casos de brujería, algo que dudaba que pudiera pasar.

Capítulo 3

espués de varias horas de viaje, llegaron a la sede del obispado, un edificio de estilo colonial muy bien adornado por fuera y por dentro. Los muros eran de roca sólida, y los tejados, de madera y teja, estaban custodiados por unos amplios balcones de fina carpintería, así como unos amplios ventanales.

El interior parecía una de las típicas casas coloniales que Mateo ya había visto una vez en unos grabados sobre las islas que conformaban las Antillas Españolas. Con su patio interior, en cuyo centro se encontraba un pozo de agua, unos jardines de buganvillas bien cuidados y varios pasillos en los laterales, custodiados por columnatas maestras, que sujetaban los pasillos de la parte superior del edificio.

Aunque era casi de noche, el sacerdote pudo distinguir con claridad la opulencia en la que se vivía en la sede, y no dudó un instante en entender que tal enjundia se debía a la dureza con la que aplicaban las bulas sobre los feligreses, además de obligarles a donar el diezmo, si querían conseguir la salvación eterna de sus difuntos familiares. En todo caso, el método no era nuevo para los ojos de Mateo, que estaba acostumbrado a ver actitudes semejantes en otras sedes repartidas por todo el reino.

—¡Padre Menéndez! —le saludó la voz del obispo, que salía de uno de los laterales superiores, saludándole con la mano—. Espere, que bajo. —Unos pocos segundos después, el orondo superior de Mateo bajaba unas escaleras de madera y se encontraba con el joven exorcista—. ¡Qué alegría verle por la isla!

—Muchas gracias, Su Excelencia —respondió Mateo, arrodillándose y besando el anillo pastoral—. El placer es mío, de haber podido venir a esta maravillosa tierra.

—No sabe usted lo que me alegra tenerle por aquí, joven —dijo el obispo—, pues hemos tenido muchos problemas últimamente con los rumores que corren por esta zona de la isla.

—¿Se refiere a lo de las brujas y demás? —Comenzaron a caminar hacia uno de los pasillos, mientras Cristóbal invitaba a Mateo a adentrarse en las entrañas del palacete.

—En efecto, hijo, a eso mismo me refiero.

—¿Han dado ya con las culpables de estos actos, o son sólo comentarios sin fundamento?

—No hemos conseguido que nadie confiese sobre ello, ni tampoco podemos constatar que sean verdad las habladurías del vulgo, pero tampoco podemos desecharlas sin más —comentó el obispo—. En esta tierra suceden cosas extrañas de vez en cuando, pero nunca las tomamos en consideración, hasta ahora.

»Si tenemos en cuenta las tradiciones del pueblo canario, muchos rituales fueron heredados de sus antepasados guanches, y no pasan de ser meros brebajes y ungüentos para curar dolores; algo inocente, si me lo permite. Pero, desde hace unos pocos meses a esta parte, ha habido comentarios sobre luces que viajan por el cielo en las noches de luna llena. Se cuenta que desaparecen niños recién nacidos de sus cunas, o que algunos hombres aparecen muertos entre los barrancos de la zona de Anaga.

»Como podrá imaginar, al principio no quisimos inmiscuirnos en estos acontecimientos, pero hace apenas dos meses nuestra sede fue atacada por estos rumores, y uno de nuestros monaguillos desapareció sin dejar rastro alguno.

»A los pocos días, unos pastores encontraron su cadáver desangrado en un lugar escarpado y de difícil acceso, al que los habitantes llaman El Bailadero, porque dicen que allí se hacen aquelarres y rituales de brujería. Fue entonces cuando decidí contactar con la Archidiócesis de Sevilla, de la que dependemos orgánicamente, para que nos enviasen a alguien que nos ayudase con todo este oscuro asunto.

—Entiendo, Excelencia —dijo Mateo, deteniéndose a pensar un poco, mientras se encaminaban hacia un habitáculo que parecía ser el despacho del obispo, dada su decoración—. ¿Y qué dice la Guardia Civil?

—Están investigando por su cuenta, pero con menos resultados aún que nosotros —respondió Cristóbal.

—Pues tendré que volver a Santa Cruz y ponerme a entrevistar a sus habitantes, a ver si averiguo algo.

—Me parece una buena idea, dado que usted es nuevo en la isla, y joven, además. Es posible que pueda ganarse la confianza de los isleños, si sabe moverse con la gente adecuada.

—¿Qué quiere decir?

—Verá usted, mi joven exorcista —comenzó a decir Cristóbal, usando un tono misterioso en la modulación de su voz, como si estuviera conspirando—, en esta isla, si no sabes moverte en ciertos círculos, es complicado que la gente hable. Por suerte para usted, tengo varios contactos en Santa Cruz que podrían ayudarle a comenzar con sus investigaciones. Se trata del párroco Cándido Sullivan, que es de Candelaria, y el alcalde de Santa Cruz, Don Patricio Anrán del Prado, que es muy amigo mío.

—Muchas gracias, Excelencia, por su inestimable ayuda. Como bien dice, hay que tener contactos para poder moverse de forma adecuada y dar en los puntos que haya que dar para encontrar a los responsables de todo esto.

—"Las", no "los". No olvide usted que son brujas.

—Sí, por supuesto, disculpe. Daré con las responsables —aseveró Mateo, poniendo especial énfasis en el artículo femenino y plural.

—No dudo que nos será usted de mucha ayuda, joven —comentó el obispo, dibujando una amplia sonrisa en sus labios—. Por favor, firme usted los papeles del informe que debo enviar a Sevilla, para comunicar que ha llegado sin contratiempos a la isla —le dijo, invitándole a sentarse delante de la mesa del despacho—. Con suerte, volverá usted en pocas semanas de nuevo a mi amada Andalucía.

—Espero que sea así, Excelencia —respondió Mateo, firmando

con una pluma y tinta en un enorme papel de color amarillento.

No sabía por qué, pero intuía que la empresa que se le presentaba por delante no sería tan fácil de resolver como esperaba el obispo.

Capítulo 4

espués de tres días en San Cristóbal de La Laguna, Mateo bajó de nuevo hasta Santa Cruz, acompañado de su ayudante, el inseparable y eficiente Fernando. El camino fue bastante duro, dado que el calor se hizo asfixiante, debido a una densa calima que trajo aire seco desde África y temperaturas más elevadas. No obstante, encontraron cierto resguardo en la densa vegetación del barranco por el que discurría el camino, lo que hizo un poco más llevadero el descenso.

Cuando llegaron a la ciudad, se encontraron con una plaza llena de puestos de venta, donde podías encontrar desde quesos hasta vino, pasando por diferentes frutas o elaborados bordados para adornar los muebles de las casas. Era un hervidero de actividad comercial, repleto de gentes de diferentes nacionalidades: ingleses, españoles, holandeses, franceses, portugueses, italianos…

Pero, entre todo el gentío, una figura femenina resaltaba ante los ojos de Mateo. Era una chica joven, cuyos cabellos, de color castaño oscuro, caían lacios sobre una hermosa espalda blanca, protegida por un amplio sombrero. Sus ojos eran azules, como el océano, y sus labios, carnosos y sonrosados, atrajeron la mirada de muchos de los transeúntes masculinos que había en el mercado. Su figura era esbelta, alta, e iba ataviada con un hermoso traje de palabra de honor de color blanco, y cuyo generoso escote aparecía anudado por un lazo rojo.

La luz del atardecer, reflejaba sus tonos ambarinos sobre ella, convirtiéndola en una visión bucólica de alguna deidad pagana, a la que Mateo estaba dispuesto a adorar, si ella se lo pedía. Las sombras de los toldos de los puestos jugaban como negros danzarines sobre su talle, haciendo que su paso pareciera etéreo a los ojos del joven sacerdote.

El cura pareció quedarse prendado al instante de la muchacha, y Fernando no pasó por alto el momento de turbación espiritual que pasaba por la cabeza de su nuevo jefe. De hecho, también miró hacia la chica y sonrió con cierta lascivia.

—Es hermosa, ¿verdad, Padre? —comentó el monaguillo, mientras daba un codazo suave a Mateo.

—A fe que lo es, cierto —respondió él, sin apartar la mirada de la muchacha que se movía entre los puestos a paso lento, observando todo el género que se vendía ante sus ojos—. ¿La conoces?

—¡Claro que la conozco! Todo el mundo la conoce. —Para aliviar los deseos carnales, Fernando extrajo el odre de agua de lomos de su asno y bebió un amplio trago—. Es Eliana, la hija del alcalde.

Mateo se mantuvo en silencio, sin expresar en voz alta los anhelos que la joven despertaban en él. De repente, se vio a sí mismo tumbado a su lado en una cama, besándola con ternura, mientras acariciaba cada poro de su piel y le susurraba palabras de amor eterno. Sentía algo parecido a un puñal que penetraba en su corazón, mientras su estómago giraba ciento ochenta grados y ponía patas arriba sus pulsaciones, haciendo que la sangre subiera hasta su rostro.

—Padre, tenemos que continuar —dijo Fernando, agarrando el brazo del cura—. Tenemos que llegar a la iglesia y hay que cruzar media ciudad para llegar a ella.

—Sí, continuemos —respondió en voz baja Mateo, saliendo de su estado de catarsis, a la par que la visión de Eliana desaparecía entre la gente.

Durante casi una hora, deambularon por las calles de Santa Cruz, hasta que alcanzaron la plaza donde se hallaba la Iglesia de Nuestra Señora de la Concepción. Allí les esperaba el cura Cándido Sullivan, amigo personal del obispo, y que iba a ser el encargado de ayudar a

Mateo en las labores de confesión de los feligreses, con el fin de dar con el paradero de las supuestas brujas.

El Padre Sullivan era un hombre enjuto de carnes, de apenas un metro sesenta de estatura. Tenía la cabeza cubierta por una fina pelusa blanca, y su rostro estaba marcado por los surcos que dejan los años. Poseía unos ojos hundidos y de color negro, y su tez morena denotaba que era un aficionado a la vida en el mar. De hecho, presumía de ser un gran pescador entre el populacho. Incluso, cuando sus obligaciones parroquiales se lo permitían, se marchaba con algunos de sus amigos a faenar en las aguas adyacentes a la zona sur de la isla.

Cuando Mateo lo vio, de pie delante de la puerta de entrada a la iglesia, pensó que estaba más cerca de la muerte que de la vida, y no pudo reprimir expresar su desagrado ante la visión de aquel hombre, poniendo un mohín de repudio, procurando que el sacerdote no le viese.

—Sea bienvenido, Padre Menéndez —dijo el anciano—. Espero que su estancia en nuestra humilde casa parroquial sea de su agrado.

—Muchas gracias, Padre Sullivan —fue la escueta respuesta de Mateo, mientras se bajaba de lomos del caballo que le había llevado hasta allí. Fernando lo imitó y también se apeó del asno, cargando con diligencia los fardos que portaban ambos animales.

Luego, mientras intercambiaban palabras banales sobre el inclemente tiempo, se adentraron en la casa adyacente a la iglesia, dejando atrás un mortecino cielo violáceo que presagiaba una noche de calor bochornoso.

Pocas horas después de haber llegado a la iglesia, a la mañana siguiente, Mateo recibió a la primera, y única, persona dispuesta a confesarse con él. Se trataba de una mujer anciana, de aspecto desagradable, que caminaba encorvada y vestía con un traje negro, al que acompañaba con un pañuelo del mismo color que le cubría la cabellera plateada de la vejez.

Tenía una fea cicatriz en la barbilla, y uno de sus ojos estaba tapado por un parche, como si fuera una pirata de los cuentos. Se apoyaba en un bastón para caminar, y parecía tener también dificultades para respirar.

—Buenas tardes, Padre. —El tono de su voz era ronco y grave—. He venido a hablar con usted sobre el asunto que le traído hasta Tenerife. —La mujer se sentó en un banco, sin esperar a llegar al confesionario.

—Bien, soy todo oídos, señora... —Se detuvo para intentar sonsacar el nombre de la vieja.

—Umpiérrez. Mi nombre es Petronila Umpiérrez —contestó ella.

—Bueno, pues cuénteme, señora Umpiérrez. ¿Qué quiere contarme? —Mateo se sentó a su lado, dejando un espacio prudencial.

—No vengo más que a advertirle, Padre. —comenzó a decir, poniendo el bastón sobre su regazo—. Será mejor que no busque cosas que son peligrosas para usted.

—¿Por qué motivo iban a ser peligrosas para mí, señora Umpiérrez?

—Porque hay cosas que es mejor dejar como están, Padre. No sabe usted dónde se está metiendo, y podría costarle la vida.

—¿Acaso sabe algo sobre esas supuestas brujas? —El sacerdote esbozó una media sonrisa, tomándose los argumentos de Petronila como una especie de amenaza infantil.

—De supuestas nada, señorito, que son muy reales. —La anciana dibujó una mueca de desagrado en su rostro, ofendida con el cura.

—Bien, y si son tan reales, ¿por qué es tan difícil encontrarlas?

—No sea usted tonto, ¿acaso cree que dejaría que las atraparan?

—Si tienen tanto poder, no sé a qué temen.

—Es usted cortito, Padre. —Puso una mano sobre la rodilla de Mateo, un gesto de condescendencia—. No son ellas las que tienen miedo. Se ocultan para mantenerse en el anonimato.

—¿Tan importante es eso para ellas?

—Tanto como seguir siendo las mujeres que dominen el norte de la isla. Llevan vidas normales, escondidas entre nosotros —susurró la anciana—, así que tenga cuidado, porque nunca se sabe quién puede ser una de ellas. Ahí es donde ellas tienen el auténtico poder.

—Entiendo, señora Umpiérrez. —Mateo la tomó de la mano con delicadeza—. Intentaré tener cuidado, se lo prometo.

—Más le vale, joven, o podría acabar muy mal. —Petronila se levantó y se volvió a apoyar en su bastón. A continuación, comenzó a caminar en dirección a la salida de la iglesia. Mateo la acompañó hasta la puerta.

—Si me lo permite, señora Umpiérrez, me gustaría preguntarle una última cosa —le dijo, mientras la ayudaba a bajar los tres escalones del pórtico—. ¿Sabe usted dónde se reúnen y cuándo?

—Todo el mundo lo sabe, Padre. —La anciana se giró y le miró desde su precaria posición encorvada—. En el Bailadero de Anaga. Que pase usted un feliz día.

Sin decir nada más, Petronila se encaminó hacia el lado norte de la plaza donde estaba la iglesia y se perdió entre una estrecha calle.

Capítulo 5

uando comenzaron a pasar los días, la impaciencia se apoderó de Mateo, que no lograba que nadie más confesara saber algo sobre las sombras que asolaban el ánimo de los habitantes de Santa Cruz. No hubo manera de sonsacar una sola palabra a ningún feligrés, y cuando decían algo, era para santiguarse y mentar a todos los santos, mientras susurraban palabras como "demonios", "brujas" o "vampiros".

Ante tal situación, el exorcista dudaba de su labor en la isla, y pensó enviar un mensaje a Sevilla, solicitando su sustitución o el abandono de las pesquisas. Sin embargo, prefirió esperar un poco más, con el fin de encontrar algo que no era precisamente relacionado con su labor sacerdotal. El motivo que le mantenía atado a la ciudad era bien diferente, y tenía que ver con sus paseos vespertinos, cuando caía el sol y salía al mercado a pasear. Dicha razón no era otra que Eliana.

Cada tarde, después de realizar la misa, salía por las calles en busca de su amor platónico. La observaba de lejos, mientras ella paseaba por los puestos y saludaba a la gente, que le hacían regalos prosaicos, como alguna manzana, un plátano o un vaso de agua fresca. Ella se detenía con cortesía y sonreía como sólo lo hacían los ángeles, o eso pensaba Mateo cuando la veía.

Fue en una de aquellas tardes cuando se cruzaron, y el encuentro resultó sorprendente para Mateo, pues no esperaba hallarla en otro lugar que no fuera el mercado. En esta ocasión, sin embargo, ella llegó hasta la propia puerta de la iglesia. En cuanto la vio, a Mateo le pareció que le fallaban las piernas y que un extraño mareo se apoderaba de su mente, haciendo que su visión se tornase borrosa durante unos instantes.

—Buenas tardes, Padre —dijo ella, con una voz que a Mateo le pareció escuchar una música celestial.

—Buenas tardes. —Disimuló su turbación dibujando una sonrisa estúpida y atusándose la sotana con ambas manos, como si limpiara un millar de migajas invisibles de pan.

—Soy Eliana y…

—Sí, se quién es, joven —la interrumpió él.

—¿Ah, sí? —Se acercó más a él, lo que aumentó la sensación ardiente en el alma del cura—. ¿Y de qué me conoce?

—Bueno… ehm… —Mateo intentó recomponerse, colocándose también el alzacuellos—. Es usted la hija del alcalde, ¿no es así?

—Sí, en efecto. —Sin esperar a que la invitaran, Eliana pasó por delante del cura, a escasos centímetros de éste, y se adentró en la capilla—. He venido a confesarme, Padre.

—¿A confesarse? —Poco a poco, Mateo fue recuperando la compostura, a pesar del fresco olor a flores que desprendía la joven, un detalle que detectó en cuanto pasó por su lado.

—Sí, Padre. Hace bastante que no lo hago, y creo que ya me toca.

—Entiendo. Bien, bien… —balbuceó—. Pues nada, pase por aquí, por favor.

El joven la guió por el amplio pasillo que estaba a su derecha y la llevó directa hasta el confesionario. Se colocó en su puesto y abrió el ventanuco que daba lugar a la celosía que separaba a pecadora y confesor. Pronunciaron las palabras protocolarias habituales y Eliana comenzó con su testimonio.

—Padre, sé que está usted buscando a las brujas de Anaga —dijo de golpe, sin miramientos ni más preámbulos.

—¿Sabes algo de este asunto, hija mía? —Mateo se sorprendió por la repentina sinceridad de la joven. Si bien era cierto que la confesión era precisamente para eso, no era normal encontrar a alguien con tal determinación a llevarlo a cabo.

—Sí, sé muchas cosas —continuó ella—. Quizá demasiadas.

—¿Y qué es lo que sabes?

—Para empezar, sé dónde se reúnen cada luna llena. Conozco a algunas de las mujeres que se dan cita en cada aquelarre.

—¿Podrías llevarme a sus hogares para interrogarlas?

—Eso no podrá ser, Padre —respondió Eliana—. Si se enterasen que las he delatado, me echarían encima algún hechizo, y a mi familia también.

—Pues, dime entonces en qué lugar se congregan —insistió el cura.

—Hay un lugar, en el macizo de Anaga, al que llaman el Bailadero. Allí las encontrará usted en la próxima luna.

—Pero eso ya me lo había contado el obispo antes, y una señora que estuvo por aquí el primer día, una tal Petronila Umpiérrez.

—¿Doña Petronila estuvo aquí? —Eliana abrió los ojos como platos, sorprendida.

—Sí, hace unos días —Mateo se fijó en su reacción y pensó que podría obtener algo más que especulaciones—. ¿La conoces?

—Sí, claro que la conozco. Todo el mundo sabe quién es.

—¿Y bien?

Eliana se levantó de pronto.

—Tengo que irme —dijo, mientras intentaba abandonar el confesionario.

—¿No tienes más información? —insistió Mateo.

—Por ahora, no, no la tengo. Pero, por favor, Padre, tenga usted mucho cuidado cuando vaya allá. —La voz de la chica se tornó suplicante, como si un terror invisible la atenazara.

—¿Por qué? ¿Qué podría pasarme? —preguntó Mateo con curiosidad.

—Hágame caso, se lo imploro. —Eliana abrió la puerta del confesionario. Sin embargo, antes de marcharse, se giró de nuevo hacia la celosía—. Esas mujeres son auténticos demonios, Padre, se lo advierto.

—Eliana… —intentó continuar Mateo.

Pero era demasiado tarde. Cuando se asomó fuera del cajetín, sólo pudo observar cómo la hermosa chica salía de la iglesia a toda velocidad, como si huyera de algo.

Capítulo 6

ateo envió una carta a Sevilla y solicitó autorización para investigar la zona que le habían indicado, ya que todas las pistas –pocas por otra parte– le llevaban al mismo sitio: el Bailadero de Anaga.

Durante varios días, mientras esperaba la respuesta, siguió viendo a Eliana, cada tarde, en la iglesia. De pronto, era como si la joven desease hablar con el cura del asunto de las brujas, y no tardó en comentarle algunos rumores más sobre lo que se contaba que hacían las hechiceras en el macizo.

Cuando ya habían entablado cierta confianza, y el confesionario se volvió innecesario para sus conversaciones, el sacerdote decidió invitar a Eliana a pasear por las calles adyacentes a la iglesia, aprovechando que la temperatura estival se había suavizado y la brisa marina del alisio acariciaba la piel de los habitantes isleños.

—¿Por qué te fuiste corriendo el otro día? —le preguntó Mateo, intrigado por la misteriosa huida de la chica, el primer día que acudió a confesarse.

—Bueno, Padre... —dudó unos instantes—, es que me sentía algo incómoda con la conversación, y tenía miedo de hablar más de la cuenta.

—Sin embargo, has regresado cada tarde en estas dos semanas, y has continuado diciéndome cosas sobre esas brujas —respondió él, deteniéndose delante de un banco de madera, a la sombra de un frondoso árbol de laurel de Indias, e invitando a su acompañante a tomar asiento.

—Y, si usted me permite, me gustaría seguir viniendo cada tarde —dijo ella.

—Por favor, faltaría más. Por supuesto que puedes venir cuando lo desees, Eliana.

—Es que, Padre... —balbuceó la joven. Parecía turbada, y bajó la mirada al suelo, mientras comenzó a juguetear con un pañuelo blanco que llevaba en las manos.

—Cuéntame, hija, ¿qué te ocurre? —preguntó él, preocupado por la sombría expresión en el hermoso rostro.

—Temo por usted, por su seguridad —susurró ella, como si sospechara que la escuchaba alguien.

—No pasará nada, Eliana, te lo aseguro.

—Es que hay algo que debe usted saber. Esas brujas tienen poderes malignos, y los sacan de la sangre de sus víctimas.

—¿Qué quieres decir? ¿Qué tipos de poderes podrían abarcar esas malnacidas?

—Matan bebés, Padre, y hasta hombres, con los que copulan para quedarse embarazadas, y así usar a los niños en sus rituales. Yo misma he visto cómo se bebían la sangre en cuencos de madera y hueso. —Los ojos azules de Eliana se abrieron de par en par, mirando a Mateo, y mostraron un miedo estremecedor.

—¡Es horrible! —exclamó él con estupefacción—. ¿Cómo es posible que puedan hacer esas cosas? ¿Y cómo es que pudiste presenciar semejante aberración?

—Vera, Padre. En lo alto del macizo hay una casucha antigua, hecha de piedras y con techo de tejas, en el que vive una vieja curandera, a la que usted ya conoce. Fui una tarde a buscar un brebaje para mi abuela, que padece de los huesos, y, mientras esperaba que me dieran el bebedizo, pude ver de lejos cómo preparaban su fiesta diabólica.

»La noche se acercaba, y contemplé cómo se desnudaban y comenzaban a bailar alrededor de una hoguera. De pronto, en los brazos de una de las brujas, vi un niño pequeño, también desnudo. Al principio pensé que sería su hijo, pero me quedé de piedra con lo que hicieron un segundo después. —Hizo una pausa, intentando tomar aire y armarse de valor para contar qué había presenciado aquella noche—. Lo tumbaron sobre un altar de madera y se lanzaron sobre el cuello del pequeño, y cuando se apartaban de él, vi cómo tenían la boca llena de sangre.

»En cuanto la vieja me dio el tónico, salí corriendo de allí, sin mirar atrás, llorando y enrabietada, pensando en la pobre criatura que habían matado esas arpías del infierno.

—¿Y no las denunciaste?

—No, Padre. Estaba muerta de miedo.

—Entonces, tendré que ir acompañado hasta allí por la Guardia Civil, por si fuera necesario el uso de la fuerza para arrestarlas —comentó Mateo, haciendo gala de una determinación inquebrantable.

—Ellos no irán con usted —apostilló Eliana—. También tienen miedo de las brujas.

—¡Pues iré solo si hace falta! —se indignó el cura.

—Por favor, Mateo, no vayas. —Ella se atrevió a tutearle por primera vez, mientras cogía las manos del cura y las colocaba entre las suyas, con una ternura que rompió en mil pedazos su impenetrable escudo de valentía. Se sintió turbado y ruborizado, pero bendijo el momento para sus adentros—. Podrían hacerte mucho daño, créeme.

—Eliana, hija mía —dijo él, mirándola con ojos enamorados—. Es mi deber hacerlo. Soy exorcista, y esa es mi labor, atacar al demonio y echarlo de la vida de las almas piadosas.

—En ese caso, si tan decidido estás, procura entonces no entrometerte, a menos que de verdad creas que puedes detenerlas —comentó ella, acercándose más al rostro del joven sacerdote—. Prométemelo, por favor.

—Te doy mi palabra. —Él también se acercó más, hasta que sus labios casi se rozaron.

Las sombras del laurel de Indias jugaron en el rostro de ambos, hasta que un haz de luz tardío, dorado, brilló sobre el beso que estaba a punto de sellarse entre ambos.

De pronto, una voz lejana, que provenía desde el otro lado de la plaza, rompió el mágico momento de un amor imposible. Era Fernando, que apareció a la carrera, llevando un sobre lacrado en una mano, la cual agitaba en el aire, diciendo:

—¡Padre, ya ha llegado la respuesta de Sevilla!

Mateo y Eliana se miraron y sonrieron, dejando que un rubor imparable subiera por sus mejillas.

* * *

—¡No lo puedo creer! —gritó Mateo, indignado, ante la presencia del obispo de La Laguna—. ¡Me deniegan continuar con la investigación!

El exorcista había recibido la carta de la Archidiócesis de Sevilla, donde le instaban a cesar de inmediato en su labor y regresar a la Península. Al parecer, consideraban que los rumores sobre las brujas se debían a cultos paganos, de origen guanche, y que decían que nada tenían que ver con el Maligno.

—Calmaos, mi joven amigo —dijo Cristóbal—. A veces debemos obedecer las órdenes que nos dan, aunque no las entendamos.

—¡Pero esas mujeres están matando niños, e incluso hombres! —Mateo sacudía la mano donde aún tenía la carta, señalando con vehemencia hacia el nordeste, al Bailadero de Anaga.

—Bueno, eso no lo sabemos con seguridad. El hecho de que apareciera el cuerpo de Teodoro en el barranco, no indica que ellas sean las culpables.

—¡Vamos, Excelencia! ¿De verdad va a hacer usted también la vista gorda?

—Creo que es mejor no remover ciertas cosas, hijo mío —dijo el anciano, levantándose de su sillón y acercándose a Mateo—. Si en Sevilla dicen que lo dejemos así, entonces será mejor hacerles caso y que regreses cuanto antes.

—¡No puedo irme así como así!

—Entiendo. —El obispo puso una mano sobre el antebrazo del cura y le invitó a acompañarle fuera del despacho—. ¿Tiene algo que ver tu actitud con la relación que mantienes con Eliana Anrán?

De repente, el semblante de Mateo cambió por completo, y sus gestos de indignación dieron paso a una expresión de sorpresa. Si había algo que no quería, era que nadie supiera que estaba enamorado de la joven y hermosa hija del alcalde de Santa Cruz.

—Sólo soy su confesor, Excelencia —respondió con aplomo.

—Lo sé, lo sé, hijo, tranquilo —dijo Cristóbal—. Pero me han llegado rumores de que sientes algo por ella. ¿Es cierto?

—No le negare que me parece una dama de una hermosura angelical, pero procuro ser discreto y respetuoso en mi comportamiento hacia ella.

—Entonces, es cierto que te has enamorado —comentó el obispo, mientras dibujaba una sonrisa en su orondo rostro.

—Excelencia… —intentó replicar Mateo—. Yo no…

—¡Vamos, descuida! Te aseguro que no voy a entrar en ese asunto. Además, no serías el primer cura con una amante.

—¡Por favor, no! —exclamó el chico—. ¡Jamás haría tal cosa!

Cristóbal hizo un gesto con la mano, desechando el último comentario de su subordinado y se carcajeó con una estentórea risa, algo que molestó a Mateo, pero a lo que decidió no replicar. Luego, mientras caminaban por el patio del palacete, el anciano le detuvo antes de abandonar el edificio para volver a la ciudad.

—Te daré tres días, hasta que haya luna llena, para que termines con tu labor. Por mi parte, diré que no te encontré en todo este tiempo y no pude avisarte de que debías regresar. Pero te advierto una cosa, Mateo, ten mucho cuidado a quién entregas tu amor, hijo.

Sin esperar ninguna respuesta, Cristóbal empujó con suavidad al cura fuera de la puerta y le invitó a que partiera cuanto antes de regreso a Santa Cruz.

Capítulo 7

a luna llena ocupaba todo el horizonte marino, mostrándose con un extraño y premonitorio color rojizo sobre el mar. Parecía que el propio océano fuera marcado por un rastro gigante de sangre   , que comenzaba más allá de la visión de Mateo.

Durante toda la noche anterior, y el día correspondiente, apenas había podido pensar en otra cosa que no fuera su misión. En el transcurso de aquella misma tarde había estado esperando ver a Eliana de nuevo, pero lo cierto es que desde que había regresado de La Laguna no había vuelto a verla, y de eso hacía ya tres días.

La primera tarde no dio importancia a su ausencia, y se limitó a continuar con su trabajo, preparándose para enfrentarse a las brujas. Luego, la segunda tarde, ella tampoco apareció, así que se preocupó por su ausencia. Sin embargo, Fernando le dijo a Mateo que la había visto esa misma mañana, paseando por el mercado, sonriente, como siempre. Esta noticia calmó la preocupación del cura, pero sólo en parte.

¿Qué había pasado, para que de repente dejara de visitarle? ¿Acaso tendría algo que ver el amago de beso que estuvieron a punto de darse? Sea cual fuera la respuesta, Mateo la desconocía, y la incertidumbre le consumía el alma, que anhelaba volver a sentir de nuevo el tacto, el olor y la visión de Eliana.

En todo caso, decidió centrarse en su misión de cazar a las brujas vampiras de Anaga, y procuró que sus sentimientos de amor no interfirieran en su concentración, pues consideraba que podría resultar fatal para él, si no era capaz de guardar toda su fe para enfrentarse a un exorcismo de semejante envergadura.

Se colocó una capa negra alrededor de los hombros y echó la capucha sobre su cabeza. Cargaba con un pequeño petate sobre la espalda, donde llevaba agua bendita, un crucifijo de plata, el libro de exorcismos, una pequeña biblia vulgata y algo de comida y agua potable para el camino.

Fernando estaba esperándole en la puerta de la iglesia, agarrando al caballo de Mateo por las riendas y sujetando el bocado de su asno con la otra mano. También parecía ir preparado para acompañar al cura en esta oscura aventura.

—No, Fernando, esta vez iré solo —dijo Mateo, mientras se subía a lomos de su fabuloso y bien cuidado bayo.

—Pero, Padre, es demasiado peligroso que suba usted solo por ese barranco —replicó el adolescente.

—No discutas, por favor. Quédate aquí y espérame mañana al alba. Si no he regresado, avisa al Obispo y a Eliana —le ordenó Mateo.

Luego, sin dar tiempo a más réplicas del chico, el exorcista cabalgó por las calles de Santa Cruz, rumbo al Bailadero de Anaga, a la par que la luz de la luna llena abandonaba su tono sanguinolento para volverse plata fundida en el cielo.

Mientras la diosa Selene reinaba en un manto negro, varias sombras la cruzaron en el cielo, sobrevolando la ciudad, haciendo oír sus estremecedoras risas.

* * *

Durante el trasiego por el barranco de Anaga, Mateo pudo comprobar que la luz de una hoguera se alzaba en lo alto del macizo, y dedujo que tenía que ser de unas dimensiones considerables, pues era bastante visible, a pesar de la distancia que aún le separaba de llegar a su destino.

En cualquier caso, agradeció también la luz de la luna, que le ayudaba a caminar sin trastabillar por el camino. De hecho, hasta el caballo parecía estar cómodo con la escasa luz argéntea que caía sobre sus cabezas.

De la boca de ambos salía un halo de respiración constante, lo que denotaba que la temperatura estaba bajando de forma considerable, y esto obligó a Mateo a arrebujarse aún más bajo su capa, mientras el caballo resoplaba cada cierto tiempo, aun sin estar demasiado cansado.

Estuvieron caminando por los caminos de pastores durante dos horas más, hasta que casi habían alcanzado la cima de la colina. Fue en ese momento cuando el animal decidió no continuar, y se negó en redondo a continuar avanzando. Por más que lo intentó, Mateo no logró que el caballo se moviese, así que terminó por apearse de lomos del alazán y tirar de las riendas con fuerza. Ni aun con esas, el bayo se movió un centímetro más.

—De acuerdo, tú mandas, animal cabezota —dijo Mateo en voz alta—. Te ataré a un árbol y me esperarás aquí hasta que regrese. —Se dirigió a él, señalándole con un dedo acusador que agitaba ante el hocico del caballo—. Como se te ocurra dejarme aquí tirado, te vas a enterar.

Dio dos palmadas a los cuartos delanteros y comenzó a ascender a pie el tramo que le quedaba para llegar hasta la cima. Para lograrlo, se ayudó de un cayado que llevaba consigo, regalo del obispo, y no tardó demasiado en alcanzar su objetivo.

Cuando la luna estaba en su cénit, Mateo pudo escuchar más de cerca las voces de las brujas, que cantaban palabras que él no entendía. Se escondió detrás de una enorme piedra y se asomó con cautela, observando el dantesco espectáculo que se le presentaba ante sus ojos.

Varias mujeres, desnudas, danzaban al compás de un son que escapaba al entendimiento del cura. Eran todas chicas jóvenes, que no superaban los veinte años. Sus cuerpos, iluminados por un enorme fuego de más de cinco metros de altura, se contorneaban como sierpes lascivas, despertando el instinto del pecado carnal en la mente de Mateo.

«Céntrate, por lo que más quieras. No caigas en la tentación de Lucifer», pensó para sí.

Se aventuró a acercarse un poco más, escondiéndose detrás de otra piedra que estaba más cercana al llano donde se producía el aquelarre, y se detuvo a mirar con más detenimiento qué hacían las brujas. Sobre todo, buscaba pistas que indicaran que los rumores de su supuesto vampirismo eran reales. Pero, por mucho que indagó con la mirada, no encontró ninguna prueba de las acusaciones que había escuchado en labios de Eliana.

De pronto, varias sombras pasaron volando sobre su cabeza. Al principio, no pudo distinguir de qué se trataba, hasta que dichas figuras aparecieron en el claro. Eran cuatro brujas que, montadas sobre sus escobas, se unían a sus compañeras. Fue entonces cuando sus ojos contemplaron la visión más monstruosa que pudiera imaginar.

No era capaz de distinguir los rostros de las recién llegadas, pero portaban en sus brazos a dos niños de apenas un año, a los que mantenían atados de brazos y piernas, colgando boca abajo. Además, para su estupor, un joven zagal también había sido llevado hasta allí. Le habían desnudado y también le tenían atado a una vara de caña. Cuando le acercaron a la hoguera, Mateo no pudo reprimir un alarido de ira y rabia.

—¡Fernando! —exclamó a voz en grito, saliendo de su escondite—. ¡No!

De pronto, cuando corría a ayudar al chico, sintió un golpe en la nuca y cayó en una oscuridad insondable, profunda como el abismo del que debían proceder aquellos demonios.

* * *

Mateo abrió los ojos poco a poco, sintiendo un lacerante dolor en el costado izquierdo. Su cabeza le daba vueltas, y le costó un poco cambiar las sombras que inundaban su mirada por figuras nítidas.

Comprobó que estaba desnudo y también atado a una gruesa estaca de madera. Intentó zafarse de sus ataduras, pero le fue imposible, y sintió un extraño mareo y un sudor frío que bajaba por su frente. Además, notaba que algo líquido se movía por sus muslos. Agachó la mirada y ahogó un grito de terror.

Era su propia sangre.

De su costado, imitando la herida de Cristo en la cruz, salía el líquido vital, que era recogido en un enorme caldero de madera que estaba colocado a sus pies. Alzó de nuevo la vista y vio a varias de las brujas, que introducían sus copas de oro en dicho caldero y se bebían la sangre de Mateo.

Sus miradas eran como las de un lobo, con el iris verde, y sus sonrisas estaban adornadas por dos colmillos de enormes proporciones.

—Tendrías que aprender a hacer caso a las advertencias, cura— dijo una de las brujas, que estaba situada a su espalda.

—¡Perras del infierno! —gritó el exorcista con las pocas fuerzas que le quedaban.

—Se te aviso de que no vinieras hasta aquí, pero tenías que insistir, ¿verdad, Padre? —La bruja escupió la última palabra con más que notable repulsión. La voz le era familiar, aunque no sabía situarla en un lugar concreto de su mente, aturdida por la debilidad.

La mujer terminó de rodearle y se puso delante de él. Iba desnuda, como todas sus compañeras, y sus ojos de vampira le miraban con asco, mientras en su boca esbozaba un mohín de desdén hacia él. Sin embargo, a pesar de su aspecto, Mateo la reconoció al instante.

—¡Eliana! —gritó, comenzando a llorar con desconsuelo—. ¡Tú no!

—Te lo advertí, Mateo, y mira qué me has obligado a hacer — dijo ella, mientras cogía una copa y la llenaba con la sangre del sacerdote—. No podías dejar correr el asunto y volver a tu maldita iglesia.

—Por favor, Eliana… —suplicó él, entre lágrimas de desesperación—. Mátame si eso es lo que queréis, pero soltad a los niños y a Fernando.

De pronto, las brujas comenzaron a reírse sin tapujos, a carcajada limpia. Unas risas impías y diabólicas que sonaban sobrenaturales.

—¿No lo entiendes, cura? —dijo ella—. Nosotras somos las dueñas de la isla, y siempre haremos lo que nos dé la gana, mientras eso nos mantenga jóvenes para siempre. Esos niños, y tu pequeño ayudante, sólo han sido nuestro aperitivo. Tú serás el postre.

Sin mediar más palabras, Eliana se lanzó sobre el cuello de Mateo y succionó hasta la última gota de sangre que aún quedaba en las venas del exorcista. Mateo sintió que los colmillos se clavaban con fuerza en su cuello y le arrebataban la vida poco a poco, de forma inexorable. Observó que una luz rojiza se le aparecía ante sus ojos y dibujó una leve sonrisa en sus labios. Esperaba que las puertas del Edén se abrieran ante su alma.

Pero estaba equivocado.

Un abismo de lava incandescente se apareció ante su presencia, y provenientes de allí, un sinfín de demonios volaban hacia él, agarrándole por las piernas, los brazos, el cuello y el torso. Intentó zafarse de las innumerables manos que le atenazaban y le arrastraban al Infierno, pero fue un esfuerzo inútil.

Todo había acabado para el exorcista.

* * *

Cuando el aquelarre acabó, las brujas comenzaron a disolverse y volaron de regreso a sus falsas vidas. Amas de casa, costureras, aparejadoras de redes, etcétera; el grupo era de lo más heterogéneo. Sin embargo, Eliana, que estaba cubierta por una larga túnica negra, se quedó allí, observando cómo ardían los cuerpos de las víctimas de esa noche.

Mientras estaba allí, de pie, alguien apareció por detrás y se le acercó sigilo.

—Tenga cuidado, obispo, o correrá usted la misma suerte que su amigo —advirtió ella sin girarse.

—¿Cuándo acabará esto, Eliana? —dijo él, llegando a su altura y mirando también las llamas, que seguían ardiendo con fuerza.

—Nunca, Cristóbal, y más te vale continuar colaborando, como has hecho hasta ahora —replicó ella, mirándole de soslayo.

—Así se hará, mi señora —fue la lacónica respuesta del obeso obispo.

—Ya puedes ir escribiendo otra carta a Sevilla para que manden a otro inútil como este.

—¿Por qué? ¿Acaso no tienes suficiente con lo que hay en la isla? —discutió Cristóbal.

La bruja se giró de golpe y le agarró por el cuello, alzándole varios centímetros del suelo.

—¡Ten cuidado, viejo gordo! ¡Soy yo quién impone las leyes aquí, no lo olvides! —le gritó, para volver a bajarlo de nuevo y tirarle contra el suelo. Se volvió a continuar mirando la hoguera—. Lo hago para satisfacer la venganza de mi maestro, Belcebú, contra aquellos que le vilipendian. Él quiere exorcistas e inquisidores, que nos han estado persiguiendo durante siglos y siglos. Nosotras somos sus concubinas y amantes, y eso es justo lo que le entregaré por toda la eternidad. ¿Te ha quedado claro?

—Se hará como digas, mi señora.

A renglón seguido, Cristóbal se levantó y abandonó el claro a todo correr. Cuando llegó hasta donde estaba su caballo, se percató de algo que le hizo romper a llorar de forma convulsa. Llevaba la sotana manchada de algo pastoso y maloliente que bajaba entre sus piernas.

VIAJE
SIN
RETORNO

Capítulo 1

Cuaderno de bitácora de "El Guerrero"
Capitán Juan del Toro y Mayor
22 de Mayo de 1824
Isla de Gorea, costa occidental de África

s mi primer viaje capitaneando un barco de esclavos. Hemos llegado a esta pequeña isla antes del amanecer y me sorprende lo minúscula que es, con sus apenas ochocientos metros de largo y trescientos de ancho. Tiene un pequeño puerto y tuvimos que esperar para amarrar la nao hasta que otro navío holandés nos cediera el puesto en la ensenada. Ha sido una maniobra dificultosa, ya que este lugar está repleto de barcos que han venido a realizar la misma labor que nosotros

Según el albarán de entrega que recogí en Cádiz, debemos llevarnos a trescientos esclavos a la Florida y venderlos a dos terratenientes americanos. He escuchado historias de motines a bordo de otros barcos como este, así que he contratado a veinte mercenarios, antiguos infantes de marina, para que mantengan la seguridad mientras navegamos al otro lado del océano. Previamente nos detendremos en el puerto de Las Palmas para cargar los alimentos y agua necesarios para cruzar tan vasta distancia.

Ahora desembarcaré y echaré un vistazo a este sitio tan peculiar. Espero disfrutar del clima y comprar algo bonito para mi hermosa

Irene, a la que echo mucho de menos y que espero volver a verla dentro de unos meses, cuando regrese a mi tierra gallega.

Los muros de color terracota recibieron al capitán en la conocida Casa de los Esclavos. Las instalaciones eran inmensas y en ella se hacinaban varios centenares de especímenes humanos que provenían de regiones interiores del continente africano. La mayoría estaban en un estado lamentable, famélicos y enfermos, y deambulaban en largas cadenas de un sitio para otro bajo el restallido incansable de látigos de sus captores, tan negros como ellos mismos. Caminaban arrastrando los pies desnudos y no levantaban la cabeza ni para mirar al oficial español que se cruzaba con ellos para dirigirse a la oficina de registro del puerto.

Juan del Toro era un joven espigado, delgado y fibroso, de pelo corto castaño oscuro y ojos marrones. Llevaba puesto un atuendo poco usual en aquellas latitudes, más parecida a la de un militar que a la de un marino mercante, con una casaca larga de color negro, botoneras de hilo de plata y camisa blanca con chaleco negro. También vestía pantalones de media pierna de color azul marino, calcetines altos de color blanco y botas altas lustrosas y brillantes. No obstante, había servido en la Armada Española como alférez de navío y se había graduado en la Escuela de Guardamarinas de Ferrol como topógrafo y estratega naval. No era extraño que mantuviera esas formas castrenses para realizar su primer trabajo como civil, después de haber sido expulsado del ejército por insubordinación y conducta indecorosa; había mancillado el honor de la hija de un almirante en una fiesta oficial.

Después de varios meses en tierra, le surgió la oportunidad de capitanear al "Guerrero", uno de los barcos de esclavos más populares de la flota española, conocido por su tamaño y la capacidad de carga, de las más altas de los mercantes que iban y venían de África a América. Era una labor peligrosa y requería de pericia en el manejo de tripulaciones conflictivas, y saber controlar una carga más beligerante de la que ningún capitán se podía imaginar. Llevar a personas encadenadas, desnudas y en condiciones deplorables durante más de dos mil millas, no era un trabajo para almas cándidas.

Juan no estaba a favor de la esclavitud, pero tampoco ponía objeciones a realizar esa tarea. Nunca se planteó si estaba haciendo algo bueno o malo, sino que tenía la convicción de que el mundo era así por imposición histórica y nadie podía hacer nada por cambiarlo. La humanidad estaba llena de casos en los que unos imperios dominaban a otros y la esclavitud siempre formó parte de la grandeza y caída de los mismos. Además, el sueldo que iba a recibir —del cual ya había recibido un generoso adelanto— superaba con creces lo que podía ganar un oficial de alto rango durante varios años de servicio en la Armada Española. Por delante le quedaba un viaje en el que podría enfrentarse a revueltas en el barco, tormentas inesperadas, piratas o corsarios, y por último, un motín de la tripulación.

Nadie le habló del mayor de los peligros a los que se tendría que enfrentar.

La costa africana, además de proporcionar esclavos a los acaudalados europeos y colonos de América, también era famosa por suministrar especias, cacao y otras variedades de frutas y hortalizas que no se veían en otros continentes. Sin embargo, también había exportado la cultura, las creencias y las supersticiones de los nativos que se habían desperdigado por medio mundo. Contra eso, a pesar de que se había intentado de muchas formas, nada se podía hacer. La evangelización no terminaba de calar en las mentes de los esclavos, así como tampoco aceptaban el destino cruel que les mantenía encadenados a señores sin escrúpulos y que los trataban peor que a animales.

Entretanto se abría un crisol de actividades en los alrededores de la fortaleza, Juan registró su llegada en el cuaderno de bitácora del puerto y entregó el albarán con la mercancía que reclamaba. La oficina estaba atestada de marineros y oficiales de diferentes nacionalidades, que esperaban para que les atendieran. El funcionario del puesto que le tocó en suerte era un tipo de piel morena y barba descuidada, le miró con resquemor y analizó el documento con atención. Cuando estuvo conforme con el contenido, puso un sello de lacre en la parte inferior del mismo y se lo entregó de regreso al capitán.

—Son mil doscientos reales de oro —dijo el mal encarado trabajador en un castellano casi perfecto, pero con marcado acento portugués.

—Aquí tiene. —Juan sacó un fajo de billetes de pesetas que equivalían al coste que le había dado por la venta de los esclavos.

—Si va a pagar en pesetas, entonces tendrá que esperar a pasado mañana —aseveró el registrador.

—¿Eso por qué? —preguntó Juan, molesto por la actitud de su interlocutor.

—Para que el banquero dé el visto bueno en Dakar. El dinero de curso oficial se tiene que blanquear en la sucursal de cada país.

—¿Tardará mucho en realizar la operación?

—Llevará un par de días —explicó el funcionario—. Hay que ingresar el dinero en la cuenta de la empresa, luego hay que darle curso legal y luego cambiar el albarán por otro en el que figure una carga "legal" —puso énfasis en la última palabra.

—Entiendo —comentó Juan con resignación—. Vendré pasado mañana entonces para que me entreguen el género y firmar la autorización de salida.

El registrador tendió un recibo de pago al oficial y éste se giró para marcharse de un lugar tan estresante. Acto seguido salió de la oficina, sin despedirse del cretino que le había atendido, y se dejó llevar por las calles adyacentes, que estaban repletas de vida. Había un mundo entero entre las callejuelas de Gorea, con puestos que vendían frutas, platos calientes, animales exóticos y ropajes coloridos. De fondo se escuchaba una letanía de tenderos que intentaban convencer a los visitantes de que sus productos era los mejores y más exclusivos. Sin embargo, a pesar de que le llamaba la atención cuanto veía a su alrededor, el oficial buscaba algo especial para alguien especial: su prometida, Irene.

Buscó una pieza que fuera única y diferente, que brillara en la figura de la joven aristócrata a la que amaba con todo su ser, y eso sólo podía ser una cosa: joyas. Se acercó a un puesto de venta de plátanos y preguntó dónde podría comprar piezas artesanales y propias de la zona, una información que le costó media corona inglesa y un ramo de plátanos de muy buen aspecto y sabrosos, como pudo comprobar.

Anduvo durante varios minutos entre el gentío y se acercó a un establecimiento que tenía una puerta estrecha de madera, pintada de rojo y con marcas evidentes de estar descuidada. Llamó tres veces con los nudillos y al poco se asomó un hombre de aspecto bereber, vestido con una chilaba de colores chillones y que le miró con gesto circunspecto. Al reconocer el uniforme del capitán, comenzó a hablar en un rudimentario castellano.

—¿Qué desea, marinero? —dijo con la voz ronca y un tono agrio, molesto por la visita.

—Me han dicho que usted vende joyas de especial valor —contestó Juan.

—¿Quién dice eso?

—Me lo dijeron, da igual quién.

—¿Tiene dinero?

—¿Es suficiente? —Sacó un fajo de billetes de un bolsillo interior de la casaca y se lo mostró con cautela al joyero.

Sin mediar más palabra, éste abrió la puerta del todo y su semblante cambió radicalmente. Mostró una sonrisa complaciente y se deshizo en agasajos hacia el acaudalado cliente que acababa de recibir. Mientras el capitán esperó en un pequeño recibidor, vio que el árabe se movía de aquí para allá y se afanaba en recoger el desorden que dominaba la humilde vivienda. Cinco minutos después, ya estaba listo para mostrar el género que quería venderle al visitante español.

—Murad vende joyas hermosas, señor —dijo con pomposidad—. Tengo piezas de Senegal y Congo, oro puro y piedras preciosas; plata de Nigeria y diamantes de Sudáfrica.

—Está bien, muéstreme qué tiene —pidió Juan, mientras el anfitrión le invitaba a sentarse sobre unas alfombras y un montón de cojines mullidos.

Al instante siguiente, el joyero desapareció de su vista y él se quedó esperando con paciencia. Observó la estancia con detenimiento y se tuvo que tapar la nariz con la mano por el fuerte olor a incienso y a algo más que desconocía. Había una pipa de agua en el centro del cuadrilátero en el que se encontraba y se fijó en que las paredes mostraban grietas irregulares que llegaban hasta el techo. Precisamente, mientras seguía el curso de una de las hendiduras, puso sus ojos sobre un objeto concreto que colgaba encima de la puerta por la que había salido el dueño de la casa. Tenía una forma oblonga y estaba hecho de oro, y en el centro había un rubí de unas dimensiones inauditas. Alrededor de la piedra había grabadas unas palabras en un lenguaje que no conocía. Sin duda alguna, era la joya que buscaba para Irene y esperó a que regresara Murad para proponerle su compra.

—¿Cuánto pide por esa maravilla? —dijo en cuanto regresó, señalando la maravilla que colgaba del muro.

—No está en venta —contestó de malos modos.

—Seguro que tiene un precio elevado, pero no tengo reparos en pagarle lo que pida —insistió el capitán.

—¡He dicho que no! —gritó el joyero—. ¡No se vende!

—Le ofrezco cien reales de oro por ella. —Sacó el montón de billetes y empezó a contar.

—Usted no entiende, ¿verdad? —Murad se puso delante de él y le agarró las manos para que no siguiera pasando billetes—. Esa joya es sagrada.

—Nadie se va a enterar, señor mío.

—Asambosan lo sabrá —aseveró en un tono más bajo de lo normal—. Váyase.

—Pero…yo… —dudó Juan—. No he comprado nada todavía.

—¡Váyase ahora! —le ordenó, empujándole hacia la puerta de salida.

Antes de que pudiera darse cuenta, Juan estaba de regreso en la calle y metido entre una multitud de viandantes que le rodeaban como una procesión de hormigas obreras. Estaba enfadado y se sintió agraviado por aquél enjuto árabe que le había echado como a un vulgar borracho que expulsan de una taberna de mala muerte, de esas que abundaban en los rincones más abyectos de los puertos de medio mundo. Tal ignominia no iba a quedar sin respuesta por su parte y planeó su venganza con la ira corriendo por sus venas como un veneno que enturbiaba su razón. Encolerizado, abriéndose paso a empujones entre las personas con las que se cruzaba, regresó al barco para preparar la reparación del deshonor que le había provocado el joyero.

Capítulo 2

Cuaderno de bitácora de "El Guerrero"
Capitán Juan del Toro y Mayor
23 de Mayo de 1824
Isla de Gorea, costa occidental de África

engo que esperar hasta mañana para que me entreguen la mercancía y el documento de salida del muelle, así que me he entretenido en buscar algo para mi prometida. Este es un lugar de mercadeo de cualquier cosa, se puede encontrar de todo en el mercado de la isla. Sin embargo, me he obsesionado con una joya que vi en una tienda clandestina que regenta un miserable moro, cuyo trato irreverente me ha causado gran enfado.

Hoy me llevaré a Carlos, el sargento de la escuadra de seguridad, y a seis hombres más para hacerle entrar en razón y que me venda la pieza que deseo. Si no accede, tendré que usar medios menos sutiles. Me llevaré ese rubí de cualquier manera, quiera él o no.

El joyero habló de que un tal Asambosan se enteraría si lo vende. No sé quién será, pero tampoco es que me preocupe demasiado. Estos salvajes no saben quién manda en estas tierras y habrá que demostrárselo por la fuerza si es necesario; no hay que dejar que se sientan fuertes en ningún momento o terminaríamos por lamentarlo en el futuro.

Todavía no había despuntado el alba, cuando Juan y sus hombres ya caminaban por las callejuelas en dirección a la casa de Murad con la finalidad de obtener la preciada joya; si era necesario le mataría y tirarían su cuerpo al mar. Nadie haría preguntas a una tripulación española, aguerrida y bien armada como la que portaba "El Guerrero". Aquellos mercenarios habían combatido en diferentes batallas y estaban curtidos en la cruda vida militar, llena de privaciones y austeridad. El que intentara plantarles cara sería, en el mejor de los casos, un temerario loco que no apreciaba su vida.

La humedad reinaba en la isla y había una neblina con olor a mar que reinaba en cada esquina, mientras que el único sonido que se escuchaba era el de las botas de los resueltos compañeros de armas del capitán. Alguna cabeza se asomaba por las rendijas de las ventanas o de las puertas, para esconderse a continuación como lo hacían las ratas que temían a los gatos callejeros. Nadie quería ver nada, nadie quería saber nada: cada uno quería llevar su propia vida y no meterse en problemas.

No tardaron en llegar a la vivienda del joyero. Primero Juan tocó en la puerta con los nudillos, a la espera de que hubiera una respuesta más sensata por parte del comerciante, sin embargo no hubo interacción desde el interior y este detalle enfureció aún más al capitán. Ordenó entrar a la fuerza y dos de los soldados más aguerridos tiraron la puerta debajo de una patada certera. Irrumpieron en el interior como una manada de leones hambrientos y no les costó demasiado traer a Murad ante el oficial español, que le miró con desprecio.

—He venido a hacerte una última oferta, moro —dijo con tono denigrante—. Puedes sacar provecho por la venta de esa joya, o puedes morir aquí y ahora, y me la llevaré por la fuerza. Tú eliges.

—Esa joya es sagrada, señor —reiteró Murad, asustado y sujetado con fuerza por los brazos por dos mercenarios—. No debe tocarla o caerá una maldición sobre usted y su tripulación.

—¿Una maldición? ¿Crees que soy uno de esos malditos negros supersticiosos que infestan esta isla? —le recriminó, a la vez que le agarraba por el camisón a la altura del pecho.

—Llévesela si quiere, pero no me mate, por favor —suplicó el árabe, sollozando.

—Me tengo por hombre de honor, así que te daré el precio que te ofrecí ayer. —Sacó unos billetes y se los tiró a la cara—. Y será mejor que no digas nada de esto a nadie o vendré a por ti para colgar tu cabeza del palo de botavara de mi barco como advertencia, ¿queda claro?

Murad asintió y se arrojó al suelo de rodillas en cuanto le soltaron. En su rostro desencajado se mostraban las lágrimas de un hombre abatido y derrotado, que vio con desconsuelo cómo el capitán cogía la joya de la pared y se la metía en un bolsillo lateral de la casaca larga y negra. Él no pudo hacer nada por evitarlo y comenzó a temblar de miedo, aunque los asaltantes ya se marchaban por donde habían venido y le ignoraron por completo. Sólo él, junto a unos cuantos habitantes más de la isla, conocían las consecuencias de profanar la pieza que había sido encontrada hacía siglos en el interior de la jungla. Los nativos la conocían como *Xol Deret*, El Corazón de Sangre.

Mientras el capitán y sus mercenarios embarcaban de regreso al "Guerrero", Murad salió de su casa y atravesó las calles para alcanzar un pequeño pantalán de madera que estaba situado en el lado occidental de la pequeña isla. Se subió a un bote y remó para alcanzar la costa continental, que estaba a apenas dos kilómetros de distancia. Dejó la barcaza en la orilla de una cala y se alejó en dirección a una arboleda cercana que estaba al sur de Dakar, la capital de Senegal. Caminó durante un par de horas y fue testigo de cómo amanecía por encima de la techumbre de ramas enmarañadas de la jungla, acompañado por el cantar de pájaros madrugadores y el esquivo sonido de otros seres que habitaban por aquellos parajes.

Aunque cualquier persona que desconociera la senda que seguía se habría perdido en poco tiempo, él habría podido realizar ese trayecto con los ojos vendados, pues lo había hecho en multitud de ocasiones y siempre con el mismo fin: atender las necesidades de alguien muy especial. La persona a la que cuidaba era un anciano, ciego y con multitud de achaques, que vivía en una mísera cabaña de madera y techo de paja. La cuestión era qué le había llevado a convertirse en el cuidador, guardián y mejor amigo del senil humano que vivía en la soledad de la jungla, sin más compañía que los animales y los insectos.

Cuando Murad era un adolescente barbilampiño, fue llevado como esclavo hasta Dakar y tratado como juguete sexual de una adinerada mujer belga, esposa de un comerciante de esclavos y tratante de especies de animales exóticos. Sufrió abusos por parte de la señora de la casa y cuando se negaba a participar en sus locas bacanales, recibía duros correctivos físicos que dejaron en él un montón de cicatrices, tanto en el cuerpo como en la mente. Sin embargo, hubo otro esclavo que se apiadó de él y consiguió que escaparan juntos y desaparecieran entre la vasta profundidad de los bosques que rodeaban la ciudad. Abubak, que así se llamaba el hombre negro que le salvó, era el anciano que ahora cuidaba y con el que había tenido desde entonces una especial relación.

Por otra parte, también había algo que los convertía en cómplices y que compartían como un secreto inconfesable: el verdadero origen de Abubak y lo que hacía antes de que lo encadenaran como esclavo. A pesar de su piel negra, tenía ascendencia inglesa y había estudiado Historia y Arqueología en Oxford, gracias a una mecenas inesperada que le aceptó como un miembro más de su familia. Al ser hijo bastardo de un Lord inglés, la madre del mismo conminó a su hijo a que llevara al niño a Londres para ser criado tal como debía, además de ser adoptado y usar los apellidos familiares que le correspondían.

Después de muchos años viviendo y estudiando en Inglaterra —no sin dificultades, debido a su color de piel—, Abubak pidió permiso para regresar a Senegal y labrarse un futuro como estudioso de la cultura de su país natal. Lady Wharton aceptó a regañadientes, bajo la premisa de que el joven debía regresar a los tres años para continuar con el legado de la familia y convertirse en Lord, como su esquivo padre. Lo cierto es que ella le amaba como a un hijo y siempre le trató como tal, por lo que él prometió regresar en el tiempo estipulado y agradeció todo lo que le había en el transcurso de aquellos maravillosos años.

Sin embargo, en cuanto sus pies tocaron suelo de nuevo en Senegal, el color oscuro de la piel de Abubak se convirtió en un estigma del que no podría olvidarse y no tardó en ser cazado por buscadores de esclavos, que le capturaron y le sometieron mediante latigazos y torturas. Tal fue así, que para que no dijese nada de a qué familia pertenecía, y proclamaba su procedencia, le cortaron la lengua a los pocos días de ser encerrado en la Casa de los Esclavos de Gorea. Fue vendido como tal y conoció al joven Murad, con el que entabló una especial amistad, a pesar de la diferencia de edad entre ambos. Así se generó la unión que tenían y fue el comienzo de su peculiar aventura.

El joyero rememoró todo lo vivido con su compañero y no dejaba de lamentar el incidente con el capitán español, al que maldijo por la osadía de haber robado el Corazón de Sangre. A pesar de estar a la vista, a nadie se le habría ocurrido sustraerla ya que todos conocían su verdadero poder. Pero la ignorancia es un arma peligrosa y convierte al insensato en víctima de sus propios actos. Las consecuencias de poseer la reliquia eran imprevisibles y Murad necesitaba la ayuda de su viejo amigo más que nunca, pues temía lo que se podía desatar si no recuperaban el objeto.

Cuando llegó a la cabaña, entró sin llamar a la puerta y se encontró con que Abubak estaba tumbado en una hamaca que colgaba entre los troncos de dos árboles que sobresalían por el tejado. Mostraba una extraña sonrisa y pareció no darse cuenta de que el árabe acababa de entrar en su humilde morada. Emitía unos sonidos apenas audibles, y por un momento parecía que había recuperado la capacidad de hablar con naturalidad. A todo eso había que sumar que en el interior no había luz alguna y que la única claridad provenía de los haces solares que se colaban entre las hendiduras que quedaban entre tablón y tablón de las paredes. Sin embargo, lo que más llamó la atención de Murad fue la sombra que vio sentada sobre un taburete y que parecía escondida entre en la penumbras, la presencia de alguien que iba tapado con una burda tela de arpillera que tapaba toda su figura y que estaba de espaldas a él, mirando a la posición del anciano.

—Pasa, no te quedes en la puerta —dijo el desconocido con una voz grave. En el tono se podía adivinar que había diferentes ecos. Era algo antinatural y el joyero no pudo evitar sentir un escalofrío.

—¿Quién eres? —se atrevió a preguntar, sin moverse de donde

estaba—. ¿Qué haces aquí?

Abubak hizo un gesto para que se acercara, sin perder la sonrisa que tenía dibujada en el rostro. El árabe hizo lo que le pidió y dio tres pasos hacia él, pero no se atrevió a seguir adelante. Hizo un movimiento lateral para ver mejor al extraño invitado, pero no pudo ver nada por debajo de la tela que le cubría. Encendió una lámpara de aceite y la acercó a una pequeña y rudimentaria mesa que estaba al lado de la hamaca, sólo así pudo distinguir un poco las facciones de la otra persona. Si es que persona era el aforismo que se le podía adjudicar.

—Ya conoces mi nombre, Murad, y también sabes qué hago en este lugar —contestó el misterioso ser—. Las aguas del océano han vibrado, los árboles susurran la ignominia cometida y las bestias de la jungla han clamado para que se restituya el orden establecido.

—Eres…eres… —balbuceó con temor.

—Sí, yo soy —replicó—. Soy la Muerte Oscura, el propietario legítimo del Corazón de Sangre. —Se levantó y se despojó de la tela, dejando ver su imponente presencia bajo la luz de la lámpara—. Soy Asambosan.

Murad se sobresaltó en cuanto le vio y cayó hacia atrás, dando con las posaderas en el suelo de madera y mirándole con los ojos desorbitados y una notable expresión de horror dibujada en su semblante, moreno y arrugado. Ante él estaba una deidad temida y adorada a partes iguales por los africanos occidentales. Contempló su piel rosácea, el cabello rojo como fuego que colgaba en una larga melena y en su boca desmesurada había dos hileras de dientes afilados que estaban custodiados por cuatro incisivos de gran tamaño. Las manos tenían garras de metal y sus pies eran similares a los de un murciélago, así como la forma de su rostro, en el cual brillaban dos penetrantes ojos rojos que brillaban como rubíes bajo la luz de una hoguera. Para completar la terrorífica visión, la criatura desplegó dos alas como las del pequeño mamífero volador, pero de más de nueve metros de envergadura, justo el ancho de la pequeña vivienda.

—He venido a recuperar lo que es mío y a vengarme de esos paganos —dijo con un tono amenazante, mirando directamente a Murad.

El comerciante quedó aún más atónito cuando descubrió que su amigo se levantaba por sí solo y comenzó a caminar hacia él. Sus ojos recuperaron la vista y su lengua creció de nuevo, permitiéndole hablar con total claridad. Parecía un milagro de los que hablaban los cristianos y que él jamás había creído.

—No te preocupes, viejo amigo, ya nos encargaremos de esos insensatos —dijo con un tono suave, a la vez que le ayudaba a levantarse.

Capítulo 3

Cuaderno de bitácora de "El Guerrero"
Capitán Juan del Toro y Mayor
24 de Mayo de 1824
Isla de Gorea, costa occidental de África

e conseguido la preciada joya que había visto en la casa del moro y la he guardado a buen recaudo, en un cofre que tengo oculto en el camarote. Es en verdad una obra de orfebrería de gran valor, aunque desconozco los grabados que tiene alrededor del rubí que corona con excelente gracia. En todo caso, seguramente encontraré a un esclavo que pueda traducir lo que pone y eso le otorgará más valor para mi amada prometida.

Hoy deberíamos zarpar hacia Canarias, así que espero que no se retrasen en la Oficina del Registro y me proporcionen la carga que hemos venido a buscar, a saber: trescientos esclavos, hombres y mujeres, dos leones y un leopardo. Además, cargaremos carne adicional para alimentar a los animales hasta que lleguemos a las islas, allí los debo entregar a un conde que se hará cargo de ellos. Imagino que servirán para amenizar algún zoológico europeo, tan de moda en estos tiempos.

Mientras espero que me entreguen los documentos y la carga, me echaré un rato a descansar y repondré fuerzas para continuar con nuestro viaje; espero que con la esperanza de llegar a buen puerto en *todas las empresas que nos esperan hasta regresar a Cádiz, dentro de seis meses.*

Pasado el mediodía, después de varias horas de descanso, el capitán despertó sobresaltado por una pesadilla que le hizo sudar todavía más de lo que el propio calor húmedo le insuflaba. Se limpió la cara con un paño y se sentó en el borde de la cama, mirando al suelo y retomando la respiración hasta que consiguió calmar su acelerado corazón, el cual palpitaba como si deseara saltar de la caja torácica para sentirse menos presionado. Todavía podía sentir el dolor en el cuello y el hígado; el poder incontrolable que le había agarrado como un león atrapa a un pequeño búfalo recién nacido, la visión ominosa de algo que saltaba desde las ramas laberínticas de la jungla y le agarraba con una fuerza descomunal. Esa cosa mirándole fijamente y su boca…la boca llena de afilados dientes y cuatro gigantescos colmillos.

Llenó una jofaina con agua y se limpió la cara para refrescar cuerpo y mente, se miró en un pequeño espejo y observó que tenía el rostro demacrado, pálido como un cadáver y con el corto pelo enmarañado como el nido de una cigüeña. Se despojó de la camisola, también empapada en sudor, y fue a un arcón para ponerse otra limpia; no sin antes haberse deshecho del pegajoso líquido salado que exhalaban sus glándulas sudoríparas con el mismo paño remojado en agua fresca. Cierto, era una burda forma de asearse, pero no disponía de otra forma de hacerlo en esos momentos. Hasta que no llegara a Gran Canaria y pasara unos días en el Hotel Balneario de Azuaje, no tendría la oportunidad de darse un baño decente.

Fue hasta la mesa de escritorio donde tenía desplegado el mapa con la ruta de viaje prevista y marcó en el cuaderno de bitácora el retraso de dos días que le estaban provocando los ajustes burocráticos de Gorea. Alguien debía poner orden en aquel caos de isla, sin embargo ninguna potencia extranjera reconocía ni tan siquiera su existencia. Todos los países colonizadores de África y América —y también los que habían colonizado Asia y la reciente Oceanía—, se desmarcaron por completo de reconocer que las fortalezas esclavistas existían en todo el orbe terrestre. Asumir la responsabilidad de ello, supondría tener que dar explicaciones y pagar impuestos, algo que a los grandes señores occidentales les dolía más que los latigazos que recibían los pobres desgraciados que iban encadenados en las inmundas bodegas de los navíos que los transportaban.

Sí, estaba claro que ese trabajo, el de capitán de barco de esclavos, iba a ser un quebradero de cabeza constante, fuera donde fuera. Menos mal que estaba bien retribuido, razón por la cual había aceptado el puesto. Desde el principio tuvo claro que no estaría mucho tiempo dedicándose a ello y sólo pensaba en reunir el dinero suficiente para casarse y llevar una prejubilación acomodada, pero sin lujos, en algún lugar cercano a Vigo, su lugar de nacimiento. Compraría una granja que estuviera cercana a las rías y se dedicaría a cuidar vacas y ovejas, y a sembrar hermosos y ubérrimos viñedos que produjeran un albariño de calidad. Esos eran sus sueños, simples y humildes, los del hijo de Mateo, el pescador, y Josefina, la pulpeira; no necesitaba demostrar nada siendo un hombre de humilde cuna y sin apellido de abolengo.

Sin embargo, esa también era la razón por la que había puesto tanto empeño en hacerse con la preciada joya de Murad y por la que había mostrado tal obcecación para conseguirla. Sabía que no podía denunciarle por robo, pues había pagado lo que consideraba que valía la pieza: no había forma de que demostrase lo contrario, y aunque le hubiera acusado de hurto, el aguacil de la isla era un gordo y seboso corrupto de Valladolid al que se le sobornaba con facilidad. No obstante, vivía en la casa más opulenta de la isla y no la costeaba precisamente con el sueldo mísero que cobraba por mantener el orden. ¿Qué iba a hacer primero, detenerle por sustracción en la joyería o aceptar un más que sugerente soborno del capitán? Creo que no queda duda al respecto.

En todo caso, a Juan no le preocupaba en absoluto lo que pudiera pasar con la reacción de Murad, a sus ojos no era más que otro moro buscavidas, taimado y mentiroso que seguramente había robado la joya a alguien y la exhibía como trofeo de su posición en la comunidad. Consideraba a los habitantes del norte de África como a especímenes de inferior categoría, los cuales eran capaces de cualquier cosa para conseguir dinero: desde robar joyas hasta vender esclavos enfermizos a los que maquillaban para que parecieran más sanos de lo que realmente estaban. Si tenía que conseguir lo que quería a cualquier precio, los remordimientos no eran válidos cuando se trataba de pactar con esos ingeniosos y malolientes norteafricanos. Y no me refiero al olor corporal, es que Juan odiaba los mejunjes e inciensos que usaban para aromatizar sus casas: los consideraba nauseabundos.

El ruido de una campana, que provenía de la popa del barco, sacó al capitán de sus pensamientos y salió a asomarse por la puerta del castillo para ver qué produjo la alborotadora llamada. Se asomó a la batayola de babor y vio que una larga hilera de esclavos negros, y esclavas también —incluso niños y niñas—, estaban dispuestos a embarcar. Los capataces hacían restallar sus látigos sobre las doloridas espaldas y piernas de aquellos desdichados, y lo hacían sin motivo algunos pues eran tan dóciles como cachorros. Molesto por esa cruel e innecesaria actitud, Juan bajó por la plataforma hasta el pantalán y arrancó un pistolón de las manos de uno de los mercenarios, se dirigió al primero de los matarifes que se cruzó en su camino y le apuntó directamente a la cara.

—¡Maldito bastardo, contened vuestras manos! —exclamó iracundo, ante la estúpida y sorprendida mirada del capataz—. ¡Las cicatrices restan valor en la venta, ignorante!

El interpelado se quedó petrificado ante la actitud del capitán y sus secuaces detuvieron los azotes al instante, provocando un silencio atronador que sólo era roto por las lejanas órdenes de otros capitanes cercanos a sus respectivas tripulaciones. En el caso de "El Guerrero", eran más de noventa hombres en total y también se quedaron callados ante la nada inusual reacción de Juan. Sin embargo, él no había actuado de esa forma por prístina caridad o pía misericordia con los esclavos, sino por un mero hecho comercial: la piel cuarteada de cicatrices de cada uno de esos negros suponía una merma en ingresos para el barco y su capitán, y no estaba dispuesto a que le fastidiaran la mercancía con demostraciones banales y brutales de crueldad.

—¡Subidlos, rápido! —ordenó a gritos.

—Capitán, debe firmar esto antes de partir. —Un joven bien vestido y piel trigueña se le acercó y le tendió un documento y una pluma estilográfica—. Es el albarán de entrega y el permiso para zarpar.

Juan hizo lo que le pidió, después de comprobar que estaba todo en regla, y le devolvió el papel al muchacho, que desapareció entre las hileras de esclavos que estaban comenzando a embarcar a través de la rampa de acceso, para luego bajar a las bodegas. Lo hacían en silencio, sin gritar ni quejarse; eran como almas en pena dirigiéndose al Purgatorio que Dante había descrito en su *Divina Comedia*. Sin embargo, hubo un esclavo que llamó la atención del capitán y se quedó mirándole fijamente mientras subía hasta la cubierta. Tenía una extraña sonrisa dibujada en el rostro y mostraba una musculatura nada habitual en los negros que había visto hasta ahora. Éstos solían ser escuálidos, estaban mal alimentados y mostraban llagas y marcas de los azotes recibidos. Pero ese sujeto en concreto no tenía ni un rasguño que rompiese la uniformidad de su piel oscura, algo que llamó la atención de Juan.

—¡Alto! —gritó a la tripulación, empujando a los esclavos y subiendo por la rampa—. ¡Llevad a ese a mi camarote!

Acto seguido, uno de los marineros obedeció la orden que le habían dado y separó al espécimen del resto, obligándole a seguir al contramaestre hasta las dependencias personales del capitán. El negro no apartó la mirada de él y su sonrisa se transformó en un gesto de seriedad desafiante, en cuya mirada oscura y penetrante se podía vislumbrar un odio inconmensurable hacia sus captores. Tan solo cuando su presencia desapareció de la vista, Juan pudo volver a centrarse en el proceso de carga del buque. Se acercó al Oficial de Cubierta, Jaime Guzmán, para concretar los últimos detalles antes de zarpar de Gorea.

—¿Está todo dispuesto? —le preguntó, echando un vistazo a la lista de imponderables que le cedió su ayudante.

—Sí, he revisado todo y Armando, el capataz de bodegas, está contando a los esclavos para asegurarse de que están todos —respondió diligente.

—¿Y los animales?

—En la bodega de popa, señor, como ordenó usted.

—Asegúrate de que no les falte de nada y estén bien alimentados —le pidió con tono suave y confiado—. Esas bestias valen tres veces más que estos negros.

—Sí, señor, no se preocupe por nada —dijo Jaime. Recibió una palmada de complicidad en el hombro y éste respondió con una sonrisa.

Juan se dirigió hacia su camarote sin perder más tiempo y entró con regia actitud a la estancia, donde el negro desafiante le esperaba, de pie y mirando fijamente al puerto a través de la cristalera que tenía ante sus ojos. Parecía impertérrito ante la situación en la que estaba y no hizo el menor caso cuando escuchó las botas del capitán pisando en el suelo de madera; ni tan siquiera hizo un intento de girarse. Tal actitud enervó a Juan y se puso delante de él, cara a cara, separados apenas por unos centímetros entre nariz y nariz. El negro era más alto y corpulento, pero eso no importaba. Era un esclavo más y lo someterían de cualquier forma si daba problemas.

—¿Hablas mi idioma, negro? —preguntó el oficial sin apartar los ojos de él.

Asintió.

—De acuerdo, te lo explicaré una sola vez y espero que lo entiendas, porque la segunda vez que tenga que decirlo será una fusta la que hable por mí —continuó—. No sé a qué viene tu sonrisa y tu forma de actuar, pero más te vale no hacerte el listo conmigo. ¿Está claro? —Volvió a asentir—. Bien, si te portas como es debido me ocuparé de que tengas un buen destino cuando te venda, pero si me jodes, te aseguro que desearás sentir el beso de un látigo antes de sufrir las torturas que podría infligirte.

Ante esta amenaza, el negro miró de reojo a Juan y una sonrisa taimada volvió a dibujarse en sus labios. Miró de nuevo hacia el puerto y se mantuvo en silencio unos segundos, antes de soltar unas pocas palabras en un rudimentario español.

—Yo entiendo, amo —dijo con una voz grave y profunda—. Si yo no problemas, nadie problemas.

—Eso es, veo que eres un negro inteligente —replicó el capitán.

—Pero sí hay un problema —le interrumpió.

—¿Cuál?

—Robó joya sagrada —apostilló.

—¡Maldito hijo de…! —Cuando fue a darle un bofetón con la parte exterior de la mano, los ojos del negro se clavaron en los suyos y refrenó el impulso, sin saber bien por qué—. ¡Lárgate ahora mismo! —le ordenó.

El esclavo salió del camarote sin mirar atrás y dejó a Juan a solas con sus pensamientos y la ira todavía corriendo por sus venas, como un torrente de lava que busca una abertura en la tierra para salir y explotar como un volcán en erupción. Nunca había sabido gestionar esa rabia y las frustraciones que le vida le provocaban, así que volvió a la cubierta e hizo lo único que solía hacer en esas situaciones: pagarlo con los más débiles. Dos perros muertos a patadas podrían atestiguar que era cierto. Esta vez serían trescientos seres cuyas gruesas cadenas les ataban al infortunio y la desdicha más grande que un ser humano puede experimentar, los infelices que pagarían por la osadía de uno de ellos.

Capítulo 4

Cuaderno de bitácora de "El Guerrero"
Capitán Juan del Toro y Mayor
26 de Mayo de 1824
Navegando por la costa occidental de África hacia Canarias.

levamos unas ochenta millas náuticas recorridas, siempre dejando a estribor la línea de costa para evitar a los piratas y corsarios que infestan estas aguas. Hace bien tiempo y un viento sureste nos está ayudando a ir más deprisa de lo que esperaba; si seguimos así es muy probable que lleguemos a Las Palmas de Gran Canaria una jornada antes de lo previsto. Seguro que el propietario de esta nave se sentirá satisfecho.

En cuanto a los negros, no dan problemas mientras les tengamos bien alimentados y no se les castigue físicamente. He bajado un par de veces para ver al hercúleo negro que parece indolente ante su situación y sigue teniendo la misma sonrisa dibujada en el rostro. Creo que está demente y ha perdido el juicio. Aunque debo reconocer que me sobresaltó con la afirmación de que había robado la joya. Supongo que ese moro tiene amigos a los que les habrá dicho a saber qué argumento y este sujeto lo habrá oído por ahí. En fin, tampoco le haré demasiado caso y lo dejaré pasar. Sin embargo, sí me gustaría saber por qué es tan importante para estas supersticiosas gentes, así que tendré que hablar con él para que me lo explique, si es que sabe algo.

Todavía queda un buen rato para que llegue la hora del relevo de la tarde, así que disfrutaré un poco del paisaje del anochecer en alta mar. Necesito relajarme e intentar pasar este viaje lo mejor que pueda, dadas las circunstancias.

El cielo púrpura y anaranjado brillaba como un manto de oro y seda sobre un mar que rielaba bajo la suave caricia de unos vientos del sur que traían calor y humedad a la cubierta del barco. Apoyado en la amura de estribor, Juan observó la delgada línea costera africana y no dejaba de preguntarse qué es lo que tenía la joya robada para que les importase tanto a aquellos esclavos y al joyero. Como no era hombre de guardarse los pensamientos, bajó hasta la bodega y buscó al gigantesco negro para hablar con él y le explicara qué secreto escondía tan preciada alhaja. Cuando lo localizó entre la multitud que abarrotaba el interior del navío, hizo que uno de los guardias lo encadenara aparte y lo llevase a su camarote.

—¿Quieres comer algo, negro? —le dijo, intentando ganarse su confianza.

—No —respondió éste sin mirarle.

—Como quieras. —Juan se sentó detrás del escritorio—. Siéntate, por favor.

El esclavo obedeció, pero seguía sin dirigirle la vista al capitán.

—¿Sabes por qué estás aquí? —le preguntó.

—Por el Corazón de Sangre —contestó con aplomo.

—Así que es así como lo llaman; no me extraña. Ese rubí tiene un tamaño enorme y podría pasar por el corazón de un niño, sin duda. —Se sirvió una copa de vino y tomó un sorbo—. ¿Qué sabes de esa pieza?

—Muchas cosas.

—¿Por ejemplo?

—Hombre blanco no debe tener —dijo con gallardía, sin importarle las consecuencias de lo que dijera—. Es para Asambosan, nadie más.

—¿Asambosan? ¿Quién es? —preguntó con curiosidad.

—Dios de la Sangre, vive en bosque y quiere su joya.

—¿Es alguna superstición vuestra o crees que es real?

—Si usted ve, creerá —aseveró el cautivo.

—Así que piensas que vendrá a por ella, ¿no es eso?

—No, no vendrá.

—¿Y eso por qué?

—Porque ya está en barco —anunció, mientras giraba un poco la cabeza y clavaba sus ojos en los del oficial.

Juan cambió el gesto de su rostro y frunció el ceño, molesto ante tal aseveración. Tomó otro sorbo de vino y sopesó con cuidado las palabras que iba a pronunciar, pues necesitaba más información y no quería que su inusual invitado se cerrara en banda. Dejó la copa de vino sobre la mesa y cruzó los dedos entre sí, apoyando los codos en los brazales de la silla. Respiró profundamente y soltó la pregunta que estaba rondando en su cabeza.

—¿Quieres decir que tenemos a un ladrón a bordo?

—No, digo que la muerte está entre nosotros.

—¡Además asesino! —exclamó, poniéndose en pie y apoyándose para acercarse más al esclavo—. ¿Sabes quién es esa persona?

—Sí, pero tú no verlo. —Volvió a mirar al mar nocturno a través de la cristalera que estaba detrás de Juan—. Nadie puede hasta que la muerte atrapa.

El capitán notó que se le acababa la paciencia, así que llamó a un guardia de cubierta y le ordenó que llevase al oprimido de vuelta a la bodega. Antes de que ejecutase el mandamiento, lo detuvo agarrándole por el brazo.

—¿Cómo te llamas, negro? —le preguntó con un tono nervioso y molesto.

—Abubak —respondió, esbozando de nueva aquella misteriosa sonrisa.

El silencio de la noche sólo era roto por el repiqueteo de las olas chocando con el casco del barco, a medida que éste surcaba las aguas atlánticas rumbo norte-noreste. La tripulación descansaba en sus camas y hamacas, dependiendo del rango que tuviera cada cual; algunos tenían ciertos privilegios que otros sólo podían soñar. Los esclavos también dormían, al menos la mayoría, después de haber comido pan duro y carne seca con un vaso de agua por cabeza. Los animales estaban tumbados en sus jaulas y habían devorado grandes trozos de carne, para así mantenerlos calmados y que no provocaran molestias. Sin embargo, había alguien que no podía conciliar el suelo y que estaba de vigilia, como los seis guardias que había en cubierta y el timonel que llevaba el rumbo adecuado sin pestañear ni mostrar síntomas de somnolencia. Esa persona era Juan del Toro.

El capitán no podía dormir y tampoco dejaba de darle vueltas a la conversación que había tenido con el esclavo que decía llamarse Abubak. Todo aquel asunto del Asambosan, la muerte y demás le traía de cabeza y no dejaba de pensar en el momento en el que había "comprado" la joya usando la fuerza, y que los nativos conocían con el nombre del Corazón de Sangre. Era cierto que cada milla que avanzaban les alejaba más de la costa africana, pero el hecho de que mencionara que había un criminal a bordo, ese detalle tan importante, no le hizo ninguna gracia. ¿Pretendía asustarle con supersticiones paganas? Era posible, pero no quería desechar la idea de que fuera cierto y tenía que ponerle remedio cuanto antes.

Se vistió con cierta premura y salió del camarote, se puso el sombrero de copa y saludó al marinero que custodiaba la entrada a sus aposentos. Anduvo por la cubierta y fue hasta la proa para que la brisa marina le ayudara a limpiar su mente de temores infundados y pesadillas irracionales sobre asesinos en el barco que capitaneaba. Pasados unos minutos, bajó de nuevo a las bodegas y buscó a Abubak, ayudándose de una lámpara de aceite para iluminar las caras de los esclavos. Algunos se encogían, molestos por la intromisión del capitán en su descanso, mientras que otros, los que no eran capaces de coger el sueño, le miraban de reojo y con malas caras. Tardó unos minutos, hasta que encontró a la persona que buscaba, acostado un poco separado de una joven que estaba desnuda por completo y que estaba en posición fetal para intentar tapar su cuerpo de miradas lujuriosas.

—Abubak, Abubak —susurró para despertarle, mientras le zarandeaba ligeramente—. Despierta.

Se revolvió un poco en esa línea que separa lo onírico de lo real y levantó la cabeza para ver quién le importunaba durante su descanso. Cuando se percató de que era el capitán, se incorporó y se sentó mientras le miraba con sorpresa.

—¿Qué quieres? —le preguntó con un tono serio.

—Ven conmigo —le ordenó Juan—. Quiero que me cuentes más sobre ese Asambosan.

Al pronunciar la palabra, varios esclavos se apoyaron en sus brazos o se sentaron para ver por qué motivo aquel hombre blanco había nombrado a un ser al que temían y reverenciaban a partes iguales; incluso hubo alguno que se puso en pie y comenzó a señalar al oficial con una mirada de terror dibujada en sus ojos.

—No nombre aquí —le conminó Abubak—. Ellos no saben y es mejor así.

—¿Por qué le temen tanto? —insistió Juan.

—Vamos fuera —propuso, mientras le mostraba las muñecas para que le quitaran los grilletes que le tenían sometido a unas cortas y gruesas cadenas que estaban ancladas en el suelo.

El capitán hizo un gesto al guardia y éste le quitó los aparatos que le mantenían encadenado, para luego salir ambos a cielo abierto en la cubierta, en la que una fina capa de humedad se había adherido a las tablas de madera. Se dirigieron a las dependencias de Juan y éste le invitó a sentarse en la misma silla en la que había estado unas horas antes, aunque esta vez sí aceptó la copa de vino que le ofreció. Se bebió el contenido de un trago y pidió que le volviera a servir más, a lo que el mando aceptó sin dudar.

—Quiero que me digas quién es el asesino que está en el barco —comentó Juan sin miramientos.

—No puedo —respondió Abubak—. No ver.

—¿Está escondido? ¿Es eso lo que quieres decir?

—Sí.

—¿Pero no sabes dónde está?

—En todas partes.

—¡Maldita sea, negro! —gritó enfadado—. ¡Dime dónde se esconde ese bastardo!

Justo en ese momento, cuando Juan estaba a punto de abofetearle, se escuchó un grito agudo que provenía de la cubierta y que rompió el silencio con un estruendo que sobresaltó a toda la tripulación y a los esclavos. Se escucharon voces en las bodegas y pronunciaban una sola palabra que se podía adivinar a la perfección: «¡Asambosan!, ¡Asambosan!». Los guardias salieron a todo correr de sus estancias y cargaban los fusiles mientras subían a la cubierta, dispuestos a usarlos si hiciera falta. El resto de los marineros permanecieron en los barracones, a la espera de recibir órdenes del capitán.

Juan fue el primero que vio el cuerpo destrozado de Álvaro Prieto, el joven grumete que estaba haciendo la labor de ayudante de navegación para el timonel, Pedro Vergara; no estaba en su puesto y el timón se movía de forma aleatoria, dejando el barco a la deriva. Al ver el estado del cadáver del chico, apenas un adolescente de quince años, se echó a llorar de rabia y gritó con todas sus fuerzas. El cuello estaba desgarrado en tres líneas simétricas que recorrían unos doce centímetros y por el que salían borbotones de sangre, salpicando levemente por los menguantes latidos del corazón.

Había prometido a su familia que cuidaría de él y le convertiría en un gran oficial de cubierta, pues lo tenía bajo su custodia por encargo de una acaudalada familia de Sevilla. En los pocos meses que lo había tenido con él, le había cogido un gran aprecio al muchacho y esta pérdida le caló muy hondo en el alma. La ira que sentía era como un torrente incontrolable que corrió por sus venas con el fuego de un volcán y estalló de forma violenta contra Abubak. Se giró hacia él y le propinó un puñetazo en la mandíbula que sólo consiguió romper dos nudillos del oficial y apenas hizo mella en el mentón del prisionero.

—¡Hijo de puta! —le espetó gritando—. ¡¿Dónde se esconde tu cómplice?!

Pero Abubak no respondió y dibujó de nuevo la taimada sonrisa en su boca, lo que enervó aún más a Juan, que volvió a golpearle, esta vez en el estómago. El efecto fue el mismo que con el golpe anterior: ni un atisbo de dolor.

—¡Atad a este perro en el mástil mayor y azotadle hasta que confiese! —ordenó a los guardias.

El reo no se resistió y aun así lo llevaron con una violencia innecesaria hasta el lugar que les había indicado, atándolo con fuerza con una gruesa cuerda y propinándole varios golpes por todo el cuerpo. Pero no hubo forma de hacerle hablar, ni cuando un látigo de cáñamo comenzó a rugir sobre la espalda desnuda y que se fue llenando de heridas y sangre poco a poco. Abubak se limitó a sonreír y a murmurar palabras ininteligibles en voz baja, palabras que si alguien las hubiera escuchado y entendido, habrían quebrado la voluntad de aquellos negreros sin escrúpulos.

De todas formas, el pobre aguantó un buen rato los azotes que le infligieron y que fueron más de cien, hasta que no aguantó más y finalmente se desmayó. Sin embargo, antes de perder el conocimiento y caer en la inconsciencia, vio una sombra que pasó por delante de él a la altura de la amura de babor y, acto seguido, un grito ensordecedor que se desvaneció entre las exclamaciones de Juan y las órdenes confusas que daba a sus hombres, mientras escuchó los disparos de las carabinas de los guardias. Después sólo hubo silencio y oscuridad para el castigado cuerpo del esclavo.

Capítulo 5

Cuaderno de bitácora de "El Guerrero"
Capitán Juan del Toro y Mayor
27 de Mayo de 1824
Navegando por la costa occidental de África hacia Canarias.

ué es esa cosa? ¿Por qué no murió cuando le disparamos? ¿Tiene algo que ver Abubak con todo esto?

Tengo preguntas sin respuestas y cuatro cadáveres embolsados y dispuestos para su bote al mar a mediodía. Los desafortunados marineros son:
Ángel Prieto, grumete y ayudante de navegación.
Pedro Vergara, timonel y oficial de segunda.
Martín Casanova, guardia y cabo de primera.
Salvador Errezkutia, guardia y sargento de segunda.

El cuerpo de Pedro apareció colgado del bauprés y destripado como un cerdo en un matadero. Sus vísceras estaban colgando y se mezclaban con los cabos de la vela. A Martín se lo llevó la sombra que nos atacó y apareció minutos después en el castillo de proa, sin un brazo ni piernas; sólo hemos podido recuperar un brazo. En cuanto al pobre Salvador, que fue compañero mío en la Escuela de Guardamarinas, esa cosa le decapitó delante de nuestras narices. Su cabeza acabó delante de mis botas y dejó un reguero de sangre en la cubierta que todavía están limpiando los grumetes.

Sin embargo, me pregunto por qué no atacó a ningún esclavo. Es más, parecen estar contentos con lo que está pasando y no dejo de preguntarme si tendrá algo que ver con sus rituales paganos a los que llaman vudú, o si se trata de algún cazador que se coló como polizón y no nos dimos cuenta.

Esto es como una pesadilla y no sé cómo ponerle fin. Si no hago algo con premura para acabar con esa bestia asesina, pronto no quedaremos ninguno para llevar este barco a Canarias.

Toda la tripulación estaba nerviosa y acongojada ante el paso de las horas y la llegada inminente de un nuevo anochecer. Después de los hechos de la madrugada anterior, nadie era capaz de pegar ojo y algunos ni siquiera pudieron comer en condiciones, debido al estado de ansiedad que atenazaba sus músculos. La tensión reinante en el barco se podía notar en las caras de cada uno de los tripulantes y el propio capitán tuvo que intervenir para separar dos amagos de enfrentamiento entre sus hombres: los que querían volver a puerto cuanto antes y los que estaban confiados en cazar a la sombra asesina esa noche.

Ahí radicaba la mayor preocupación de todos, sin excepción, con la llegada de las horas en las que el sol desaparecía en el horizonte y daba paso a un techo negro en el cielo, salpicado de brillantes estrellas y una luna en fase de cuarto creciente, más cercano a la luna llena. Precisamente por ese motivo, los soldados se armaron hasta los dientes y estuvieron dispuestos a plantar cara al asesino que había acabado con la vida de cuatro compañeros. Esta vez no les cogería por sorpresa y planearon de forma concienzuda la estrategia de defensa en la cubierta del navío. El propio Juan del Toro había sido el ideólogo de tal estratagema, con la cual pretendía capturar vivo o muerto a aquel ser abyecto que le había sacado de sus casillas hasta niveles que ni él mismo conocía de sí mismo.

Esperaron en silencio.

Las horas pasaban y el mutismo generalizado fue la norma entre la tripulación, mientras que en las bodegas se escuchaban los susurros de los esclavos, a los que se les ordenaba callar mediante latigazos aleatorios. En todo caso, apenas hacían ruido con sus voces y hablando en lenguas que los negreros apenas conocían. Los más experimentados sí entendían vocablos como "muerte", "sangre" y "dios", pero poco más podían comprender de lo que decían los oprimidos prisioneros. Sin embargo, un sonido se abrió paso entre los tablones y los hierros de la estructura, y llegó a los oídos de los que estaban esperando en la cubierta. Eran gemidos de mujer, mezclados con sollozos y un constante repiqueteo metálico, como si algo chocara de forma rítmica contra un objeto.

—Venid conmigo —ordenó Juan en voz baja a tres de los mercenarios.

Bajaron la escalera que descendía a la bodega y entraron en ella con suma cautela, pues ignoraban qué habría allí abajo. Avanzaron despacio hacia el lugar del que provenían los gemidos y al llegar al origen de esos sonidos, encontraron a uno de los capataces echado sobre una joven esclava a la que estaba violando, haciendo que los barriles de agua que tenía detrás de la cabeza chocaran entre sí.

—¡Estúpido! —Le agarró de la camisola y lo alzó, dejándole en una posición embarazosa con los pantalones bajados—. ¡Vístete y sube arriba ahora mismo!

Según dio la orden, Juan y sus acompañantes se giraron para regresar con los demás. Fue una fracción de segundo, tan sólo eso, lo que tardó la bestia en atacar de nuevo. Escucharon un intento de alarido y se giraron para ver al infame agresor sexual, cuyas gónadas colgaban entre sus piernas sobre un charco de sangre. Su cabeza mostraba un gesto de horror y no tardó en caer al suelo boca abajo, lo que permitió ver cómo la columna vertebral había sido arrancada de cuajo un instante antes.

—¡Vamos, subid! —gritó a los soldados—. ¡Tenemos que atrapar a esa cosa!

Mientras corrían de regreso a la cubierta de la nave, escucharon gritos y disparos que provenían de varios sitios, desde la proa hasta la popa. No tardaron más que veinte segundos en volver a estar a cielo abierto y se encontraron un espectáculo dantesco y brutal. Sólo habían tardado veinte segundos. Sólo eso había necesitado Asambosan para acabar con todos los guardias. No había quedado ninguno con vida, salvo los tres que acompañaban al capitán. Era una auténtica carnicería.

Había vísceras por doquier, la sangre corría en pequeños ríos entre las tablas y formaba charcos por todas partes. Los cadáveres estaban brutalmente mutilados y había piernas, brazos y cabezas esparcidos por el suelo, como si fuera un tapiz macabro de un cuadro de Goya y sus oscuros pensamientos, los que le habían llevado a crear obras como aquelarres demoníacos o al dios Saturno devorando a sus hijos.

—Maldita sea —musitó entre dientes, compungido por la grotesca escena que contemplaban sus ojos llorosos.

Sin embargo, no tuvo tiempo de lamentar la pérdida de los custodios que había contratado, ya que cuando estaba absorto en la visión horrenda que tenía lugar, vio con claridad a lo que se estaban enfrentando. Fue entonces cuando comprendió una dura realidad: era posible que nadie sobreviviera a esa noche.

—¿Qué...qué...? —balbuceó, arrodillándose por la impresión de la magnífica figura.

—Devuélveme lo que me pertenece y no morirá nadie más —dijo Asambosan con la voz grave y gutural, como si en su interior hubiera un ejército de demonios.

—¿Qué eres? —se atrevió a preguntar el oficial.

—Soy Asambosan, la Sombra Oscura de la Muerte —respondió el vampiro—. He venido a que me devuelvas lo que me robaste.

—Yo no robé nada, lo juro —comentó con la voz débil—. Le pagué al moro el precio...

—¡Tú has robado mi talismán, maldito! —El ser se abalanzó sobre Juan y le alzó del suelo, agarrándole del cuello—. Devuélvemela o morirá toda tu tripulación. —Lo lanzó contra la puerta del camarote y al capitán le costó unos segundos recuperar el aliento.

—Sí...claro...—Juan se levantó y anduvo con pasos titubeantes al interior, cogió el cofre en el que tenía la joya y regresó ante el semidiós africano—. Toma, llévatela.

—Antes de irme, darás la vuelta y liberarás a los míos en Dakar —le ordenó, acercándose hasta estar cara con cara—. En cuanto a los animales, asegúrate de que vuelven al lugar que les corresponde. Si no cumples estas órdenes, no habrá rincón en toda África en el que te puedas esconder de mí.

—Sí, lo haré —susurró asustado.

Aunque no lo habría admitido nunca, sus pantalones cambiaron de color y se humedecieron con la catarata que su vejiga no pudo contener.

Acto seguido, Asambosan alzó el vuelo desplegando sus enormes alas y desapareció en la inmensidad de la noche, rumbo a la costa de África. Mientras los demás miembros de la tripulación permanecían en estado de catarsis por el pánico, Juan vio que Abubak se asomaba por la escalera de la bodega y se acercaba a él, aunque su aspecto fue cambiando con cada paso que daba, hasta quedar convertido en un anciano esquelético, ciego y decadente. Sin embargo, en su rostro seguía dibujándose la misma sonrisa ladina que le acompañaba continuamente.

—Ya advertí —dijo.

A continuación, sin previo aviso, desapareció de la vista de todos y sólo dejó una nube de humo blanco que olía a azufre con mucha intensidad, lo que provocó arcadas en los presentes. Juan corrió hacia el timón y lo hizo girar en redondo para poner rumbo a donde le había ordenado el dios vampiro.

—Limpiadlo todo —dijo a uno de los marineros, un joven de casi veinte años—. Que no quede ni rastro de los cuerpos y la sangre.

Cualquier idea de éxito en su primera misión como capitán de un barco de esclavos, se desvaneció como un sueño etéreo e intangible. El miedo le llevó a cumplir con lo que Asambosan le había encomendado y cumplió con lo prometido. Después de eso, nadie supo nada más de él ni le vieron en la costa africana. Nunca más se supo nada de él.

Hasta que apareció un diario suyo en una caja de una lejana vivienda de La Habana, en Cuba. Eso fue en 1988, y fue hallado por un bisnieto que jamás llegó a conocerle y que es la misma que os ha contado esta historia. Heredé la casona y las tierras aledañas, y quise descubrir el origen de mi familia. Vaya descubrimiento, ¿verdad?

Al final del diario estaba la nota final que dejo transcrita a continuación y en la que mi antepasado explicó cómo terminaron sus días de navegación y qué sucedió con su vida, después de haber experimentado unos acontecimientos tan increíbles y extraños.

Epílogo

Memorias del Almirante Juan del Toro y Mayor
Vigo, a 18 de noviembre de 1881

Se acerca mi final y quiero dejar constancia de la historia que nadie creyó y que me hizo cambiar por completo el rumbo de mi vida. Lo acontecido en las costas africanas y la existencia de Asambosan fueron reales y me colocaron en una posición difícil y peligrosa. Tuve que huir después de regresar a Dakar y liberar a los esclavos, ya que la compañía que me contrató puso precio a mi cabeza. Tuve que emigrar de incógnito en un barco de oro americano para llegar hasta Florida. Allí me abrí paso como capitán de barcos de vapor de transporte de materiales legales y pasajeros que iban y venían a la cercana Cuba.

Tuve que renunciar a la mano de Irene y lo hice mediante una escueta carta en la que le pedí que me perdonara por la deshonra a la que la estaba sometiendo. Nunca recibí contestación por su parte, y no se lo he reprochado jamás.

Cuando llevaba poco tiempo realizando el trabajo en la flota americana, me enteré de que "El Guerrero" se hundió en 1827 cerca de los Cayos de Florida, llevando a bordo a quinientos sesenta y un esclavos, más noventa personas de la tripulación. Se enfrentó a una patrullera inglesa y cayó en desgracia. Estoy seguro de que Asambosan tuvo algo que ver, porque ese navío era de los mejor armados de la flota esclavista. A los negros supervivientes los llevaron a Cuba y los vendieron como esclavos, pero juraría que él sigue a su gente y no tardará en reaparecer.

Si no es que lo ha hecho ya.

Biografía del autor

José Ramón Navas es historiador, investigador y escritor. Es uno de los escritores independientes más leídos en lengua castellana y algunas de sus obras han sido traducidas a diferentes idiomas. También ha destacado en su labor como profesor de cursos de escritura y miles de alumnos y alumnas han aprendido esta disciplina en diferentes países.

- Profesor recomendado de la web académica udemy.com, con una puntuación media de 4,5 sobre 5.
- Considerado uno de los 10 profesores de escritura que hay que seguir en twitter, según la web campus.exlibric.com
- Dos de sus cursos están entre los 5 más recomendados para aprender a escribir ficción, según la web mentesliberadas.com
- Su curso de escritura creativa está entre los 7 más recomendados, según la web estudiacurso.com
- Dos de sus cursos online están entre los 10 mejores, según la web ooed.org

Otras Obras Publicadas por el Autor
(Todas están disponibles en Amazon, en formato papel y formato Kindle)

1. *Las Crónicas de Elereí 1 – La Era de la Oscuridad*
2. *Las Crónicas de Elereí 2 – Las Profecías de Nêrn*
3. *Las Crónicas de Elereí 3 – Ârmagethddon*
4. *Las Crónicas de Elereí 4 – Lemuria*
5. *Leyendas de Elereí – Arkhan Erghzyl*
6. *La Habitación Acolchada 1. Relatos de Terror y Suspense de Canarias*
7. *La Habitación Acolchada 2. Relatos de Brujas de Canarias.*
8. *La Habitación Acolchada 3. Relatos de Fantasmas de Canarias*
9. *Las Concubinas del Mal*

Si crees que esta obra merece una reseña en *Amazon*, querido/a lector/a, te estaría muy agradecido de que la escribieras. De este modo también ayudarás a otros potenciales lectores para que se animen a comprar este libro.

También puedes visitar mi web o seguirme en las redes sociales y podremos interactuar con más cercanía.

Twitter: jrnavasescritor
Web: jrnavasj.wix.com/jrnavas

Printed in Great Britain
by Amazon

40582152R00148